某年某月某一天

SOMEDAY

李新勇小說集

目次

母親的朱家阿哥

午後的秋陽，濃茶一樣釅，彌漫著一股特有的蔗糖味道。

我的母親還是個五歲的小姑娘，五歲的小姑娘已經開始懂得打扮自己，她跟七歲的大姨在外婆家門口的河溝邊，摘牽牛花插鬢角。這個季節的牽牛花跟這個季節的野果子一樣，到處都是。大姨喜歡紅色的，我母親喜歡藍色的。頂著一頭紅色牽牛花的大姨問我母親：「看，我像不像新娘子？」我母親說：「如果我說像，你給水果糖吃？」大姨從一棵野茄子樹上摘了許多紅色的果子給我母親說：「給，多吃一點呀！」我母親咯咯地笑了。

我大姨叫蕙兒，我母親叫芬芬。七歲的大姨，已經顯出美人兒的胚段兒。可惜人家前年送的衣服不僅小，而且破得連補丁都無法打了，遮不住多少內容。我母親的衣服跟我大姨比起來，好不到哪裡去。

幾個在山野裏被野果子撐圓肚皮的搗蛋鬼從她們身邊經過。這群渾小子是村裏出了名的職業流氓，大的十四五歲，小的十來歲，像管理不善的瓜農，種了一窩大小不均的瓜，望一眼就知道，不可能有什麼收成。一個大點的說：「蕙兒，你像新娘子！」另一個稍微小點的，用屁股撞了一下大點的一個，擠著眼睛壞笑著對大的一個說：「你想做芬芬的姐夫就明說，什麼『像新娘子』？本身就是新娘子！」說著，目光在我大姨那包不住內容的衣服上無恥地偷襲。我大姨剛才還美滋滋的，頓時臉紅了，說：「狗嘴吐不出象牙，一邊去！」

大點的那個說：「喝，你敢罵本爺爺！你就是我的娘子怎麼啦？你做我娘子算我看得起你！」說完這幾個搗蛋鬼唱起順口溜，這順口溜唱的是我外公和外婆：「駱光圈，四十三，娶個媳婦兒兩銅元，新郎新娘拜天地，兒子跑來要麻團；駱光圈，沒得錢，一條褲子五人穿……」

我大姨和母親趕他們，他們不走，嚇他們，他們不怕，簡直是幾帖惡性狗皮膏藥，黏上去扯不下來。兩個女孩就哭了，大姨一邊哭一邊還嘴。那邊見美人兒哭了，更加來勁，乾脆躺到對面斜坡上，喊得更歡。

我的外公確實是個窮光蛋，四十三歲還沒有收緣結果，人家給他介紹了個比他大一歲的女人，他還嫌人家是寡婦。這寡婦後來成了我外婆。我外婆進入我外公家，帶來了朱家的孩子，一個十五歲的男孩，虎頭虎腦的，這就是我大姨和我母親的朱家阿哥。外公本來想等外婆替他生了兒子，就把我的朱家舅舅改來跟他姓，外婆卻替他生了兩個女孩，再也沒有生育，於是外公再也不提替他改姓的事。我大姨和母親就這樣「朱家阿哥朱家阿哥」一直喊到她們的「朱家阿哥」成為她們一輩子的回憶。

其實成親那天，我外公對我朱家舅舅就另眼相看。我外公散給別人的是水果糖，給我朱家舅舅的是麻團。我的朱家舅舅眼饞兮兮地看了一眼別人手裏的糖，又看一眼自己手裏的麻團，再看一眼威嚴的他的駱家阿爸，包著淚水花花，把麻團塞到嘴裏。

朱家舅舅勤快，每天我外公一起床，就能看見屋簷下碼好了從山上新擔回來的柴火，灶下的水缸裝滿新汲的井水，我外婆在灶後做飯，我的朱家舅舅在灶前燒火。除了秋收季節，我外公家的飯從來都是糠皮菜粥。朱家舅舅懂事，吃飯的時候，起初我外公要從朱家舅舅碗裏舀一些給我大姨或者我母親，後來我舅舅主動舀給兩個妹妹。就是這樣，我外公還嫌我舅舅「脹乾飯」，要吃垮他。好的年景，我外公還能把自己穿舊的褲子賞賜給朱家舅舅，遇上年成不好，朱家舅舅一年到頭就只有一條齊膝的火燒褲子，冬天裏麻布口袋片。

吃了飯，舅舅跟我外公去上工。工地在山腳下，抬石頭，一個工分一方。我外公個子大，力氣也大。我朱家舅舅跟我外公抬一根木杠，就是用鋼繩把石頭套好，用木杠把石頭抬到指定位置。石頭都是我外公選的，對我十五歲的朱家舅舅來說，幾乎每一個石頭都顯得太大了。外公抬後杠，舅舅抬前杠，舅舅蹲下來試了一下肩，感覺沉重超出自己的承受能力，舅舅怯怯地說：「阿爸，把杠子上的繩子往後面挪一點，行不行？」外公一聽，火了：在老子面前，哪有揀來的兒子討價還價的資格！抽出木杠照舅舅打去，皮立即破了，血流出來，還罵：「脹乾飯的東西！老子活該掙來給你吃！」打完罵完，外公把木杠插到套索上，一頭放在自己肩上，另一頭探在空中，等舅舅肩頭上來。舅舅從地上站起來，把木杠放到肩上，憋足一口氣，抬，石頭紋絲不動。外公嘴裏罵著：「你就該被老子養起來，光曉得吃，不曉得做，老子上輩子欠你們的，這一世來給你們還債！」見舅舅真抬不動了，外公歎一口氣，把繩子稍稍往後挪了一點。

好多事情，只要起頭，就一發不可收拾，打人也不例外。自此，大棒，成了我外公跟我朱家舅舅交流的唯一工具。跟外公抬了一個月石頭，虎頭虎腦的舅舅縮水好幾圈，瘦得皮包骨頭，從此再也沒有恢復過。

就在這天中午，朱家舅舅再一次挨打。舅舅二十二歲了，二十二歲的舅舅開始想二十二歲的人應該想的心事。在我外公家生活了七年，舅舅長大了，雖然瘦，但高大，如果營養稍微好點，舅舅應該是個不錯的帥小夥兒。他的心事是給村西頭趙家的閨女逗起來的，兩人一般大小，彼此都有心，經介紹人撮合，兩人發展很正常，正常得好比沒有什麼毛病的黃豆，遇到春天濕潤的土地。到談婚論嫁的時候，趙家要求我的朱家舅舅去他們家做上門女婿。我外婆沒意見，她對外公說，人家是獨女，他們的要求合情合理，況且兩家隔得不遠，可以相互照應。我朱家舅舅也樂意，畢竟可以使他跟讓他恐怖的駱家阿爸保持一段距離。我外公一聽，順手就給我外婆一個響亮的耳光。這個耳光實在是響亮，以至於把在場的我大姨和我母親都嚇哭了。我外公破口大罵：「老子替你養兒子，養大成人，翅膀硬了就飛了，老子活該給你們當奴隸？」我外公其實是捨不得那麼好一個勞動力。外公又罵我舅舅：「你狗日的是發情種豬，沒有女人你就過不下去了！」

朱家舅舅臉漲得發紫，他第一次反抗我外公：「阿爸，話不要說得那麼難聽！從進這家門，我就把你當親阿爸——跟我的阿爸比起來，您差也就差沒有生過我。」

我外公一聽朱家舅舅提起他的朱家阿爸，更加火了：「你個無情無義的雜種！老子把你供養長大，就圖你飛到別家去？是的，你是朱家的，打一開始你就不是老子的兒子，老子上輩子欠你們的，這輩子還債！」

朱家舅舅說：「阿爸，男大當婚，女大……」

我外公說：「不要叫我阿爸！誰是你阿爸？你阿爸姓朱，在官墳壩的墳包裏頭，骨頭敲得鼓響！」

朱家舅舅徹底憤怒了，他說：「不叫就不叫，普天下像你這樣的阿爸難找！」說罷衝出茅草屋。

在屋外，外婆拽住舅舅：「兒啊，人在屋簷下，還能不低頭？」

舅舅說：「總不能自己是老光棍，也得讓我等到四十三歲才結婚。」

外公衝出茅草屋吼：「只要你掙的工分屬於人家，這樁婚事老子一萬個不同意！」

舅舅說：「你不同意，我也得結婚！我不是你的手指頭，你想咋彎就咋彎。」

一聽這話，暴怒的外公順手從屋簷下那堆舅舅擔回的柴火中，抽出一根木柴棒，兜頭給舅舅打去。

外婆對外公說：「都二十多歲的人了，你還動不動就打，就不怕人家笑話！」

外公轉身給我外婆一棒：「怕人笑話？老子連你一起打！」

我外公發洩完，好一段時間，這對苦命的母子才從地上爬起來。外婆說：「兒子，聽阿媽一句話，這親事就按你阿爸的意見辦。」舅舅說：「你這不是害兒子嗎？」外婆說：「你阿爸是自私，可他也沒多的辦法，蕙兒上小學了，芬芬眼看也要上學，一個家，光靠你阿爸一個人支撐不起。」……這一對母子多年來的交談，都是伴隨淚水進行的，今天更不例外。

幾個搗蛋鬼還嫌喊得不過癮，摘起野茄子樹上的果子，瞄準，向我大姨和母親打來。我大姨和母親被他們圍在中間。顏色鮮豔的「水果糖」打著哨子，啪啪啪落在她們的身上，剛才還圓的，啪一下，變成肆意流淌的汁，血水一般。很快，她倆從頭到腳，姹紫嫣紅。

這會兒，我的朱家舅舅正擔著生產隊食堂的空水桶向水井走去。給生產隊擔水，他便能獲得一頓免費午餐，他每天擔一百擔。老遠我大姨就看見她的朱家阿哥了，在她要喊朱家阿哥的時候，她突然想起中午的情景，她想朱家阿哥多半不會幫她們的，畢竟，以她七歲資歷判斷，她們的阿爸確實太不近情理。大姨還看到，我的朱家舅舅走在路上，垂頭喪氣的，臉上橫七豎八的傷痕，全是中午她們的阿爸留下的豐功偉績。她們的朱家阿哥突然發現，他的駱家妹妹正受欺負，他向她們這邊走來。我母親看見救星，哭得更加委屈，喊了一聲：「朱家阿哥，快來！」母親的朱家阿哥立即撒開腿，跑過來。

這幾帖惡性狗皮膏藥從來只曉得我的朱家舅舅是個挨打的對象，根本沒有把我朱家舅舅放在眼裏，我朱家舅舅的到來，並沒有打斷他們的叫喊：「……新郎新娘拜天地，兒子跑來要麻團；駱光圈，沒得……」

我朱家舅舅還沒有來得及消散的火氣頓時爆發出來，他撂了水桶，提著扁擔走到他們面前說：「這很好玩，是吧？」

「那還用說?!」回答肆無忌憚。

「好玩的話，你幾個龜兒子試試再說一遍！」

稍微小一點的一個看了一眼最大的一個，又看了一眼比他小的幾個，開始喊起來，其他人也跟著喊起來：「駱光圈，四十三，娶個媳婦兒兩銅元，新郎新娘拜天地，兒子跑來要……」

「算你們有種！」

只聽啪一聲，喊聲像電喇叭遭遇停電，接著傳來撕心裂肺的尖叫和哭聲。扁擔斷成兩截，稍微小一點的那個再也站不起來，其他孩子綠頭蒼蠅一樣，嗡一聲飛散了。

那孩子一族幾十口子，當天傍晚就找上門來。在還來不及產生法制基因的時代，他們只有兩個要求：要麼賠錢，要麼把我朱家舅舅的腿打斷。一夥人來勢洶洶，當然也不敢亂來，畢竟我外公人高馬大，也是個不好惹的主兒：誰沒見他打過揀來的兒子？打起外人來恐怕更厲害！我外公也懂得牛打死牛填命、馬打死馬遭瘟的理兒，請來生產隊長作決斷，生產隊長望了一眼我外公空得沒有內容的茅草屋說：扣朱家舅舅一年的工分，給那孩子，直到醫好骨折。其實生產隊長也怕我外公，只要我外公不讓他跟他揀來的兒子享受同樣的待遇，他就順坡下餃子。

當天晚上，我的朱家舅舅又挨了我外公一頓飽揍。茅草屋，我外公咆哮得像碾盤上滾動的碌碡：「現在好了，真正成了『吃家飯屙野屎』的雜種了！」

那家人對生產隊長的處理非常不滿，可他們不敢找生產隊長撈道理，生產隊長大小也算個官，把他們管理得結結實實的，如果不能像外公那樣兇猛，誰還不怕生產隊長？過了半年，找了個機會，他們從高處射下箭竹，射破了我朱家舅舅的左眼。瞎了一隻眼的朱家舅舅再也不能幹農田裏的活，專職給生產隊的食堂擔水，每天兩百多擔。每天，我朱家舅舅天不亮就上食堂，天不黑不回家。外公早上起來看不見屋簷下新劈的柴火、缸裏新汲的井水，整天罵罵咧咧的，從朱家舅舅碗裏舀出來的糠皮菜粥更多了。

到了臘月，差點成我舅娘的人，嫁到村子東頭錢家，送親的隊伍從我外公門口經過，朱家舅舅躲在茅草屋裏哭，外婆含著淚水說：「哭啥，一雙眼睛都哭瞎了，我供養你？」朱家舅舅說：「阿媽，我恨阿爸。」

朱家舅舅對大姨和母親比我外公對她們還好。我外公反對女孩子讀書，我外婆以死相拼，大姨和母親才進了學堂。除了繳學費，外公再也捨不得拿一分錢來置辦學習用品。平時，我母親只要對舅舅說一聲：「朱家阿哥，替我買一支鉛筆，好嗎？」第二天總能如願以償。我大姨說：「朱家阿哥，我的作業本寫完了。」朱家舅舅說：「寫背面。」大姨說：「背面早寫完了。」朱家舅舅變魔術一樣，拿出新作業本來。我朱家舅舅哪來錢呢？都是從嘴巴裏省出來的：他把食堂給他的免費午餐賣了，賣一頓，可以買一支鉛筆，賣三頓，就可以買一個作業本。賣了午餐的朱家舅舅是不能吃家裏的飯的，要不然我外公還不知要弄出什麼名堂來。我的朱家舅舅經常餓得走著走著就暈倒在地。我的朱家舅舅大字不識一個，可他認識紅勾勾，只要看見妹妹們本子上的紅勾勾，逢人就說：「我的兩個妹妹聰明呢！天天得紅勾勾呢！」朱家舅舅見大姨和母親一堆書都用牛筋草捆，就把參加青年突擊隊發的汗背心改成了兩個書包，汗背心上「農業學大寨」幾個字，一半在大姨的書包上，一半在母親的書包上。要是兩個妹妹在學校受到欺負，第二天他必定會出現在校門口，嚇得欺負大姨和母親的搗蛋鬼翻學校後牆逃跑——誰也不想做斷腿英雄。

有一天經過供銷社，我母親望著玻璃櫥裏花花綠綠彩紙包裹的水果糖發呆。朱家舅舅也蹲下來，跟妹妹一起看那群可愛的水果糖。朱家舅舅輕輕地說：「芬芬，我們走吧？」我母親說：「朱家阿哥，讓我再看一會兒吧。吃不著，多看一眼也好。」回家路上，朱家舅舅對我母親說：「芬芬，總有一天阿哥要讓你們天天有糖吃。棒棒糖，怎麼樣？」

多年以後，我還能從我母親的眼神中，感受到她九歲那年聽到這句話時的激動和憧憬，畢竟水果糖比豬肉還稀缺，更別說棒棒糖了，在那年那月。

說這話之後的第二年秋天，城裏修城廂糧站，從生產隊抽調勞動力。城廂糧站離這個生產隊有七十里地，糧站修到什麼時候，就得在那地方吃住到什麼時候，有家有室的人都不願意去，沒有結婚的小夥子，家裏老人多半又不放心，怕年輕人跟年輕人裏在一起裏壞掉。一個生產隊湊來湊去，還缺一個名額。我外公就讓朱家舅舅去。外婆說：「他眼睛不方便，能做個啥？」外公說：「那麼大的工程，你還怕沒食堂？還怕不要人挑水？」

朱家舅舅果然去挑水，每天比原來多挑一百多擔。每次中途休息回來，都見他越發瘦了。

有一天散工的時候，工地上犒勞他們，每人發二兩白糖。朱家舅舅樂得滿臉開花，他問會計：「能不能換成棒棒糖？」會計說：「只要你肯做虧本買賣，就能，二兩白糖換三個棒棒糖。」朱家舅舅高興得夜飯也等不及吃，懷揣著三個棒棒糖，就往家裏趕，他不準備讓驚喜在他這裏過夜。他想當夜把棒棒糖帶回家給他的蕙兒妹妹和芬芬妹妹，他還想當天晚上趕回來，明天繼續挑水。

前半夜，還將就，他甚至還唱了山歌：大鯉魚呀滿池塘，織新布，做衣裳，年年糧食堆滿倉！有點走調，不過無所謂，反正山路上只有他一個人。到後半夜，殘月落下山梁，一隻眼的劣勢就充分顯現出來了。七十里地都是山路，他只看得到右面半邊，看不見左面半邊。為了把左邊也看清楚，他一邊走一邊扭脖子，這很累人，也非常耽擱時間。起初，肚子還經受得住路邊溪水的欺騙，可到了下半夜，我的舅舅就感覺他的胸腔裏除了空氣，還是空洞的空氣。有一陣，他感到腳底輕飄飄的，眼前的路也開始跟他作對，晃來晃去，模模糊糊，稍不留神，就讓他摔一筋斗。有一陣他不想往前走。可他知道，不往前走，退回去更費力氣，畢竟離家更近一些。後來實在沒有力氣，他吃了一個棒棒糖。他本來想跟妹妹們一塊兒吃，一起分享喜悅的。猶豫反覆了好幾次，終於還是吃了。入口，一種平生從未有過的體驗，地震一樣從舌頭上擴散開，彌漫全身，感覺輕飄飄的，又那樣實實在在。棒棒糖一點一點溶化。吞第一口糖水的時候，我的朱家舅舅幸福得差點嗆了。甜蜜就這樣一絲兒一絲兒地，流向他靈魂深處。我的朱家舅舅眉開眼笑，他想像兩個妹妹吃到棒棒糖會是多麼快樂！也會像他一樣眉開眼笑！為了走得更快，他希望遇到亂墳壩，白刷刷的招魂幡，像一個個隨時向他衝來的鬼魂，為躲避鬼魂追趕，他會拼命往前跑。

抵達外公家的時候，雞叫頭遍。朱家舅舅在外面喊開門。外公在屋裏問：「放假啦？」朱家舅舅說：「沒有。」外公沒好氣地說：「沒有放假你回來幹啥？」這時候，朱家舅舅感覺眼皮特別沉重，像一個特別需要睡覺的人，特別睏，恨不得馬上躺到床上；喉嚨一陣陣發緊，像有一隻無形的大手，捂住了他的嘴巴和鼻子。朱家舅舅連推開那隻手的力氣都沒有了。他靠到門上。

外公點了燈，打開門，朱家舅舅倒在外公懷裏，一身臭汗，水淋淋的，手裏捏著兩個糖。看見外公，朱家舅舅臉上掠過一絲不自然的微笑。他原本可能想，來開門的也許是外婆，也許是他兩個妹妹中的一個。他沒有想到是外公。不過，這會兒已經無關緊要了，他用僅有的力氣舉起紅紙頭包裹的棒棒糖說：「這是，蕙兒的。」又舉起藍紙頭包裹的棒棒糖說：「這是芬，芬，的。」說完就堅持不住了。

外公驚駭地問：「這趟回來，你就為這！」

朱家舅舅想點頭，可一點力氣也沒有，接著呼吸也像大風中的細灰，轉瞬散得沒影，我的朱家舅舅胸口猛然一挺，很快軟下來，頭一歪，落氣了。

我外公聲嘶力竭地向屋裏喊：「他阿媽，你快來！」

棒棒糖落到地上，滾出好遠，一紅，一藍，像兩隻鼓錘。

朱家舅舅安靜地躺在外公懷裏，像一個寵兒，平靜安詳地躺在自己父親的懷裏。

我外公哭了。

「朱剛剛，兒——」

茅屋裏的哭聲像崩潰的山洪。

小兄弟

出了烏蘭縣城，天空有些陰沉。

史帝文和唐廷偉起了個大早，直到靠近中午，才搭到了一輛大貨車。

烏蘭這地方，地勢西高東低。到處都是莽莽蒼蒼的大山。從東往西，數得上名兒的就有茶卡契墨格山、柯柯賽山、布依坦山、茶卡南山、哈里哈圖山、希里溝南山、犛牛山等等。唐廷偉家在哈里哈圖山中。

縣城跟附近更大的城市通班車，每天班次有限。大多數鄉鎮跟縣城只有毛路相通。毛路四五米寬，夯土路面，進出可以騎馬，也可以搭乘恰巧順路的礦山上的貨車，沒有班車。

駕駛員的年紀比他倆稍微大一點，十八九歲，姓馬。他倆叫他馬師傅。

「你們叫我馬哥好了，」他摸著自己的上嘴唇說，「看，毛都還沒長出來，沒資格做你們師傅。」

史帝文和唐廷偉對了一下眼，笑起來，喊：「馬哥！」

那馬哥高興地答應一聲，脖子輕輕扭一下，蓋了半個臉的長髮被刷一下甩到腦袋後面。沒過一會兒，頭髮又滑下來，他就再把脖子扭一下。每次甩頭髮的時間間隔差不多。他甩頭髮的樣子很瀟灑，像出沒於香港電影的長髮帥小夥。他就這樣甩著頭髮開車，看起來過癮得很。

車上了盤山公路，三個人吹牛打發時間。史帝文和唐廷偉講的都是素故事，都是校園流傳的經典故事。馬哥的故事再素都有顏色。

他說，有個邋遢的年輕人要結婚了。介紹人跟他說，你結婚那天要穿乾淨點，要穿薄點。娶親那天，他就到市場上，挑來挑去，買了幾張大白紙糊到身上，就去娶親了。從他家到老丈母家要翻一座山，爬到半山腰，遭遇一場過山雨，把身上的紙淋得一點都不剩。回去穿衣服來不及了，他從樹上扯了些樹葉遮在身上，躲躲閃閃到了老丈母門口，給女孩的舅媽遇到。舅媽心想這小子未免太騷了，媳婦還沒娶進門，天也還沒黑，就迫不及待把衣服脫光！看那大雞巴，鐘擺一樣在兩腿之間晃來晃去，就打算戲戲他。舅媽上前去給他說：你光溜溜的怎麼好進去娶媳婦呢？先躲到茅廁裏去！我去給你拿套衣褲來。他就躲了進去。剛進去一會兒就聽見女孩的嫂子來上廁所。情急之下，他跳到糞坑裏去。女孩的嫂子大著肚子，大概要生了，一泡尿把他全身淋透。嫂子提起褲子出門的時候，他忍不住打了個噴嚏。女孩的嫂子自言自語：「哪個笨蛋往茅廁裏甩鞭炮?!」他忍不住笑出來，給女孩的嫂子聽見了，回頭一看，看到這渾小子，摸著肚皮尖叫：「我生雙胞胎了我生雙胞胎了，大的一個落地就站在茅坑裏，還望著我笑，小的一個還在肚皮裏！」

史帝文和唐廷偉笑得快岔氣，馬哥卻不笑。他不笑的效果更好。他倆笑得像沒配剎車的汽車。

黃昏時分，車開上了布依坦山，天空飄起了碎雪，越下越大。烏蘭這地方，一年四季都可能下雪，尤其是在山上。可到六月份還下這麼大的雪，連經常行走在這條線路的馬哥和唐廷偉，都從未見過。

氣溫很快降下來，駕駛室裏有機頭上傳來的熱氣，三人還是感到冷。史帝文說：「這是什麼鬼天氣！」

馬哥和唐廷偉立即制止他：「長生天是給我們尊敬的，不能罵！」

馬哥說要早曉得會遇上這樣的天氣，就該在柯柯賽山的馬腳店裏歇下來，現在必須翻過布依坦山到茶卡南山，才有馬腳店了。他祈禱長生天再給他三四個小時。這期間只要不要下太大的雪，他就能趕到茶卡南山的馬腳店。

可是，窗外的雪一刻比一刻大，山路上的雪逐漸厚起來。馬哥停了車，三個人跳下駕駛室，在馬哥的帶領下給車輪套上防滑鏈。

車再開起來，速度就上不去了。汽車前面的雪越下越厚，車輪壓到雪上嘎嘎地響，已經不能壓到路面上，車轍一片白色。

馬哥從工具箱裏扯出兩件軍大衣，自己穿一件，另一件讓史帝文和唐廷偉裹在一起。

天黑的時候，汽車突然熄火，搗鼓半天發動不起來。馬哥說：「玩完了，壞毬掉了！」

馬哥下了車，跑到路邊山崖上大喊：「周圍有老鄉嗎？我是犛牛山礦上的駕駛員。救命啊，我的汽車熄火了！」

他喊了一陣，大山一點回音都沒有。紛揚的大雪鋪在他的頭髮上，他習慣性一甩，大片大片的雪花向他的左後方飛去。

他上了駕駛台。史帝文和唐廷偉冷得牙齒打架。馬哥問唐廷偉剛才背的牛仔包裏裝的是什麼。唐廷偉說是書，是課本。馬哥說我們不能等死，得找個背風的地方燒一堆火來烤。

唐廷偉知道馬哥在打他那包書的主意，顯得不情願。史帝文說反正中考都結束了，燒了也沒什麼。馬哥說燒了才吉利呢，說明這些書你再也用不著了，你就讀高中了。唐廷偉這才勉強同意。

他們找了個背風的大石頭，在下面燃起了一堆火。唐廷偉的書被拆開來，三張五張地丟到火裏去。借這火光，馬哥在周圍的松林下搜羅來不少落葉，蓋到火上。這些落葉有些濕，在火上薰一薰，乾了就好燒了。唐廷偉和史帝文如法炮製，三個人從雪底下，扒拉出好大一堆松樹落葉。

落葉燃燒起來比書暖和，但書更接火，因此還是免不了要燒書的。唐廷偉從那包書裏摸出一本書一樣的東西塞到懷裏說：「燒就燒吧！這可不能被你們燒了！」史帝文估計是黃晨芬給他、他又硬塞給唐廷偉的那個筆記本。可又不能確定，光線太弱，看不清。

馬哥從駕駛室裏摸出三個饟，一人一個，放在熱炭灰上烤熱了當晚餐。

馬哥說從今天開始，我們就是同過患難的兄弟。

唐廷偉說：「苟富貴，勿相忘！」

馬哥不懂什麼意思。

史帝文解釋說這話是陳勝說的，就是那個中國歷史上第一個農民起義領袖，意思是說將來不管誰大富大貴了，都要惦記當年一起吃苦受累的兄弟，能幫一把一定要幫一把。

馬哥說：「說得文縐縐的。用我們的話說，就是有福同享，有難同當！」

唐廷偉說：「倒過來就更準確了。有難同當，有福同享！」
史帝文說要是明天還下雪怎麼辦？
唐廷偉說呸呸呸，怎麼說話的你？應該說明天天晴了我們就上路——長生天有耳朵的，我們不能亂說話！
馬哥不答話，臉上顯出憂鬱的神情。
史帝文感覺，山裏人比他們靠近縣城的人更敬重長生天，說什麼話都把長生天放到最高的、令人尊敬的位置。
後半夜，雪仍在下，比前半夜更大了。地上的雪堆來漫過膝蓋。收集來的落葉漸漸少了。馬哥說我再去扒拉點落葉來。唐廷偉和史帝文要跟去。馬哥說你倆隻披了一件大衣，不頂寒又不方便，我一個人一件大衣，方便。說完，甩了一下頭髮，就轉身扒拉落葉去了。
周邊近處的落葉剛才都扒拉完了，得到稍遠的地方。要先扒開積雪才摸得到下面的落葉，很費事，特別消耗體力。
火堆邊的落葉漸漸又多起來，馬哥累得氣喘吁吁。
唐廷偉和史帝文叫馬哥歇一會兒。馬哥說離天亮還早呢，總不能等到黎明前最黑暗的時候沒柴燒，到時候摸柴就不容易了。

馬哥如此往返了七趟。到第八趟出去的時候，馬哥說幹完這一趟就差不多能對付到天亮了。天亮一切都好辦了，能看清我們在哪。哪怕就是再下一個星期，都不怕。

說完他消失在火光外面的黑暗裏。才一會兒的工夫，史帝文和唐廷偉聽到馬哥撕心裂肺的尖叫：「快拿火來！」

唐廷偉在山裏生活的經驗豐富，他大叫一聲——「豹子！」——還沒等史帝文反應過來，就衝出他倆共同裏的大衣，敏捷地從落葉堆上抓起兩把落葉墊在手上，捧起一捧還在燃燒的落葉，向馬哥呼叫的方向跑去。史帝文也跟著跑過去。

在隔火堆十幾米的地方，火光照不到的一個死角上，一頭小馬駒那麼高大的花豹正向馬哥撲過去，嘴裏咆哮著。兩隻眼睛在火光的映照下，散發出幽暗的、陰森恐怖的寒光。

唐廷偉捧著那堆火，不顧一切向花豹衝去，花豹把馬哥撲倒在地，正要下口，見了唐廷偉手上的火，大吼一聲，扭頭逃竄。

唐廷偉手上的那堆火已經把他手上的落葉烤乾了，開始燃燒，燎得他齜牙咧嘴把火甩出去，雪地上立即散出一片紅紅的火星和跳動的火苗。

對面立即傳出花豹的嚎叫，接著傳來奔跑的花豹折斷灌木的聲音，花豹跑遠了。花豹剛才並沒走遠，跑出了一段，又扭頭過來觀察。唐廷偉甩在雪地上的一片火光，把花豹嚇跑了。

史帝文和唐廷偉扶起馬哥。馬哥身上一點力氣都沒有，還尿濕了褲子。

倆人把馬哥架到火堆邊，靠到石頭上，在馬哥的褲襠裏塞了幾把烤乾的落葉。唐廷偉已經冷得不行，史帝文趕緊把他裹進大衣裏。唐廷偉仍舊不停地顫抖，史帝文乾脆把他抱在懷裏。唐廷偉身上的寒氣冷得史帝文直打哆嗦。

烤了一陣火，三個人都緩過勁來了。馬哥恢復了知覺，把手伸進褲襠裏去理順那幾把落葉。他說：「我的雞巴被你們搞慘了，蛋蛋差點給戳破了！」

剛才光想著給他隔潮，沒考慮到松樹的落葉每一根都像針一樣戳人。史帝文和唐廷偉笑得喘不過氣來。史帝文說：「總比凍成冰蛋蛋要好點！」唐廷偉背了一句魯迅的詩：「怒向刀叢覓小詩！」

馬哥說蛋蛋戳破了將來做男人就很成問題，這是本錢啊！

史帝文呵呵笑著問：「你本錢還在不在？」

馬哥說：「你當哥跟你開玩笑啊！」

馬哥接著講了個葷故事。他說他們村有個獵人抓了條小豹子回去養，給母豹子發現了，在他打獵路上攔住他。經過一番生死搏鬥，豹子被他打死了，可他尿了褲子。他老婆烤了幾把落葉塞到他褲襠裏隔水氣，蛋蛋就給松樹葉子給戳破了。後來兩口子奮鬥了好多年，也奮鬥不出孩子。那條小豹子在他們身邊長大。他們為了有個孩子，奮鬥的時候也不避開那條豹子，給豹子看在眼裏。有一年春天，獵人又去打獵，那豹子發情了，掙脫鐵鏈，把獵人的老婆按到地上……

講到這裏，馬哥故意不講下去。等史帝文和唐廷偉都以為豹子得逞的時候，馬哥說：「過了一陣，那婆娘從地上爬起來，十分憤怒地罵那豹子——他媽的，咋就沒學會脫褲子呢？」

山野中再次響起史帝文和唐廷偉不要命的笑聲。

馬哥仍舊不笑。這傢伙活在世上好像就是專門給人製造笑料的。

天亮的時候，雪終於停了。天空中的彤雲漸漸散去，太陽照到布依坦山上，山上山下，紅裝素裹，分外妖嬈。

唐廷偉開始背《沁園春・雪》，剛背了兩句，給史帝文打斷了。史帝文說，拉倒吧，都慘成這樣了，你還有心思抒情！弄得激情剛剛鼓脹起來的唐廷偉很是不爽，把史帝文盯了兩眼，扯開嗓門，報復式地把那首詞的最後兩句吼出來：俱往矣，數風流人物，還看今朝！把馬哥和史帝文都逗笑起來，自己忍不住，也笑了。

汽車被雪蓋掉一半。山路已經看不出來了。

馬哥說，我準備的乾糧昨晚大家分享了。唐廷偉說我們還有，不過只夠今天早上一頓。唐廷偉從已經被掏得差不多的課本中摸出兩個饢。唐廷偉說他也只準備了一頓的乾糧。要是天氣好，路上也只要打一頓尖，就到家了。

三個人分食完畢。史帝文說我們總不能在這裏憨等別人來救吧？

馬哥說，那還能怎麼樣？我還有車子在這裏呢，國家財產！

史帝文說吃的呢？吃的在哪裡？沒吃的，不等被救自已就先餓死了！

唐廷偉說：「這樣做你們看行不行？我記得再往前走一段路，在一個山窩裏有幾家人家。我跟史帝文去找，馬哥在這裏守車。我們去找到了，就請老鄉來搭救你。」

馬哥說，這主意不錯。

史帝文說，馬哥也可以跟我們一起去，把車門鎖了不就得了。

馬哥說，我本來是個農民，好歹搞到個駕駛員的差事，試用期都還沒過。我可不想被他們炒毯掉魷魚！

史帝文和唐廷偉就上路了。積雪超過膝蓋深，每向前跨一步，都像在拔蘿蔔，把這隻腳拔出來插到前面去，再把後一隻腳拔出來。倆人披一件大衣走路相當困難，可又不能分開走。氣溫太低，誰都離不開大衣。他倆跌跌撞撞往前走。山路雖然被覆蓋了很厚的雪，可輪廓還在。只是路面不平，稍不留神就會摔倒。

唐廷偉畢竟是從山裏面出來的，山裏的生活經驗足。走了三個多小時，史帝文走得太累了，想停下來休息一會兒。唐廷偉拉著他，不允許他停下來。唐廷偉說越是冷，越是下雪的時候，在露天行走越是不能停下來。一旦停下來就會成為冰人，就會被凍死。

史帝文只好跟他繼續往前走。他倆全身失去知覺。史帝文覺得，他就像一台打開就無法歇火的汽車，這樣一直突突突開去，直到燒完最後一滴汽油。

日頭過午，史帝文肚子特別餓。他感到奇怪，身上其他地方都失去知覺，為什麼肚子不失去知覺呢？

唐廷偉說，他那個書包裏還有兩個饢。

史帝文責怪他剛才為什麼不帶上呢？

唐廷偉說，我們要是現在就找到老鄉，老鄉返回去找到馬哥，也得是天黑的時候。我們只要找到老鄉就有吃的，馬哥要等老鄉搭救他，他才有吃的。把饢留下，他就能對付到天黑。

史帝文覺得唐廷偉有道理，說：「剛才走的時候你沒跟他說。」

唐廷偉說：「肚子餓了，他會找的！」

又走了兩個多小時，史帝文累得都快倒下了，眼前出現了安徒生童話裏賣火柴小女孩般的幻覺。他看見地上到處都是又鬆又軟的棉被。他使勁地眨著眼睛，眼皮閉上的一刻，他看見眼前到處都是火堆，撐開眼皮，什麼都不見了。

唐廷偉摟著他的腰，不讓他倒下。

史帝文說：「我是不是要死了？我好想躺一躺，躺下舒服！」

唐廷偉也在使勁地眨著眼睛，他也出現了跟史帝文一樣的幻覺。但他腦子還算清醒，他說：「堅持啊。我們要是死在戰場上、死在跟壞人搏鬥的時候，都不恥辱；要是這樣就死了，我們真是白來人世一遭了！」

「可是我們到底要走到什麼時候呢？」

唐廷偉不答話，繼續扶著史帝文往前走。史帝文機械地抬腿，插腿，又抬腿，又插腿。

兩個人一路喘著氣。

史帝文感覺胸口悶得想伸手去胸口上掏個洞，讓空氣直接灌進去。後來，他失去知覺，唐廷偉跟著他摔到雪地上。

重新醒來的時候，史帝文已經躺在一間屋子裏，赤條條地躺在一張羊毛氈上，幾個山民正用雪給他搓身子。唐廷偉在另一張毯子上，另外幾個山民也在用雪給他搓身子。身子搓紅了，山民端來熱水給他們擦洗身子。擦完，給他倆裏上毛氈，放到屋子中央的火塘邊烤火。

過了一陣，史帝文緩過勁來，對山民說他們還有一個兄弟在前面的汽車上。幾個山民聽了，作了一下分工，留一個山民照顧史帝文和唐廷偉，其他幾個村民出門去救馬哥。屋子裏點上了燈。天已經黑了。

山民替他們燒了四五個碩大的馬鈴薯，燒了一盆乾菜湯。幾個馬鈴薯下肚，喝了半盆湯，倆人的元神重新回到身上，能夠站起來了。夜深了，陪他們的山民躺在火塘邊睡著了，史帝文和唐廷偉也躺在火塘邊進入夢鄉。

快天亮的時候，屋門被打開了。幾個山民從外面抬進來一個血人。史帝文和唐廷偉一看，這不是馬哥嗎？

抬他進來的山民說，他們趕到的時候，一頭花豹正圍著汽車打轉。他們趕走花豹，才從駕駛室裏把馬哥拽出來，人已經冷得神智不清了。他們估計，在進入駕駛室的時候，馬哥已經受到花豹襲擊，頭上和背上受了傷，血流得到處都是。

大家從外面捧來了雪，開始給他搓揉身子。一個上年紀的老山民用白酒處理馬哥身上的傷口，從牆上掛的牛角裏倒出一些刀傷藥敷在傷口上，止住了流血。

過後再用熱水給他擦身。

把馬哥弄好裹在一塊乾淨的毛氈裏放到火塘邊的時候，雄雞已經叫過好幾遍，天開始放亮了。

史帝文和唐廷偉從山民的服飾中看出，救了他們性命的是蒙古族定居牧民。他倆不住說謝謝：「談都他拉爾哈拉！談都他拉爾哈拉！」

他倆只會說這一句蒙古語。

這家主人叫部日固德。他用流暢的漢語說，是他的獵狗最先撿到他倆的！說著從牆上取下幾塊牛肉香巴放到鍋裏煮，切了幾塊邊角料丟給門口的幾條黑狗。肉煮好，裝到一個盆子裏，放上幾把切肉的刀子，擺到毛氈中央的一張方桌上。他取出一瓶白酒，給史帝文和唐廷偉各倒了一杯，自己滿上一杯。走到屋門外喊了一聲。聽到喊聲，剛才在院子裏玩的孩子跑進來，一共四個，圍坐到桌子邊來，早飯就開始了。

吃過早飯，唐廷偉問部日固德：「孩子都是你的？」

「這一個是我的，那三個是我哥哥的，」部日固德指點給他們看，「如今全都是我的了。」

「什麼意思？」

「我哥哥生了三個孩子，害病死了。嫂子改嫁了。我跟我哥哥只有弟兄兩人，我哥哥死了，嫂子走了，我就要像他們的父親一樣，把三個娃娃撫養成人。」

「你是很辛苦的！」

「辛苦也是一輩子，享福也是一輩子！」部日固德說，「也辛苦不到幾年娃娃們就長大了。先長大的還可以拖帶後長大的嘛！」他佈滿皺紋的臉上露出微笑。

史帝文問：「你老婆呢？」

「跟人跑毬掉了——她嫌娃娃多，苦累大，就跟一個收皮張的男人跑毬掉了！」部日固德臉上儘是苦笑。

「你後悔嗎？」

「我要是不收養這三個娃娃我才後悔！我哥哥死之前拉著我的手對我說他不行了，看在我們是一個母親奶大的分上，幫他把三個孩子拖帶大——其實他不這樣說，我也是會拖帶的！」

說完，從懷裏摸出一個荷包來，從裏面摸出一撮草煙碎末填到煙鍋裏點上，愜意地抽起來。劣質煙葉的氣味彌漫整個屋子。

唐廷偉看了一眼史帝文，眼睛裏滿是淚水。唐廷偉說：「我要是將來也碰上這樣的事情，你要幫我把孩子拖帶長大！」

「這話不僅是對你說的，應該是對我們大家說的！」史帝文的眼裏不知何時也儲滿淚水。

馬哥第二天才甦醒過來。他果然受到花豹襲擊，幸好他靈巧地躲進駕駛室才撿回一條命。又過了四天，山路上的雪徹底消融，馬哥也能自由活動了。部日固德托一個過路的司機到烏蘭縣幫馬哥搬救兵。馬哥的車子被拖回烏蘭縣城。馬哥在跟他們告別的時候，對史帝文和唐廷偉說，別忘了，我們是同過生死共過患難的兄弟，「苟富貴哦，勿相忘！」馬哥甩了一下他的長髮，學說唐廷偉的話。

部日固德對馬哥說，將來他再出來跑車，哥這裏就是你歇氣喝茶的地方。

在部日固德的幫助下，搭到一輛過路卡車，唐廷偉帶著史帝文終於抵達了他那位於哈里哈圖第十二道拐上的家。

離開的時候，部日固德給他們煮了兩塊牛肉香巴。史帝文把身上所有的錢掏出來，要補貼部日固德。部日固德堅決不收，他說：「我要是收了你們的錢，我的心就是黑的，將來就上不了天堂，長生天時時刻刻把我們看著的！」

卡車在山路上騰起長長煙塵，把部日固德和他的孩子們遠遠地丟在莽莽蒼蒼大山腳下的山坳裏。那地方連名字都沒有，只曉得在布依坦山上。

史帝文到現在還記得，汽車開出老遠，當山坳裏那溫暖的屋子和炊煙以及站在屋子前面的部日固德和他的孩子們即將從他的視野消失的時候，他曾輕輕地呼喚了一聲：「長生天啊！」

他抬頭看了一眼天空，天空藍汪汪的，是那樣聖潔慈祥，纖塵不染。

飯票

從窗口凝望蒼穹，已是萬物變容的肅殺之秋了。海子搜遍所有口袋，找不出半張飯票。三天以來，他把飯量縮減到最小，每頓只吃二兩。在打飯時間上也動了一番腦筋，總在供飯臨近結束的時候進食堂，倘若那鍋飯摻的水多，加上打飯師傅的量勺冒尖，他或許能多占一二兩便宜；如果只剩下沾滿飯粒而內容空洞的大飯盒子，他就有理由省一頓。今天中午買飯回來，海子意識到沒有飯票的末日來了。下午他請了假沒去聽課。海子想自己多半生病了，小腿從昨天開始不聽使喚，大腿酸得像要散架。這會兒他躺在床上，只有喘氣的勁兒。

這末日遲早要來。剛進大學那天早上，海子吃完兩個饅頭就開始穿梭於財務科、學生處、教務處、中文系辦公室……辦一個又一個入學手續，蓋一個又一個公章，一疊一疊地把鈔票數出去，到晚上八點從後勤處領回床上用品，鋪好被褥，躺在那張早已貼了海子名字的床上，他感到饑餓和頭暈，肚子響得跟誰在面案上擀麵一樣。比饑餓更難受的是，海子手頭只剩下四十八元，四張十元，一張五元，三張一元，一共八張薄薄的鈔票，薄得讓人一點底氣都沒有。

「你的肚子好響？你是不是練過氣功？」海子上鋪的一個同學好奇地問。海子說：「是要喝水了，喝點水就不響了。」他站起來提水壺，水壺裏沒有多少水，一倒，全跑到漱口盅裏去。剛送到嘴邊，海子的上鋪衝他喊：「髒的。」水盅裏有碎草和棉塵。海子只好到盥洗間洗了水盅，接自來水喝。

盥洗間在宿舍樓西頭，從海子的宿舍到那裏，要經過好幾間宿舍。海子每從一個門口經過，裏邊的人就會先先後後把目光射向他，並小聲議論兩句。海子明白，他的外包裝太惹眼了：四個口袋翻領的軍幹服顯然太過時了，兩個肩膀和手肘還有補丁，衣服洗得褪色，補丁新一些，對比強烈。海子的憨厚樣子讓人相信他不是在標新立異。這種情景，海子今天見多了：不管到哪個部門辦手續，排在後面的同學總要隔他一段距離。輪到他了，辦手續的老師先用黑白相間的眼珠子把他打量一番，辦完手續馬上喊「下一個」，怕他在那裏多待一會兒。

海子苦笑了一下。他們其實不知道，海子還有一條可以上金氏紀錄的內褲。算起來海子不穿內褲已經有點歷史了。開學之前，為湊夠學費，家裏值錢的東西早投靠了新的主人，一眼看去，窮徒四壁。海子在賣褲頭的地攤前徘徊好半天，想來想去，總不能內褲不穿就上大學吧，那不比咱家，那是集體宿舍，咬牙買下最便宜的一條。這褲頭大概四五年前就來到地攤，布早就朽了，上火車時被人流一擠，屁股上就有開裂的感覺。在火車上待了一天一夜，幾陣這樣的感覺後，就再也感覺不到內褲的存在，海子褲襠裏那話兒就吊鐘一樣在空曠的王國自由自在地抖擺。

那晚，宿舍熄了燈，海子躲在被窩裏扒拉那只能叫布筋筋的內褲，架子床嘰裏呷啦亂響。宿舍門被重重地敲幾下，從門縫裏擠進來一串沙公鴨般的聲音：「輕點！輕點！你們還睡不睡？」等他走過去了，海子悄聲地問：「關他什麼事？」室長曾經在大學預科讀過一年，經驗自然比其他七個室友豐富，他說：「他是中文系的紀律檢查部長。他在提醒我們注意保持安靜。待會兒學校紀律檢查組來檢查，查到一次要罰三十二元。」室長怕大家不明白，又補充說：「學生處罰十六元，系上再罰十六元。」

海子便布筋筋也不敢扒拉了。

這樣夾起尾巴做人，並沒有為海子免除厄運。第二天早飯過後，全校大一新生集中到禮堂聽入學教育課。從校長、黨委書記到教務處處長，沒誰不談紀律和罰款。與這種嚴肅氣氛不協調的是，在高音喇叭的掩蓋下，下面閒談胡扯，猶如臨近秋天草地上的蟋蟀聲，壓抑而亢奮。

班長在登記全班同學的特長。他問海子，海子說能寫點文章，寫過，也發表過。「能寫點文章？」班長打量著海子，「這是辦正經事，別開玩笑。」好幾個人瞪著海子莫名其妙地壞笑。海子賭氣說：「不信？不信就沒有。」班長不再理他，扭頭問謝天有什麼特長。謝天也是大學預科班出身，是學校出了名的「很會搞女孩子」的人。謝天說沒特長，有人湊上來說：「我幫他填一個，填個擅長『淑女鑒定』。」

轟——台下的小會爆炸了。班長一閃坐回自己位子。這動作恰倒好處，臺上人絕對發現不了。主席臺上講得津津有味的雷公嘴——懵了，他以為自己講錯了。低頭看看講稿，沒錯。他站起來，指著海子他們說：「散了會你們班留下來。」

一千多新生的視線都集中到這邊來，先落到這個班，再落到男生身上，很快集中到海子身上。「怪哉！都幾十年代，還穿那……」「肯定是馬列問題專家——嚴肅！嚴肅！」「是莊重。」「莊重跟嚴肅不是一回事麼？」「像個農民。」……海子渾身不自在。一千多新生中，他不但衣服寒酸，褲子也是化纖的，皺得不成樣子，洗得發白的運動鞋上補了疤。還有眼鏡，配的時候為省錢，老花鏡架子裝近視鏡片，已經夠不倫不類了，鏡架右邊一隻掛鈎折斷後，還用膠布纏得像顆痦子。海子越不自在，越有人注意他；越有人注意他，他越不自在。

會議結束，其他人都退場了，海子他們班留下來。雷公嘴問誰搗蛋。沒人承認。雷公嘴指著海子說：「我看就你。我點了名後，你非常不自在。其他人解散，你到政教處去。」一室長一臉的愛莫能助。海子說：「兄弟，別這樣，他能把我吃下去？」海子做好了申辯的準備。海子想，這地方畢竟還叫大學，既然叫大學，就該給我申辯的機會。

海子從辦公樓底樓找到五樓，又從五樓找到底樓，找遍也沒有找到掛「政教處」牌子的辦公室。他又一間挨一間找，終於在120室看見雷公嘴。雷公嘴手上夾的香煙燃了大半截。見海子來了，劈頭就說：「知錯不改，半天不來。本不處罰你，看來不行，給。」給了海子一張紙條。海子接過紙條站著不動，他感覺雷公嘴似乎還應該問點什麼，他也該答點什麼。雷公嘴一句多的話也沒有，不耐煩地說：「去吧。」海子心想這不是很簡單麼？等他把紙條展開一看，傻眼了。紙條寫著「學生處、中文系：中文系××級×班海子因開會違紀，請予處罰。政教處（公章）×年×月×日」海子根本想不到還應該爭辯，這時候他只想得起最關鍵的話，他說：「老師，我沒錢。」雷公嘴看也不看他一眼，說：「輪到罰款，誰會說自己有錢？別找藉口，交得快不快看態度。」一點商量的餘地也沒有。

三十二元！半個多月的生活費！

海子上盥洗間往衣服上撒了點水，使得顏色深一些。他從筆記本裏數32元錢，直奔中文系辦公室。中文系辦公室門鎖著。正想走，來了一個吊著眉梢的學生。一看就知道是個學生官。那眉梢顯然是擺威風故意吊出來的。見海子站在門口擋了他開門，冷冰冰地問了一句：「你幹啥？」海子說：「交錢。」他說：「多少？」海子說：「十六元。」學生幹部明白了，他訓斥海子：「你給系上抹黑不是？剛剛入學，不規矩點，你初中高中怎麼學的？就是大四的學生在畢業前，啊，也從沒發生過這樣的事！系上保持一年多的優秀，讓你給毀了。啊，簡直是……你瞧，你給全系四五百號人帶來多大的恥辱！啊，簡直是，素質低！」

然後，海子拿著剩下的十六元，精神恍惚地向學生處走去……

此時，宿舍裏只有海子一個人，靜悄悄的，時間彷彿也停止了流動。海子的思維在漫無邊際地遊蕩。他想也許只有寫作才能拯救得了自己。他曾經發表過一百多篇長長短短的文章，換回的稿費往往能使他對付一周的生活。前一陣子忙高考沒有寫，近來因為饑餓，腦子裏常常一片空白，也沒有寫，已經有好長時間沒有稿費通知單來光顧他了。

海子就這樣躺著，不知道過了多久，樓道上傳來喧嘩聲。過了一會兒，傳來凳子被搬到桌子上的聲音、收拾杯碟碗盞的聲音、接水聲、掃地聲……響成一片。該做清潔工作了，今天由海子打掃宿舍。他使勁站起來，頭暈乎乎的。桌上亂七八糟放著洗髮精、漱口盅、飯碗和大字本。幾隻蒼蠅在不知誰寫的「墨豬」上趴著，酣暢地舔舐著墨汁。蒼蠅最多的是二娃的碗，裏面有小半碗飯。見到飯，海子不知哪兒來了股勁。他趕蒼蠅，一揮手，慣性差點把自己給摔倒了。二三十隻蒼蠅「嗡」一聲騰空而起。海子提起水壺想往飯裏沖點開水，水壺裏什麼也沒有。他就兌上點涼水津津有味地吃起來。

這時，門砰一聲被碰開。

海子想這下完了，給同室兄弟看見他這狼狽相，那還不如死了好，只恨地上沒有縫兒。一愣神，碗掉到地上，飯粒飛濺，搪瓷碗上的瓷嘰嘰喳喳褪了好幾大塊。

沙公鴨破著嗓子叫道：「你們寢室怎麼還不見動靜？想被罰款是不是？」

海子腦海裏立即冒出三十二元鈔票，一張張像美女的倩影。三十二元，夠他們發財的。

紀檢部長見海子目瞪口呆站在那兒，以為把他嚇呆了，說：「還是個大男人?!快行動起來，再過一個小時檢查。」說完出去了。

海子抹抹額頭上的虛汗，揀起碗來叫苦連天。二娃是這寢室裏嘴巴最厲害的，他饒得了海子嗎？海子把碗翻來翻去看了一會兒，不再緊張了。學生用的碗都是學校統一發的，個個都一樣。他用自己的碗換了二娃的。摸下臉上的幾顆飯粒兒塞到嘴裏，他扭幾下手臂，感覺似乎有一些勁了。就開始掃地，掃完地後用拖把仔細地拖起來，拖好地，擦桌子。

這時紀檢部長又出現在他的眼前，他發怒了：「怎麼搞的？受過教育沒有？這樣弄等於沒弄——你想等著罰款是不是？」

海子剛才的力氣消耗得差不多了，他無可奈何地說：「我這是幹第一次。要不，請你教我？」

紀檢部長說：「入學教育課你怎麼聽的！我教你，我沒事？」

海子說：「講講具體項目，總可以吧？」

「床上床下桌上桌下門上窗上地上天花板上。」回答沒有逗號，海子一個詞兒也沒聽懂。還想再問，破嗓子又響了：「菩薩，快行動呀！」海子盲目地動了幾下拖把。破嗓子又說：「你光拖地有啥用？床上被子疊整齊，床下鞋子放整齊，桌上撿乾淨擦乾淨，凳子洗乾淨，臉巾水壺放整齊……」他每說一項，海子都「哦」一聲答應。突然海子眼前一黑栽倒了，頭撞在桌角上，一股沒有多少衝擊力的熱流從撞擊部位冒出來。海子什麼也不知道了。

醒來，天已經黑了，同宿舍的室友在吃晚飯。睡在海子上鋪的桑巴木說：「海子，我把飯給你買回來了，你一會兒起來吃。」「是什麼病？」有人問。二娃端著原本屬於海子的碗說：「剛才醫生不是查了麼，醫生都查不出來就等於沒病。」

桑巴木吃完飯，坐到床上數飯票。過了一會兒室長也開始數起飯票來。

夜自修開始後，同學大多上圖書館，也有逛校園小路的。教室裏只剩幾個人，很安靜。海子鋪開稿紙寫了一篇千字短文，橫看豎看都覺得滿意，海子心想，一餐飽飯換來千字美文，什麼時候我才不再為這張嘴巴發愁？

夜自修後回宿舍，海子又到盥洗間接自來水喝。長期饑餓，使那四兩飯像一杯水倒進沙漠，下去一會兒就沒有了。喝水充饑是海子的獨門絕技，再沒有人比海子更懂得水的價值，也再沒有比海子更容易受欺騙的腸胃。再回到宿舍，把碗放到碗架上，海子整理床鋪，枕巾有點翻卷，他理了一下，從枕頭底下露出一截飯票來，他揭開枕頭，下面有六張四兩、一張五兩的飯票，還有一張小紙條。

「誰丟了飯票？」海子問，海子知道自己已經不可能有飯票。

桑巴木在床上直搖頭說：「不知道。」

洪坤說：「只怕就是你自己的。」

室長裝作什麼也沒聽見，走出宿舍串門去了。

海子打開紙條，上面一行字：兄弟，男人的名字叫堅強。

淚水在海子眼眶裏直打轉。

後半夜，海子鑽出宿舍，憑藉樓道上的燈光，支起兩個凳子，鋪開稿紙，伴著整幢大樓打鼾的節奏，寫開了。屋子外面，寒風像一個蠢笨而固執的孩子，放肆地拍打著玻璃，無休無止，毫不疲倦。

青澀

一

汽車翻過最後一道老坎、從遠處就能看見沐浴著晨光的格瓦拉鎮房頂的時候，我心想，有必要裝出點樣子來。於是我下了車，甩開兩腳丫，向格瓦拉中學狂奔。斜挎的大書包裝了三本書，一本《藥性歌括四百味》，一本《湯頭歌訣》，還有本荊川紙的古代藥書，封皮全無，開頭缺了好多頁，看不出印製年代。估計少說也有兩百年。前兩本是師父在我入師的時候給我的教材，後一本是我從師父的書櫥角落裏找出來的，師父壓根不知道，算撿的行，算偷的咱也不介意。我的書包跟不上我飛奔的軀殼，被遠遠甩在後面，有時我稍微慢下幾步，它就從後面飛上來，很不友好地落到我屁股上，我的屁股不僅結實，還大度，對這明顯的欺壓行為根本不當回事，在只顧朝前的同時，公事公辦地把它彈回去，讓它重新回到空中。新買的運動鞋跟我一身洗得泛白的衣服嚴重不協調，我狂奔的目的，除了要在格瓦拉中學校長面前製造出一副風塵僕僕、艱苦樸素、吃苦耐勞、堅忍不拔、靠十一號跑到學校的農村有志青年形象外，還想在鞋子上撲一層泥灰，倘若能踩上幾坨稀泥巴或者一丁點狗屎，就再好不過了。

身上起一層毛毛汗的時候，我衝進了格瓦拉鎮。在剛好能看見格瓦拉鎮房頂的時候，我認為我能夠把格瓦拉鎮踩在腳下，等跑進鎮子，才發現這是跑進鎮子的腸子裏去了。街上的行人和車輛對我的奔跑不產生絲毫干擾，不僅如此，我還給它製造了一點小小的混亂。我躲閃敏捷，穿梭在車輛之間。汽車駕駛員在我貼著車頭飛竄過去的瞬間猛踩急剎。在剎車此起彼伏的刺耳聲音中，按部就班的街道被我搞得兵荒馬亂。對此我只有一點點抱歉，是的，就一點點。我一路奔跑，一路歪起嘴巴壞笑。我在心裏騷起毛地吼：格瓦拉，我來了！

「這孫子要遲到了！」

在離格瓦拉中學一公里不到的拉麵館前面，四個跟我差不多年紀的小夥子衝我打口哨。其中一個吼了一嗓子。四個人一色黑西裝白襯衫運動鞋，一色頭髮蓋了半張臉，時不時朝右邊甩一下。要是我搖身一變就能變成員警，憑他們這副屌絲模樣，至少關三天。吼我那傢伙，額頭寬得可以當飛機場。他的吼聲把我祖宗十八代的面子都丟乾淨了。他們前面十來米有三個女生一字排開，走在通往格瓦拉中學的路上，聽到他的吼聲，都扭過頭來，嗖，嗖嗖，目光集中到我身上，繼而爆發出歡快的笑聲。一個女孩衝我喊：

「明天才開學呢！」

聲音甜美圓潤，甜而不膩，圓而不滑，清純通透得像歌星李玲玉，過耳不忘。可她這句話的每個字都像殺傷力強大的炮彈，打得我幾乎邁不開腿。我是個要面子的人，尤其在跟我年齡相仿的女孩子前面。

我是來格瓦拉中學赴一場考試的。格瓦拉中學是省重點高中，升學率在全省領先。這所學校的校長跟我同名同姓，李蘇啟。李蘇啟保證升學率的秘密武器，據我多年後概括，一是狠抓教學品質，從高一抓起，方法之一是學生考試任課教師也考，學生寫答案，老師寫解題思路、所涉知識點、講解切入口；方法之二是李蘇啟事前不打招呼、不定期深入課堂聽課；還有就是學生成績與教師獎金掛鈎，幹得好的可買房買車，幹得不好的只能臥薪嚐膽喝稀飯。二是每年招一個補習班。別的學校，能招多少招多少，神經病才跟鈔票有仇；而他只招一個，進這個班的每個補習生都得參加入學考試，時間是八月三十一日，試卷若干套，都是數學，在電腦上隨機抽取。李蘇啟親自命題，親自組織高三教師批改，上午考試結束即開始閱卷，下午公佈成績，按照分數高低，確定補習費的金額，只收前六十名。為獎勵優秀，誰要願意同時選擇三套試卷，每套所扣分數在十分以內，那麼學校免收補習費，另還獎勵兩千塊。之前踐行過這一條並拿到獎金的只有兩個人，一個後來考上中國人民大學，另一個上了清華大學。我安心要成為第三個拿到這筆獎金的人。

我喘著氣跑進李蘇啟的辦公室。李蘇啟正在跟監考老師談話，監考老師一共十位。見我進來，他看了我一眼繼續對監考老師說：「到考場裏準備一下，過半個小時開考。」十個老師中，有五個老師手中有試卷袋，由此推斷有五個考場，至少有兩百五十人來應考，說不定是五百人。格瓦拉中學名不虛傳，連這種考試，試卷袋上都加了密封條。

李蘇啟在我的身份證上掃了一眼說：「李蘇啟，跟我同名同姓呢！你準備『一拖三』？」在這所學校，「一拖三」的意思大家都明白。

我說是。我故意輕抬右腳後跟在左腳後跟上磕了一下，那上面真的有一坨爛泥。「磕」的一聲，兩隻鞋跟碰了一下，聲音很小，可李蘇啟已經注意到了，他打量我的衣著，問：「你是從哪裡跑來的？」

「從家裏。」

「哦！」李校長說，「家在哪裡？」

「黑水河鎮白沙村。」

「離這裏四五十公里呢。」

我在心裏壞笑：李蘇啟先生，你中招了！

我見李蘇啟扯開嘴角笑了笑。我不曉得他是看透我的「裝」還是對我「農村有志青年」的形象感到滿意。他問我：「有沒有剩點力氣寫答卷？」

「那當然。」

二

李蘇啟請我上他家吃中午飯。在鑽進廚房之前，他拿了兩個蘋果出來，一個給門邊坐著的「小姑娘」，另外一個給了我。他問我：「李蘇啟同學，你書包裏裝的是啥復習資料？」

我拿出《藥性歌括四百味》和《湯頭歌訣》。我沒把那本線裝的古書拿出來，它模樣太古舊，不體面，再說這古董要是李校長感興趣，洒家能說不給？眼下，我已經用不著這幾本書了。在拿書的時候，我還觸到一個小瓶子，那裏面是我按照古書上的方法配製的一味藥，我檢驗過它的藥效，神奇絕頂，不敢輕易使用。這是我畢生配製的唯一的成藥，不到萬不得已不會拿出來。我回答他：「在準備上補習班之前，我在學中醫，還差兩個月滿兩年。前一陣，一個到我師父診所看病的人對我說，您的學校對優秀補習生不但不收補習費，另外還有獎勵，我就決定來試試。」

「你沒復習過？」

「沒有。」說完故意跟他對視幾秒，以示我沒做假。我讀過《福爾摩斯探案集》，華生的經驗是做假的人是不敢跟人對視的。這細節若寫進偵破人員的辦案秘笈，絕不示人，那也許還有點價值。一旦被大眾瞭解，就成了雕蟲小技，看，像我這樣智商的人，隨便練習一兩次，就能運用自如，滴水不漏。

「不簡單吶！三套試卷都是去年的高考題，你能做那麼好，我真的想不到！」

「我，」我如果能跳到一邊來看我的表情，一定能看到此時這個叫李蘇啟的小夥子，表情很誠懇很謙遜地對他的校長說，「也沒想到！」

對一個小時前那場考試，先前我猜對了一半，參考的學生不是兩百五十人，而是差十三個五百人。在明白我「一拖三」的想法後，李校長親自為我抽取三套題，並讓我在他辦公室答題。校長室寬大，空氣新鮮，心情舒暢。我一口氣做完三套，用了二十分鐘從頭到尾複看了一遍，只比在考場上考試的學生多用半個小時。李校長用了半個多小時替我批卷，第一套一四四分，第二套一四〇分，第三套一四八分。這個跟我同名同姓的校長興奮得跟撿到錢一樣，當即拍板招我，且邀請我上他家吃中午飯。

後來我才想明白，他請我吃飯除了一時高興，還想進一步核實一些事情。補習費最低起繳線加獎金一共五千八百八十塊呢。作為當家人，很有必要搞一趟私款吃喝，以瞭解我更多的情況，看看替我免掉那麼多錢值不值得。

而我，原本就是衝那兩千塊錢獎金來的。

我弟兄四個，都在念書，兩個高中，一個初中，一個小學。兩年前我高中畢業後，剩下兩個高中，一個初中。老父老母都是農民，窮盡家中所有，也無法繳清我們幾弟兄的學費。別人都勸我父親抓一個兒子回來分擔他的重擔，他說手心手背都是肉，喊誰回來都不好，畢竟我們弟兄四個成績都很優秀。中途我曾打過退堂鼓，我英語成績太差，初中我是在鄉下一所非常糟糕的中學讀的，英語老師教完二十六個字母就誰都不管生孩子去了，此後三年再也沒有在那所學校出現過，我的英語先天不足。我爹打死不允許我退學，他的觀點是，英語實在搞不上去你把其他科搞好點，爭取拉一拉，搞到高中畢業，回農村就屬於半個文化人了，幹什麼都有基礎，有底氣。兩年前高中畢業，我離最低錄取線差十一分，英語考試我只花了二十五分鐘就完成整套試卷——只做選擇題，全蒙，考了三十四分。畢業後，我就「棄文從醫」。之後兩年時間，我在師父的診所裏做徒弟加幫手，師父供吃住，不發工資。今年八月底開學在即，父母再次為弟弟們的學費焦頭爛額，我聽到格瓦拉中學獎勵優秀補習生的消息，萌生前往格瓦拉中學參加補習班入學考試的念頭。只要把那兩千塊錢搞到手，我那幾個弟弟的學費就解決了。做下這個決定，我利用師父叫我背《藥性歌括四百味》和《湯頭歌訣》的時間，做了全國各地近兩年的高考數學真題。我琢磨過，考不過，拍拍屁股轉身就走，誰也不知道我是誰；考過了，拿到兩千塊錢不說，還能在赫赫有名的格瓦拉中學的校史上留下一個震驚，回頭繼續跟師父好好學醫。我甚至考慮：是否有必要每年八月三十一號都到格瓦拉中學搞一票。

可就是那個蘋果卻讓我改變主意，我決定：中醫等以後有工夫再學，大學必須現在就考。

李蘇啟跟他愛人到廚房忙碌的時候，我瞅了一眼手頭的蘋果，粉嘟嘟的，清香宜人，饑餓和饞蟲如同鋪天蓋地的蝗蟲向我飛過來，讓我坐立不安，令我窒息。上一次見到蘋果是在我七歲的時候，我舅舅為慶賀我入小學，不曉得從哪裡搞到一個蘋果送給我。至今一說到蘋果，都還是七歲時的味道。我決定把它消滅掉，否則我會被饑餓吞噬乾淨。像在鄉下吃剛拔出泥土的紅蘿蔔那樣，我右手拿蘋果在左衣袖上擦了兩下，直接把蘋果送進嘴巴。就在我的上下門牙剛剛咬到蘋果的那一瞬間，門邊傳出一串好聽的聲音：「李蘇啟同學，蘋果不是這樣吃的！」緊隨其後又是一串更加好聽的笑聲。是門邊那小姑娘的聲音。這聲音我好像在什麼地方聽到過，一時想不起在什麼地方。

她要是不說話，我都忘了她的存在。我站在屋子裏，她坐在門邊，逆光，看不清楚她。她靜靜地坐著。剛才李校長發蘋果的時候，我向她急匆匆掃了一眼，感覺她很小。我以為是李校長的女兒或者侄女。我正奇怪她不喊「哥哥」而是「李蘇啟同學」的時候，她站起來。這下我看清楚了，她不是小，是苗條，又苗條又高。從相貌上看，已經不是什麼小姑娘了，模樣漂亮得令人震驚，是類似於範冰冰那種高貴、華麗、細緻的美，少了範冰冰特有的撩人性感，臉上是善解人意的清純的微笑。左眼眉頭下方有一粒小痦子，算是草裏藏珠，使她的微笑越發生動。若非要我挑出點遺憾，把她顴骨上兩朵紅暈拿掉，那就真是完美無缺了。我想她恐怕是一名高一或者高二的學生。她右手從桌上拿起一把水果刀，左手伸到我面前，鼻子裏帶著笑意「嗯」了一聲。我懂她的意思。我把蘋果從上下門牙間取下來遞給她。蘋果離開以後，香味依舊不依不饒在唇齒之間纏繞。她接過蘋果，替我削皮，從果蒂開始，一圈，一圈，一圈，薄薄的果皮拖得越來越長，剛才留下四個門牙印兒的地方沒有影響果皮的延長，直到整個蘋果露出象牙白的肌膚，果皮啪一聲掉進垃圾桶，中間沒有一點斷裂。

這動作多麼嫺熟啊，沒有經年累月練習，斷然不可能達到這水準！她的話、笑聲、漂亮的面容、嫺熟的刀法，一瞬間拍開我的心門：憑什麼在一次高考失敗之後，我就把自己定性為鄉村中醫，為什麼就不能讓自己擁有一份天天都有蘋果削的生活呢？我能，我不是已經為自己爭取免交補習費另加兩千元獎金的「最惠國待遇」了麼？會削蘋果算什麼？生活不是削蘋果：要天天削蘋果，就必須把書讀下去。

我以為吃過飯，校長李蘇啟會把兩千塊錢交給同樣叫李蘇啟的學生我。事實上，學生李蘇啟腦子太簡單了。李校長把我送出門說：「明天早上八點半舉行開學典禮，你得上臺領獎。」

回到師父那裏，師父說：「我知道你遲早還會返回學校的！」我突然替這位年近七十的老人悲傷。黃世偉師父有一身蓋世奇學，從醫半個世紀治好若干疑難雜症。年輕的時候，多少後生想跟他學醫，他卻聲稱不滿六十歲不收徒弟。到了六十歲，西醫日盛，中醫旁落，再也沒有後生到他門口哭著鬧著要做他徒弟，本以為他這一門會絕徒，沒想到竟等來我這樣一個擁有高中文憑的農村青年。他在對我進行一番考察後，擇吉日，隆重邀請幾個健在的師兄弟，用最傳統的收徒大禮納我為徒。我既是開門師兄，可能也是關門弟子。入師那天，他一位從好幾百公里外趕來的師兄在我頭上摸了一陣對師父說：「世偉弟，此後生濟世無須懸壺，憑倉頡之字耳。」師父歎了一口氣說：「若果如此，其奈何哉！」那師叔對師父說：「好歹你也算是有徒弟的人了。」師父無奈地把被風吹亂的頭髮擼了擼說：「長短都是緣！」

師父替我收拾好行裝，打了個包背在我背上，特地買了一網籃水果，又拿了四十元錢給我做路費。送出門的時候，我把《藥性歌括四百味》和《湯頭歌訣》摸出來，準備還給師父。師父說：「權當師父留給你的紀念吧！」我心頭一熱，眼淚包不住，跪下來給他磕了個頭。我在心頭對自己說：我是只吃過入師酒沒吃過出師酒的人，永遠不會出師的！

走出好遠轉過頭去，師父還在門口站著。我摸摸斜挎的大書包，師父送我的書哪是兩本呢，是三本，眼角忍不住再次濕潤。

三

班上的同學來自全縣各地，縣城裏的居多。在我們這塊地方，縣城無論從哪方面都比鄉下優越。就拿學校來說，農村學生聰明的多了去了，刻苦用功的多了去了，可農村學校的師資、教學設備跟縣城相差不是一點點，有人估計最起碼一百年，百分之九十八的農村孩子從農村來，又回到農村去。像我這樣的農村孩子進了格瓦拉中學，就跟進了縣城的鬧市一樣，從穿著、行為習慣，到考慮問題的思路，都跟縣城裏孩子存在明顯差距。這就是我當初跨上格瓦拉這塊土地，決定把原來的自己包藏起來的原因。裝吧，能裝到哪天算哪天，能裝到啥地步算啥地步。

剛剛開學的補習班不再像初一或者高一剛入校那陣，利用下課時間相互介紹，彼此瞭解，而是，以前認識的聚在一起，多的十來個，少的三四個，兩個一簇的也有；像我這樣沒有老同學不要緊，只要在頭三天主動往某個人堆裏靠，有人接納你，你就成為其中一員。用不了多長時間，班級的幫派就出來了，各有各的地盤，為以後必要的時候展開軍閥混戰做好組織上和戰略上的準備。

我窩在座位上背單詞，我英語差到丟人現眼的地步。第一節英語課，有幸被老師點起來回答問題，我一個單詞都沒聽懂，只好在她老人家說完最後一個單詞的時候，果斷地回了一句：「騷蕊，愛胴體摟！」沒想到，問題的答案正巧就是這個，老師高興地請我坐下：「Ok，good，sit down！」魂不附體間，歪打正著，檣櫓灰飛煙滅。我明白，這不是我的本事，我甚至擔心，第一節課就表現得那麼優秀，以後點我回答問題的次數估計手腳並用都數不過來。我決定從現在開始就猛攻這一門，利用一切時間學習英語。「爛水桶」理論誰都懂，兩年前我就敗在這塊板兒上。李蘇啟校長要是知道我英語差到這地步，當初我哪怕選做五套數學卷，每卷都滿分，他也不會免我學費、外加兩千塊錢獎金。

與背單詞同步，我裝作不經意摸了一下褲包裏那兩千塊錢，這是我這輩子掘起的第一桶金，足夠我三個弟弟一個學年的學費。李蘇啟在開學典禮上的每一句話都具有煽動性，有兩句話我尤其記得清楚，一句「提高一分，幹掉千人」，另一句「沒有高考，你拼得掉富二代嗎」。對我而言我更想說：「英語考得出，大學有前途。」

「買糖！」

從吵吵嚷嚷的人群中發出一聲喊，聽上去好耳熟。

「買糖！買糖！買糖！」

跟體育館裏喊「加油」的一樣，「買糖」的呼喊又有節奏又響亮，其熱烈程度趕得上劉翔出場。

早上進教室，匆匆地掃了大家一眼，在這裏沒有我昔日的同學，一個都沒有。昔日同窗大多數人此時正在故鄉某個村落忙乎嫁娶迎送。我以為他們的呼喊與本人無關。

我好奇扭過頭去，十多個男同學正衝著我喊「買糖」。見我轉頭，站在遠一點的女同學也合入他們起哄的洪流。

昨天在拉麵館前遇到的那幾個男生在裏面，穿的已經不是昨天的黑衣黑褲，而是格子花襯衫。見我在看他們，他們喊得越發起勁。那腦門寬得可以停飛機的傢伙笑得最燦爛，後來我知道他叫余弦。他那嘴巴大得沒法形容，與他碩大的腮幫組合成了一個大喇叭，剛才聽起來耳熟那聲喊必定是他製造出來的，昨天他喊「這孫子要遲到了」我就領教過了。

我皺了一下眉頭：怎麼會跟這幫討厭鬼一個班？

入學考試以來的興奮感、幸福感，還有其他亂七八糟的這樣感那樣感，迅速被歸零。如同美美洗了熱水澡的人，出門給人兜頭潑了盆又涼又臭的洗腳水。

我明白他們的意思，可我裝作啥都不懂。他們不知道那兩千塊錢中的每一分對我和我的家人來說都是那麼重要。當然我還沒吝嗇到幾顆糖都捨不得買的地步，我是不滿意他們昨天讓我那麼丟臉，而今天又那麼不給面子瞎起哄。不僅不買，我現在恨不得從下水道撿個泡脹的饅頭，把余弦那張大嘴巴堵住。

我還發現，起哄的女生中有一個昨天在拉麵館前面遇到過。昨天在李蘇啟校長家遇到那女生，也在起哄的人群中。

「不是冤家不聚頭」，是真的。

上課鈴聲恰在這時響起來。那群人「噢」地叫了一聲，聲音前高後低，類似於歎息，聽上去像拿臭雞蛋砸我。被人指使得騎虎難下不得不照別人的意思去辦的事情，類似於被綁票，非常不爽。我決定一顆糖也不買，買了等於割讓香港。

這是節班主任的課。從他點名中我知道，在李校長家裏遇到那個身材苗條、聲音好聽的女孩叫何婭。班裏還有一個女孩聲音跟何婭一樣好聽，她是何婭的好朋友章鷹。我把何婭的聲音跟章鷹的聲音作過比較，在拉麵館前說「明天才開學呢」的人不是何婭就是章鷹，我更傾向是章鷹。

再下課的時候，余弦攜帶他的大嘴巴跑到我面前說：「哥，請兄弟姐妹們吃顆阿爾卑斯糖如何？」

「為啥呢？」我喜歡他的爽直，在我們農村，彎彎腸子是最難搞的，誰都討厭彎彎腸子。不過，既然上一個課間十分鐘才決定不買，一個小時不到就變卦，這麼不要臉的事我還從來沒做過。因此，我故意反問。

真像人家說的那樣，嘴巴大的人不會說就會唱。余弦果然會說：「理由好多條。揀幾條頂頂主要的。第一，你跟校長同名同姓，前面一個李蘇啟既然做了校長，後面一個李蘇啟肯定不止做校長，要不然就違反了『青出於藍而勝於藍』放之四海而皆準的真理……」

起哄的人群，瞬間變成觀眾，免費聽他說單口相聲，一個個笑得東倒西歪。

「第二，你是我們這幫人中間唯一選擇『一拖三』的兄弟，而且一舉把李蘇啟的兩千大洋搞到手，說明你才智超群、英雄虎膽，是塊做大事的料。兄弟姐妹們提前祝你青雲直上，黃袍加身……」

前面說得還算靠譜，中聽。後邊要我「黃袍加身」，是抬舉我做趙匡胤啊？我聽不下去了：「別介，慢，哥們兒，我知道了，你口才好……」

他根本不給我插話的機會：「這第三，這大小也是樁喜事啊！喜事就要照喜事的規矩辦。今兒個花轎也不備了，堂也不拜了，總得發顆喜糖吧？發發糖才算那麼回事！」扭頭問大夥兒，「兄弟姐妹們，你們說是不是啊？」

我算是領教到縣城孩子的貧了。

「是啊！是！」一個個再次回到東倒西歪狀態。何婭、章鷹等好幾個女生笑得捂起肚子蹲下去，再剎不住，恐有性命之虞。

「還有第四……」

我心想你還有啊！好在萬惡了好多年的上課鈴聲這一次突然變成救苦救難的菩薩，「叮鈴鈴——」，沒讓余弦把單口相聲說下去。

余弦在回座位的路上，還衝著我做鬼臉，低聲念叨：「阿爾卑斯，阿爾卑斯，阿爾卑斯……」

上課後，我開了一會兒小差，剛剛開始的這一年，不曉得要發生多少故事；我一個鄉下孩子鑽進城市孩子中間，多像一隻羊混入狼群啊——好在余弦的貧，總體上還算善意。

四

第二天到教室，全班同學都在吃糖。見我走進教室，都對我報以友好的微笑。大嘴巴余弦頂著個飛機場腦門兒給光頭郭慶使了個眼色，郭慶跑過來對我說：「夠哥們兒，」他指著余弦對我說，「如果不介意，咱們一夥兒？」我瞟一眼余弦跟郭慶一模一樣的衣著，我估計，以我現在的家底，若跟他們混在一起，不被他們視為乞丐，也會逼我父母去乞討。我避重就輕說：「又咋啦，被你表揚成這樣？」郭慶天生就具有外交才能，他舉著手裏的阿爾卑斯，指了指何婭說，「何婭說是你讓她拿來分發的！」

何婭大紅一張臉，使勁給我遞眼色，免得當眾穿幫。

我的臉「騰」地一下熱辣到屁股溝裏去。這世道，英雄救美女那是天經地義，要是美女救英雄，英雄多半太㞞，蔫不拉幾，說句話都直不起腰板。

我後悔昨天在李校長家吃飯的時候，在李校長夫婦關切問詢下，幾乎把自己的家世、家境和盤托出。當時李校長非常感慨，他說他以為讀書的艱難只發生在他們那一代。一同吃飯的何婭把什麼都聽去了。我說到動情處，她眼角泛起淚花。我不曉得何婭跟李校長什麼關係，但我對她的壯舉大為不滿——我本來準備中午買的，這下倒好，讓她給越俎代庖了。

吃完中午飯，在食堂通往女生宿舍的路上，我截住何婭。我不卑不亢：

「多少錢？我得還你！」

「你什麼時候欠我錢了？」

何婭回這句話的時候，有些不自然。

我說：

「糖。」

等我說出這關鍵的字，再張嘴說話，何婭就自然了：

「你別介意，也別多心，錢肯定是要還的，但不是現在……」

我打斷她的話：

「我沒有多心，但我介意了！你在顯擺你家有錢！」說出這話，我長舒一口氣，一身輕鬆，不再是矬子了。

何婭笑盈盈的臉僵住了，沉默一瞬間她說：「李蘇啟，你小人之心度君子之腹。誰一生沒個艱難的時候啊？別以為這世界只有你遭受的磨難最多，你最堅強，堅強就意味要自我封閉，孤軍奮戰！」

說完，一扭身子，向女生宿舍走了。得承認，她不僅正面好看，連背影都美得讓人陶醉。我抬頭看一眼被教學樓擠壓得有些變形的天空，無法言說的感動和悲愴一瞬間把我內心撐得要爆棚。那一刻我原諒了何婭，她畢竟是好意的。要早知道我是那麼要面子，估計她不會這麼冒失。當然，原諒她的另一個原因，我絕對不會告訴任何人，那就是，我汪洋恣肆的青春荷爾蒙占了上風。

五

格瓦拉真是個不錯的地方。

小鎮在一片田野的盡頭。到了十月，鄉村公路上奔跑著各種各樣的車輛，車上滿載著糧食和水果，不管是哪一樣，都散發著迷人的芬芳。

再遠是一條清澈的小河，河水一年四季變化不大，挽起褲腳就能走到河對岸。人們一般不會挽起褲腳涉水，河床上連珠一樣擺放著一串串大石頭，不管什麼季節，這些石頭都當橋用。在河的下游是一道十二孔相連的公路橋。再朝下游走上一公里，是個湖泊。那是個不規則的湖，最窄的地方划船要二十多分鐘，寬的地方沒有渡船，人們寧願沿著湖岸坐車繞過去。

格瓦拉鎮有一條魚市街，三百六十五天都有魚賣。無論顧客買多少，賣魚人在你看好秤花後，都要在你籃子裏放上幾苗蔥，不花錢，白送的。據說這風俗已經延續了好幾百年。

街上的房子獨棟相連，又高又細，鋪面寬窄適宜，也有好幾百年的樣子。香樟樹居多，有好幾棵香樟樹兩個人牽手還圍不住。也許是因有河流和湖泊的緣故，格瓦拉鎮連帶格瓦拉中學一年四季都不太熱，也不太冷。

尤其讓人感動的是，就這麼一個小鎮竟有四家書店，家家生意興隆。格瓦拉中學的學生有事沒事都往書店跑。缺什麼書，把書名告訴老闆，不出一個星期就能如願以償。另外還有兩家茶館，街頭一個，街尾一個。兩家都有說書藝人。街頭那個說唐朝以前的故事，比如封神演義、瓦崗英雄傳；街尾那個說明清小說，桃花扇、牡丹亭。有細心的人作過比較，兩家書場從未說過《水滸傳》《西遊記》等「名著」。因風格不同，結果獲得錯位發展，街頭那家男同學紮堆，街尾那家女同學占主力。在這文氣的小鎮上，老百姓教育孩子，隨口就能說出「謙受益，滿招損」「狡兔死，走狗烹」之類。

我還注意到，小鎮上除了一家公立醫院，還有一家民營診所，爺爺中醫坐堂，孫媳婦西醫問診，真正意義上的爺孫同台、中西醫結合。老先生寫處方用毛筆，隨手寫一張都是書法精品。我留了一張老先生開的方子，大學時缺錢花，請人裱褙了賣給一個福建人，換得大洋一千八。

在這樣的小鎮讀書，感覺每天都在一架看不見的梯子上攀登，每天都在朝心頭的目標邁進。格瓦拉中學有著無形的氣場，這氣場催人奮進。

時間是彌合創傷的良藥。不久，我就徹底忘卻了余弦、何婭帶給我的那點尷尬，算是不打不相識，我們成為朋友。

跟他們成為朋友後，我發現，我那農村人特有的面子觀，在縣城孩子那裏簡直像齣鬧劇。面對縣城孩子的強大，我們的本能就是「裝」：裝強大、裝底氣、裝體面。而縣城裏的孩子跟晴天東山頭的太陽那樣直率、直接。我們的「裝」，在遮蔽我們與生俱來的拘謹的同時，讓我們像仙人掌那樣，即使開出令人豔慕的花來，也沒幾個人敢靠近。

意識到這一點，我慢慢開始改變。我發現，不管是余弦還是何婭，都很好相處。余弦的本事都集中在那張嘴巴上。格瓦拉中學的補習班向來不設班幹部，他正好補了這個缺。班裏大小事務、一切糾紛，都由他總攬。他能把盛怒的人說笑，能把得意的人說哭。郭慶是余弦的跟班，余弦腳趾頭翹一下，他就知道余弦要他做什麼。主意多，鬼點子不少，常被余弦當「余辦主任」和外交官用。何婭跟章鷹好得像姐妹。郭慶說他們好得像「同志」，給章鷹知道了，罰他一次吃了八個肥肉大包子。章鷹聲音甜美，非常具有迷惑性，接觸了才知道，這丫頭性子躁得跟魯提轄像是一個爹娘教育出來的。何婭呢……何婭留到後面說，後面的事情大致跟她有密切關係。有必要說說我，有一天經過格瓦拉鎮唯一的十字街頭，我看到一位坐在「大綿羊」摩托後座的長裙美女伸長脖子，越過駕駛摩托那小夥的肩頭，直抵小夥子右臉，小夥子準確會意，扭頭給那女子一個熱吻，我向天老爺保證，四片嘴唇準確無誤疊在一起時，我站在路邊看都驚出一身冷汗，那摩托時速至少四十碼。回學校講給大家聽，誰都不信，說我荷爾蒙超標過剩，悶騷得不可救藥，編個段子來瀉火。我寫了一篇稿子投給報社，報社信了，發表在顯眼位置，文章的標題：路口飛車熱吻，激情驚煞路人。語文老師在課堂上沒表揚我，隻字不提，背後滿校園神吹：「我發現了一棵文學苗子。」他說那篇文章文字簡潔、情節生動、風趣幽默、耐人尋味。我人生的伏筆埋在了這裏，高考結束後，買來十本稿紙，立志成為作家。

我爹對我拿回去的兩千塊錢表示驚訝，對我終於回到學校表現出難得的高興，當初「棄文從醫」他就相當不支持。「你好像安心跟魯迅先生對著幹！」他說。我爹只接受了八百塊，剩下的一千兩百塊給我在格瓦拉做生活費。

格瓦拉中學的補習班有個不成文的傳統：向課堂要品質，該學的時候拼命學，「只要學不死，就往死裏學」班主任這樣對我們說。該休息的時候換著花樣玩耍。「不會玩的人絕對不會學，還絕對學不好。」這話也是班主任說的。也只有在格瓦拉中學才有老師鼓勵學生拼命玩，當然前提是學習的時候必須「拼命學」。

校園裏的刻苦學習每每都是一樣的，而課餘的玩耍卻各有各的不同。週末，余弦和何婭他們總是相約到處玩耍；如果我不回家幫父母幹活，他們就約我一起去。去野炊，或者順著格瓦拉鎮邊的小河源頭逆流而上，去探尋河的源頭。他們在一起的時間總是比我跟他們在一起的時間多，我能感受到，他們之間除了同學關係還有比同學關係更密切的關係。格瓦拉的大街小巷，包括田野上，到處都曾留下過他們的身影。他們騎著單車在路上飛奔，兩個人一輛，男同學騎車，女同學坐車，一邊飛奔一邊唱歌。所經之處，田野裏彎腰幹活的農民都會直起腰來，抹一把額頭上的汗水說：「格瓦拉中學的瘋子又來了！」格瓦拉中學補習班每年都會出這麼一幫學生，他們見怪不怪，說完埋頭繼續幹活。

在格瓦拉中學第四十五屆校運會上，從這裏畢業的兩個國家級體操教練親臨運動會現場，跟李蘇啟校長一道為校運會開幕剪綵，其中一個還作了個簡短的發言，讓全校同學真切地感受了一回格瓦拉中學「文武兼備」的優良傳統。

我報名參加五千米、一千五百米、八百米和接力賽。同學都用異樣的眼光看我。大家都認為我是在嘩眾取寵。「一拖三」他們相信，參加四個專案比賽他們也相信，但他們對我能取得名次不相信。我體質單薄，走路幾乎聽不到腳步聲，不僅相貌不像個長跑運動員，而且也從來沒聽說我擅長跑步。余弦連單口相聲都懶得費力氣說了，直接對我報以懷疑的目光。只有何婭說：「李蘇啟，你一定是個硬漢！」為此，余弦跟何婭打賭，誰輸了，都得不定期替我買紅燒肉，總共十份。我在心裏笑得嘴巴都歪了。要知道，我腸胃裏的鏽，生得不是一天兩天了。

到參賽那天，我出盡風頭，一千五百米我拿了全校第一，八百米預賽第一，決賽也是第一。然後是五千米，起跑時有三十一個同學，跑到兩千米的時候還剩十七個。起初，跑道兩邊的啦啦隊各自為各自班上的參賽選手吶喊助威，到後來，我無論跑到哪個啦啦隊前面，他們都喊：「李蘇啟，加油！」我跑得太快了，第一個四百米，我就把隊友甩到後面，我的優勢在於大步流星、勻速向前。四百米一圈的標準跑道，我跑完八圈的時候，後面跑得最快的都才剛剛跑完五圈。李蘇啟校長在辦公室裏聽見全校同學都在喊「李蘇啟」，以為發生了什麼大事，跑到操場上來，見是另一個李蘇啟在跑馬拉松，破天荒站在跑道邊當啦啦隊。當我經過他身邊的時候，他熱切地連喊了三聲：「李蘇啟，加油！」哈，李蘇啟給李蘇啟鼓勁，成了這場運動會最大的看點，遠遠超過兩個國家級體操教練來為這場運動會剪綵——將來寫進校史，一定要在兩個名字後面將各自的身份標注清楚，否則可能會被後人當病句刪掉。同學們平時對他這三個字諱莫如深，是不敢隨便喊的，今天好歹逮了個合理合法狂喊的機會，於是「李蘇啟」三個字被喊得驚天動地、響遏行雲。我兩隻耳朵像冬天裏裸身的樹枝，把風掣得嗚嗚作響。奔跑真是爽快啊，我想像自己像匹草原上的駿馬，正跑向一望無垠的天邊……

就在我想像跑到終點全場沸騰的景象會不會把操場掀翻的時候，我感到胸口發緊，像被誰一下子綁了繩子，最開初是一根兩根，很快就是十根八根，後來越來越多，數都數不過來。繩子在我離終點還有一圈半的時候開始收緊，而且越來越緊。剛才均勻的呼吸像給誰中途鑽了個洞，肺裏面急待補充，鼻腔裏卻跑冒滴漏，我的腳步就亂了，踉蹌起來，幾乎要摔到。何婭最先發現我不對勁，她拽了一下還在熱烈喊著加油的章鷹，跟她說了幾句什麼，兩個人衝到跑道邊上來，在我身邊跑起來。何婭問：「李蘇啟，你怎麼啦？」我已經沒有力氣回答她，衝她擺了一下手，繼續往前跑。行百里者半九十，我不能輸在這最後的幾百米上，否則，依我自己都感覺有些變態的自尊心估計，我終生都不會原諒自己。咱是來格瓦拉中學實現夢想的，不是來丟臉的。

何婭愣了一下，突然轉身拉起章鷹的手向醫務室跑去。

我至今已不記得跑向終點的情景，我甚至不敢肯定我有沒有跑到終點，模糊記得我前面出現了紅色的帶子，不是一根，是好多根，亂糟糟擋在前面，我胸腔的塞子就在這時閉合了，「騰」地在胸口上爆出一團火，想要爆燃出來，卻被塞子堵得嚴嚴實實的，頓時，大腦一片空白，全身沒有哪一處還聽我指揮……

六

甦醒過來已經是第五天，我躺在病床上，有兩根管子插在左胸側下。神智恢復後，我爹告訴我，我患了化膿性肺炎。這毛病在我身上已經潛伏好長時間，五天前找到個合適的機會突然爆發出來。兩根管子連著兩台機器，負責從我肺上抽取膿液。

我爹憔悴得拍一巴掌就可以貼到牆上，這麼多天幾乎沒合眼。我爹告訴我，好在我的幾個同學輪流替他照顧我，尤其是兩個女同學，那些沾滿血污的衣服，都是她倆洗出來的。李蘇啟校長借給我爹一口電鍋，她倆就用那電鍋給我熬粥。我的住院費學校墊支了一部分，剩下的部分我不曉得我爹是向誰借來的。那兩個女同學回學校上課之前，還手把手教會我那只會使用農具的老爹操作電鍋。

不用說，「那兩個女同學」一個叫何婭，一個叫章鷹。

護士每天上午來掛水，大大小小一共五瓶，叫得出名叫不出名的消炎藥、抗生素一大堆。每天上午十點左右查房，醫生都要重複一個問了一萬遍的問題：「昨天多少毫升？」

「兩百左右。」我爹說。醫生是指一天一夜抽出的膿液量。

「少，太少了！」醫生說，「要是今天還達不到五百cc，得考慮把胸腔打開。」

我父親已經歷過五十多年的世事，還是被嚇得臉刷一下變得比醫院的牆壁還白，他聲音哆嗦：「不開行麼？」

「不行，他肺上的膿液越積越多，機器抽都抽不出來，這樣拖下去，只有一個結果，那就是……」醫生沒把話說完，三歲孩子都聽得懂。

「是不是打開來，」我父親沒有力氣和勇氣把問題一口氣提出來，「就能解決問題呢？」

「手術上的事情，都是有一定風險的，誰敢打包票？」

醫生說完。實習醫生把我床頭上的床牌換成「備皮手術」的牌子。

「放在什麼時候？」我爹歎了口氣，聲音不再哆嗦，塵埃落定，他反倒定心了，我從他聲音裏聽出了絕望。

「明天下午。」醫生說，「最遲不能超過明天下午。」

我是清醒的，他們的對話我聽得清清楚楚。拖下去只有死路一條，打開胸腔也可能死，嗨，我才剛滿二十歲，好多事情還從來沒有經歷過呢，如今多半也來不及了。大家都說我不該參加那麼多項跑步競賽。事實上他們不知道，即使不跑步，這病遲早也會光顧我的。半年前，我還在跟師父學醫的時候發了一場高熱，師父診斷為肺炎。師父只用了三味草藥，煎水給我喝下，然後用藥撚子燒炙穴位。像揭了一層紙一樣，半個小時之後體溫就恢復正常。師父囑咐我兩天之內不能沾涼水。建議我臉和腳都不要洗，哪怕用熱水。這些我都做到了。誰曾想到，第二天在跟師父出診的路上，我們遭遇一場突如其來的大雨。我倆都沒帶避雨工具，從路上跑到最近一家人家屋簷下，都沒挽回衣服被淋濕的命運。病根就是在那時候落下的。最近兩個月，我總感覺氣急、胸悶，前幾天還發現血痰。我知道我的身體一定出現狀況了，什麼狀況我說不清楚，也沒跟半年前那場高熱聯繫起來，要是有師父的本事就好了，可惜才學了點皮毛。

我讓爹給師父打電話，請他來救我。接到電話，師父當天下午就來了。師父見我已成這樣，就說：「蘇啟，你這個病已經超出師父的本事範圍了。」

我一聽，心裏頓時涼透了。師父在我心裏是神醫，他都說無力回天了，這世界誰還有本事？我歎了一口氣對師父說：「師父，徒兒不孝，半路改行，還望您老人家原諒！」我口氣平靜，語調平穩，在場的人都聽出來，這是我對師父說的臨終遺言。

師父很難受，他伸手在我頭上摸了一陣說：「若得貴人相助，徒兒能跨過這道坎。」

「貴人？是師父您麼？」我的口氣依然平靜。身邊機器毫無表情地響著，我肺上的穢物正有一滴沒一滴地被抽到容器裏。肺泡裏的膿液越積越多，像塞了些石頭，每天都在往裏面塞，胸腔被一天天撐大，可供我呼吸的地方越來越狹小。呼吸那麼簡單的事情，現在變得越來越困難。

師父搖頭：「不會是我。」

「是醫生麼？」

師父沒有肯定回答，也沒有正面回答。他說：「平心靜氣，順其自然。」

我想，師父這是在寬慰我。行到水窮處，有這份寬慰總比沒有好。我感念師父對我的好。跟他學醫近兩年，從來沒有罵過我。總是鼓勵我說，他只有高小文憑，我這高中生一定能超過他。冬天降溫的夜晚，我窩在被窩裏不吱聲，他半夜進我房間來替我加被子。我有胃寒的毛病，他指導我比照《藥性歌括四百味》，從《湯頭歌訣》中找到相應的藥方，再根據我自身的身體狀況加減配伍，確定每樣藥的劑量，煎服一劑，效果非常明顯，兩劑就根除。這讓我充分體會中醫的神奇。也算我治好的第一例疾病。為此，我很有成就感。他的教學充滿實踐和探索，化枯燥為有趣。話說回來，這跟學校學習比較起來，那又太枯燥了。師父曾經告訴我，要練就把脈知病的本領，大概需要二十年。二十年啊，我覺得太遙遠，那時我都四十多歲了，二十年的探索和研究，有多少人能堅持下來呢？這期間有多少人的疾病，我根本沒本事憑藉他脈象提供的內在資訊、而是靠自己的主觀判斷來診治？在我大徹大悟脈象之前，這些人都是我的實驗對象。這太荒唐，甚至算得上殘酷。

如果要找出我最終重返校園的原因，這可算一條。我擔心在沒有練就把脈知病本事前，稍不留神就把人殺了，比殺雞還簡單。對方落氣之前，還會衝著你一身白大褂千恩萬謝。

這一天剩下的時間我一句話沒說。在我們鄉下有一句話叫「該死則毬朝天」。意思大致跟師父說的差不多，一切順其自然，是福不是禍，是禍躲不過。我甚至什麼都沒想，連我父親有沒有替我籌備好手術費我都不問：要是能活過來，父親借再多的債，都不是債；要是活不過來，這些問題我瞭解得再詳細，都沒機會再替他分擔一分。

我永遠記得，這是十二月份的最後一個星期五。

第二天，也就是星期六，天剛亮，我聽見何婭和章鷹的聲音從醫院廊道的另一頭傳來。她們在門外遇到我爹。隔著門，我看不見他們，但聽得見他們說話。她們一定給了一樣什麼給我父親。我父親推辭說：「孩子，不要這樣，你們來看看我兒子我就很感動了！夠多了，你們不能再這樣做！」我父親聲音哽咽。何婭說：「叔叔，這是公共場合，推來推去不好看。這是我和章鷹的一點心意，請您務必收下！」說著打開病房的門。我爹躲在門後抹眼淚，他沒進來。

兩人在我床前這這那那問了一陣。何婭問我：「想不想吃點東西？我替你熬點粥去。」

我點點頭。醫生昨天的醫囑說今天一早開始限量喝水、不能進食任何流質和半流質的東西，要等術後打了屁才能進食。可是，誰知道我還有沒有機會下了手術臺打屁呢？我想：「管他媽的，飽鬼比餓鬼強！」我總不能癟著個肚皮跑到閻王爺那裏討燒餅。

兩人走出病房的時候，何婭又回頭問我：「要不要放鹽？」

我吃不進任何蔬菜，只能放鹽在稀粥裏調味。

我搖頭說：「不要。」嘴巴裏又鹹又潮，只想喝點淡粥，淡到只剩下米香最好。

大概過了一個半小時，章鷹端著李校長家的電鍋，何婭拿了碗和勺子進來。她倆已替我把粥涼好，稀稠適中。我心裏很感激。我後悔開學第二天就跟何婭來氣。人到這時候，猶如落到井底，別說從井口探下一根麻繩，就是飄了一根南瓜藤下來，都會覺得是溫暖，是恩賜。

「現在吃？」何婭問。我點點頭。我爹大概上護士站作什麼準備去了。章鷹把床搖起來，讓我坐直身子。章鷹聲音好聽，可病床不會因為她聲音好聽就主動降低搖起來的難度，等她埋頭把床頭搖直站起來，我看見她的額頭和鬢角上滲出一片細密的汗珠。

我要自己舀來吃，何婭偏要用勺子餵我，我強不過她。她舀了一勺餵進我嘴裏，溫熱的粥果然散發著大米的清香，自己煮的就是不一樣。這些天我跟我爹吃醫院食堂，兩素一葷，鹹得吃不下不說，那素菜我敢肯定從來沒洗過。前天我從炒青菜裏挑出一片紙，上面赫赫然有六個字：護舒寶（夜用型）。分兩排，上排大，下排小。葷菜則是紅燒雞頭雞脖子，天天如此。米飯稍好，稍好的意思是看不見異物，可硬得巴不得在牙床上裝台粉碎機。

舌頭剛接觸到粥，味蕾立即表示強烈不滿，喉嚨馬上反抗：米粥是放了鹽的。我「噗——」一下噴出來，接著劇烈咳嗽起來，才咳了四五下，我就感覺到不對，緊急示意何婭把床底的腳盆拽出來。何婭嚇慌了，把手裏的碗和勺子丟到床頭的小櫃子上，拽出腳盆，我喉嚨底下憋足的鹹腥的東西衝口而出，噴到盆裏，是膿和血，赤橙黃綠青藍紫，各色俱全，腥臭異常。我已顧不得斯文，面子暫時塞到褲襠裏去，跟醉酒的人強烈嘔吐那樣，我止不住嘔吐。膿，血，膿，血，膿膿，血血，血膿膿，膿膿血。吐到半盆的時候，感覺胸腔裏的石頭少多了，到這會兒我曉得，不用上手術臺我都知道有兩種結果：死亡，或者有救——有救的可能大於死亡。章鷹站在床腳發抖，連尖叫都不會了。我爹不曉得什麼時候站在門口，也嚇得動彈不得，張起個無助的嘴巴，木然望著我嘔吐。我爹真有先見之明，醫院發住院用品的時候，我爹嫌面盆小了，再說也怕是別的病人用過的。他正處在一分錢恨不得掰成兩分來用的艱難歲月，竟耗資十元替我買了一個大面盆，看，真派上用場了。何婭嚇得把那盆赤橙黃綠青藍紫盯得死死的，我吐一下，她向後面退一下。鄰床的病友大聲提醒他們：「快去喊醫生！」何婭最先醒過神來，衝出病房。看見何婭的背影消失在房門裏，我眼前一黑，再次失去知覺。

再次醒來的時候，首先進入眼眶的是我爹興奮的表情。他的鬍子已好久沒刮了，他興奮的表情在他長滿鬍子的臉上波濤洶湧，最後湧到眼角，變成兩行熱淚奔騰而出。我媽和我的三個弟弟也在。

「大哥醒了！」最小一個弟弟喊了起來，氣勢跟站在天安門城樓上向世界宣告一樣令人振奮，「我大哥醒了！」

我在一家人中間找何婭和章鷹的身影，我爹告訴我，她倆回學校上課去了。我爹還告訴我，週末兩天她倆不離我左右陪護我。

「今天星期幾？」我問。

「星期三。」三個弟弟異口同聲回答我。

我摸摸胸口，胸口好好的。我爹說，我被推進搶救室後，儀器檢查，胸部的陰影消失，醫生把我推出搶救室，對我爹說，已經沒有必要進行手術了。然後繼續給我抗生素和消炎藥。昏迷中又吐了幾次，跟第一次比較，都是象徵性的，且一次比一次少。過了一天，生命體徵平穩，醫生對我爹說：「你家孩子活過來了。」後來科室主任來查房的時候說：「真是奇跡，機器都抽不出來的，這小子竟自己吐出來了！」

一切都因那口鹽粥。我不曉得，是何婭把我的話忘了，還是陰差陽錯聽錯了。

「貴人！」我想起師父說的兩個字。

七

再返格瓦拉中學的時候，格瓦拉中學迎來期末考試。我身體依然虛弱，可我戰鬥的信心一絲一毫不減。學校發給我好大三本證書。還有好幾百塊錢獎金。這一次沒人喊我買糖，我買了喔喔奶糖，從同學到老師，每人一份。當然，我那同名同姓的校長大人也不例外。李校長對我說：「李蘇啟同學，要是不出這狀況，我們可以向武漢體育大學推薦你。」我告訴他，出院醫囑第一條是：康復之後三年內不得從事劇烈運動。醫生在向我宣讀這一條的時候，特別叮囑，絕對不能從事跑步競賽，長跑短跑都不允許。「否則，還要你老命！」他說。

考完英語，情況非常糟糕，真應了一句話：理想很豐滿，現實太骨感。這學期來，我除了生一場大病外，業餘生活太過於豐富啦，野炊，騎自行車環遊格瓦拉湖，合唱比賽，運動會等等。如果不是這場考試，我早就忘記我還有個死穴，也忘記了我需要提高英語成績，否則，我將成為砸格瓦拉中學補習班牌子的人。人家會怎麼說？「看，這就是當初獲得兩千大洋獎金的超級種子選手！」老天爺，這無異於掀掉了我家的祖宗牌位。

全部學科考完那天，我獨自坐在座位上發呆。我為我的外語焦慮：非動真格不可了！英語作文來不及搞了，我至少要在選擇題、完形填空和閱讀理解上搞到點分數。可我實在無從下手，我是該背單詞呢還是讀語法？有沒有什麼捷徑？有沒有人願意做我的小先生替我補課？找英語老師是不可能的，她正跟一個男人熱戀，每天折磨她男朋友都忙不過來。

何婭哭哭啼啼進來，陪她一起進來的還有章鷹、余弦、郭慶等人。

何婭最近牙齦腫痛，一顆蛀牙在下崗前夕攢足勁發炎，折騰得她撞牆的心思都有。

考試結束，一幫人陪她去拔牙。出門的時候還沒想好是上格瓦拉鎮的衛生院還是民營診所還是別的什麼流攤。在格瓦拉鎮口，他們看到許多人裏三層外三層圍觀一白大褂給人補牙換牙，也圍了上去。那白大褂身材魁梧，身後有一大紅橫幅扯在兩棵香樟樹間，橫幅上紅底白字：祖傳秘方，無痛拔牙。見幾個被他醫治的人帶著滿意的表情離開，何婭就動心了。遊醫自稱姓何，何婭上去就診，立即跟何婭認了本家。他對何婭說：「何本家，這是我們何家的祖傳秘方，不用老虎鉗，不用吊索，更不需要鑽子鐵錘，不需要手術，更沒有痛感，咳嗽一聲蟲牙下崗，包你滿意，不滿意不收錢！」何婭心花怒放。遊醫的治療手段果然簡單，他讓何婭閉上嘴巴，用指頭按壓何婭的牙床，不斷問：「這裏嗎？是不是這顆？」得到確切回答，他用指頭按壓一下蛀牙部位，囑咐何婭繼續閉嘴5分鐘，然後咳嗽。5分鐘後，何婭張嘴咳嗽，從嘴裏吐出一顆牙齒。遊醫把牙齒從地上撿起來，指著牙齒根部一根白色線狀物對何婭說：「看，這是牙蟲！」等何婭付了錢，往回走了一陣，牙痛突然猶如刀絞，她伸了指頭到嘴裏摸索，驚駭地發現，上牙第五顆蛀牙仍然好好地站在牙床上，相對應的下牙卻被拔除了。這還了得，一干人回去找那遊醫，余弦說單口相聲的本事派上用場。面對淩厲的攻勢，遊醫巋然不動，這傢伙江湖夠深，什麼場合沒見過，還怕幾個毛都沒長全的學生？他等余弦嘴巴說酸歇氣的當兒說：「你們剛才誰沒看見牙蟲？都看的是吧？那就好，那就是一顆蟲牙。牙痛有對稱性，病灶在下面，往往痛在上面。看來你上下牙都有問題，要根治，得把上面那顆也拔掉。」

何婭肯定她的下牙是無辜的，蛀牙的凹槽在上牙，剛才看到那下牙飽滿光潔平滑，哪像蛀牙呢？她向遊醫索要牙齒，遊醫說你沒要求我保存，早丟啦。可余弦、章鷹等人包括何婭本人見遊醫正要補到一個四十歲上下禿頭嘴巴裏的牙齒，怎麼看都像何婭剛下崗那顆。禿子滿嘴煙薰的黃牙，哪來那麼光潔的牙齒？哦呸，拿他一點辦法都沒有。何婭的蛀牙還在崗在編，一日不除就只有撞南牆。遊醫表示再撥一顆可以，子兒一個也不能少。何婭想想這虧吃大了，被拔一顆好牙得不到賠償，還反多出一倍的價錢，轉身氣鼓鼓地回來，路上越想越氣，忍不住眼淚掉下來。一幫人除了安慰她，什麼辦法都沒有。章鷹建議把他攤子砸了，余弦第一個就不回應，他除了一張嘴巴好事，動拳頭的事從來沒做過。

我問：「他按壓你牙床的時候，有沒有換過指頭？」

幾個人都說沒在意。

我決定去會會遊醫。看來天底下擁有那本線裝古書的人不止我一個，當然也不止他一個。

我挎上書包，摸摸那小藥瓶，小藥瓶還在。

對裏面的東西我過去一向心存敬畏，發誓輕易不用。可事情發生在何婭身上就不一樣了，何況問題已交到我這裏來，我自願鋌而走險，再說他的伎倆跟我的辦法，從結果來看，應該就出自那本書。

遊醫還在那裏。對我們的到來並不感到意外。他送走一個剛經他醫治的病人。他說：「回家去多用鹽水漱口，若還有不適，隨時來找我。」他拽了條毛巾拍打一張塑膠凳子，凳子很乾淨，沒有灰塵，但他還是要拍打幾下，誰都看得出來，他是在我們發難之前猜我們會用哪句話開頭，他好用一句話給我們來個一劍封喉。

我說：「醫生，你真是神醫。同學都說你隔著臉皮摸幾下牙床就能把蛀牙取下來。」

這話超出遊醫的預想。我根本沒有問他，他無需回答。不僅沒有問，我還表揚他呢。

我說：「你的手法我也會。用的是氣功。」

遊醫一笑，他說：「哦，氣功？練練？」他的意思是讓我練給他看。我嘴唇上已經長了一層小鬍鬚，但怎麼看都不像是從金庸武俠小說裏走出來的，何況我大病初癒。他完全可以瞇起眼睛看我，他臉上掛著嘲笑。他在拍打過的凳子上坐下來，蹺起二郎腿，抽出一支香煙，準備點上。

「請您坐好了，香煙待會兒點，讓我試試看，」我說，我抱了一下拳，動作搞得古色古香的，「討教了！」

遊醫沒把我放眼裏，所以拿誰做實驗他根本不在乎。

我用食指摸他的牙床，在何婭缺牙的部位我的指頭停下來，我說：「醫生，討教囉！」說著，我換了個無名指頂在剛才食指的位置，輕輕揉了幾下。我說，「醫生，嘴巴閉好囉，過五分鐘咳嗽一下。」

我退後一步，遊醫的臉上寫滿不屑和嘲笑。要是我把他牙齒取不下來，那他這神醫就當定了，何婭就活該丟兩個牙齒。不少逛街的圍在四周，有個老太太問：「牙醫今天收徒弟了？」誰也沒回答她，這問題太滑稽了。我又退後一步，笑眯眯把他看著。我把剛才伸進書包、在小藥瓶口抹過一下的無名指放到街邊的香樟樹上擦了幾下，確認擦乾淨了才停下來。

這小藥瓶裏的粉狀物是我去年春天自製的。那時我剛找到那本線裝古藥書，裏面有幾行字：以河灘淨沙上白絲魚和馬尿置瓦上焙乾研磨成粉即為滑骨丹。曾聽長輩傳說，從前有一俠客，專修太極，行俠之時不用刀劍，而是貼身用手捏拿對方關節，頃刻對方關節脫落，若二十四小時內不能接上，即落下終身殘疾。我不曉得那本書上記載的奇方是不是真有神效，有心配製一試。白絲魚和馬尿都是平常易得之物，就做了一瓶，到夏天抓回一隻螳螂來，於指間蘸少許滑骨丹輕抹蟑螂關節處，轉眼螳螂腳爪功能盡失。嚇我一身冷汗，好在我學過生理衛生，之前只敢用指尖觸碰滑骨丹，指尖上沒有關節，否則後果不堪設想。

五分鐘到，他主動張嘴咳嗽了一聲，他張嘴的時候，臉上嘲笑的表情一點不減。隨他咳嗽聲音在喧鬧的格瓦拉鎮上空響起，一顆牙齒從他嘴巴裏飛出來。他大驚，用穿風漏氣的聲音問：「這是怎麼回事？這是怎麼……」

何婭、章鷹、余弦等一幫子同學和看熱鬧的群眾也驚呆了。

我撿起地上的牙齒，指著牙齒中間的線狀物對他說：「看，這是牙蟲！」

遊醫臉色鐵青，暴怒道：「放屁，這是牙髓！」

我不怕他，我有那麼一幫同學撐腰。我相信如果江湖郎中揍我，哪怕余弦這樣只有嘴巴發達的傢伙都不會袖手旁觀。我指著何婭問他：「在你身上是牙髓，在我同學身上就是牙蟲？」

他已經沒心情跟我爭辯，提起兩個大拳頭就要揍我。我伸出食指，再伸出無名指在他面前晃晃，說：「小心這個！」

他本來以六十碼的速度向我奔來，見到我的指頭，突然剎車，嘎一聲停在離我一米不到的地方。他因憤怒把自己一張還算說過得去的臉搞得像塗了變質的番茄醬，可他還是垂下拳頭。他算明白了，他所擁有的我也有，如果撕破臉，把老底攤出來，自己把自己飯碗砸了不說，不知有多少跟何婭有同樣遭遇的人都會來找他。他以手心揉揉被取掉牙齒的部位，換一種方式問我話：「小兄弟，感謝你把我蟲牙取掉。」什麼是江湖？這就是。在《聊齋》裏，妖精變形起碼要喊一聲「變」，川劇變臉還需要一個遮臉的假動作，他什麼都不需要，眨眼就跟我稱兄道弟，那表情和口氣，整得跟真的似的。

「承讓！」我不動聲色，不卑不亢。

「只是你手法不熟，弄痛我了！」

我說：「有機會再來向你討教！」

八

沒出院，我就悄悄喜歡上何婭和章鷹。不僅因為善良，是我的「貴人」，還因為她們漂亮。我心頭的道德底線在責備我：怎麼可以一齊喜歡兩個呢？可沒辦法，我努力過，也嘗試過，我沒法喜歡一個不喜歡另一個。

返校第二天晚上，余弦對我說：「魚塘要翻塘了。」他所說的魚塘，在校園靠近廚房的水池邊，十幾畝水面，裏面的魚是廚房的剩飯餵大的。每年春節放寒假前夕都要翻塘，捕上來的魚大部分出售，全校教職工各分得幾十斤，剩下的免費讓全校學生吃兩天。

我被他說得莫名其妙，學校還沒有動手，皇帝不急你太監急啥呢。我問：「什麼意思？」

他說他剛才在指頭上夾了點麵包乾，有大魚來吃，像狗一樣把他指頭咂得嘖嘖有聲，他迅速把指頭彎成魚鉤狀，竟把那條大魚拽了上來。他臉上的表情是：我這行為算不算偷啊？他一向會說的嘴巴像給誰塗了膠水。看來這小子以前多半沒幹過壞事。鬼才相信呢，指頭能釣魚！我問他：「魚呢？」

他從我床下拽出我在醫院裏吐過的盆子，裏面有一條六七斤重的草魚在徒勞地張嘴翕腮。

我感歎：「嘖嘖，本事啊，指頭釣魚！」

「怎麼辦？」他的意思怎麼處置這條大魚。總不能拿來供神龕上，我說：「煮來吃了。」

「到哪裡去煮？」

「上李蘇啟家。」

「你膽真夠大的。偷他統治區的魚，還用他家的鍋來煮！」

我想起來李蘇啟借給我爹的電鍋我還沒還。彎腰從床下拽出電鍋。余弦高興了，喊來郭慶、何婭一幫人。何婭和章鷹將來必是優秀的家庭主婦，幾樣簡單的調料，就把一條草魚煮得鮮美無比。何婭的體力明顯沒有章鷹的好，忙乎一陣，她坐下來歇氣，氣喘不均的樣子。我見她的臉比平時白，顴骨上的紅暈比平時更深，我想多半是在往返於醫院和學校照顧我期間累著了。心裏很感激。大家都很開心，就在這上面多想。

何婭建議，李蘇啟家的電鍋暫時不要還了。

我問：「為啥？」

她說：「放你這裏好煮魚。」

「啥時候還呢？」

「啥時候魚塘裏的魚煮完，啥時候還。」

何婭的俏皮話把大家逗笑起來。

這時，宿舍門上響起了敲門聲。郭慶去開門，進來的是校長李蘇啟。李校長往一丟魚骨上掃了一眼。我們都不曉得他要說什麼。學校規定，嚴禁在宿舍使用電器，防止發生火災，否則罰款，並通報全校。這已經不得了了，剛才沒經過他同意把他轄區的魚煮了，夠我們吃一壺的。我們誰都不開腔，誰都不敢開腔。李蘇啟說：「你們在給李蘇啟補身體？」

一幫人「嗯」一聲，嗯得很輕鬆，像在長輩面前撒嬌。大家明白，李校長已經自己下了幾個臺階了，大家心裏都明白，問題不會像我們想像的那麼嚴重。

「李蘇啟現在還不能吃魚。」校長說，「容易復發。」

這一說，讓我想起那個星期六的早上盆子裏被我噴射的赤橙黃綠青藍紫，我「哇」一聲吐出來。我爹花鉅資替我買的盆子正好在面前，已經空空如也，剛才他們連最後一滴湯都沒捨得放過。

李校長端起他的電鍋出門去，誰也不再提宿舍煮魚的事。

九

期末考試結果公佈，何婭第一，余弦第二，章鷹第五，高三年級前五十名我們班占三十一個，我英語三十四分——又是三十四，這數字跟我前世有仇，差不多等於缺考一門，排在三十二名，混進非補習班隊伍中。我知道自己英語差，沒想到因為英語，我差到這個地步。從前在我畢業的那所名不見經傳的學校讀書，這種差距不明顯，如今在高手雲集的班上，我數學成績哪怕考滿分也無濟於事。我真擔心以後李蘇啟在招補習生的時候，會增考英語。

英語老師找我談話，她說最簡單的辦法就是背誦所有課文。「通過背誦，從中體會語感，具備語感，你就能解決聽力和完形填空，甚至連閱讀理解都可以靠語感來解答。比如『我讓你聽音樂』裏的『讓』，換成『煮』或者『偷』，都不通。」

作為名校格瓦拉中學的教師，為早一天從開發商手中拿到某套房子的鑰匙，英語老師在跟男朋友約會之餘，還在兩所民辦學校兼課，我要把提高英語成績的希望寄託在她身上，好比我要美國總統來給我寫畢業鑒定一樣，不現實。

我請何婭指導我英語語法和句法，何婭爽快地答應。跟何婭交往是件非常愉快的事情，我問她去年高考結束幹的第一件事情是什麼。她說：「我在本子上寫了九個字：離高考還有三百六十二天。」她幽默風趣，擅長把簡單平實的話，說得讓你喜笑顏開。隨著一個個英語山頭被消滅，我漸漸喜歡上英語，當然也把何婭跟章鷹分離開來了，我發現我內心深處是如此喜歡何婭。到何婭把初中課本上的語法、句法和高中課本上大部分語法、句法讓我基本搞懂的時候，我汪洋恣肆的荷爾蒙催得我不立即對何婭表達我的愛意，我就無法再繼續學下去。這世界，男女戀愛的結果只有那麼幾種，過程卻千差萬別，短的一個眼神，一句話，長的幾年十年，甚至一輩子。校園戀愛就簡單多了。在明確表白之前，兩人都處於朦朧狀態，這種狀態很美好，彼此都能感受得到它的存在和美好，卻都不去挑破，放在心裏，交給眼神，含在嘴裏不說出來，讓人一輩子回憶起來，都忍不住激動。關於我跟何婭在這方面的細節，可參照瓊瑤阿姨的《幾度夕陽紅》、《月朦朧，鳥朦朧》的前半部分，也就是男女產生好感，彼此傾心的那部分。為節省筆墨，恕不贅述。我把珍藏多年的一塊臉譜石送給她，蠶豆那麼大，她沒客氣，收下了。

她大概認為這只是一塊石頭而已。後來有一天，她問這塊石頭的來歷。我說，這塊臉譜石是我小時候家裏請的一個石匠從一塊火山石中間敲出來的，那石匠見了這塊帶紅藍花紋的石頭說：「可惜了，缺了點火候！」隨手送給我。那時候我爺爺還在世，他給這塊石頭取名「花旦子」。我嫌不好聽，給它取名「臉譜石」。我把它當玉一直隨身帶著。她說：「既然是你的隨身玩意兒，怎麼可以拿來送人呢？」我說：「好馬配好鞍，男孩子身邊的玩意兒遲早都是要送給某個女孩子的。」何婭的臉頓時紅紅的，我想她是懂我的意思了。這樣的招數，古代評話中俯拾皆是。可她並沒有明確表態，該幹啥還幹啥。我見她沒反應，就寫了一封信塞到她文具盒裏。我詞情懇切，真誠至極。我想我的文字雖不能讓石頭開花，但至少能讓姑娘動容。我想不管是拒絕還是接受，她都會回答我的，就像我問她英語問題一樣。這大半年來，磕磕絆絆，從沒見她討厭過我，她對我重話都沒說過一句。要是她不在乎我，當初不會替我買糖，更不會犧牲自己的時間替我補習英語。我想她答應我應該是件順理成章的事情。沒想到，她選擇沉默。也不是不說話，就像什麼都沒發生，每天跟章鷹嘻嘻哈哈進進出出。

這比拒絕或者接受要折磨人一千倍。我晚上總睡不著，上課恍恍惚惚。我畢竟學過醫，在師父黃世偉身邊待過兩年，我知道我的病在心頭，心病還需心藥治，我的心藥，是她的回答。

這天，何婭和章鷹來到我面前。章鷹說：「從今往後，你得靠自己的本事把英語提起來。」

「何婭不幫我啦？」我大吃一驚，連忙問。我沒想到等來的竟是這一齣。

章鷹說：「你已經入門了，可以自己提高。何婭還有自己的功課，不要因為幫你把自己耽誤了。」

這話是我沒想到的。是的，時間對每一個高三的學生都是珍貴的。我在陶醉於何婭的美好的時候，竟然忘記了她也是高三補習班學生。「我是不是太自私了？」我責備自己。事實上，當我背完初中六冊英語課文，在何婭幫助下把高中英語除虛擬時態和被動語態之外的大多數語法基本搞懂，進而把高中課文背掉一大半的時候，英語這門學科的大門徐徐向我打開了，英語老師的課我基本可以聽懂，五個問題我至少能回答正確兩個。

「我能行嗎？」我心頭沒底，不自信。

「能行。」何婭笑盈盈地說，「你一個爺們兒，沒什麼不行的，只要你有恒心和勇氣。」

她不笑還好，她一笑，我方寸大亂。對於大多數人來說，高考不是實現人生目標的唯一途徑，可對於格瓦拉中學補習班的同學來說，誰不打算進大學裏去淬火呢？似乎也只有這樣，我們才有跟這個世界對話的底氣。

剛剛打開的情感之門，就這樣咣當一聲關閉了。

「要是何婭拒絕，她絕不會這個樣子對我說話！」我暗自慶幸。她透露給我的資訊是她可以愛，但不是現在。我想起農村裏老人對孩子的警告：莫採青果，才等得到成熟的美味。話雖這樣說，難言的心緒還是過了好多天才慢慢消退。

投入更緊張的學習是解決情感分岔的最好良藥。不僅英語，其他各門功課，我都投入了百分之百的精力。不用考試，自己都能感受到自己每天都在進步。

何婭給我一本《高中英語語法歸類例舉》，扉頁上是她寫的一行字：雞蛋從外面打破是食物，從內部打破是生命；人生從外面打破是壓力，從內部打破是成長。與李蘇啟同學共勉。何婭。

成長？我確實需要，這無關年齡和身體，是心理。從此一切看似平靜，又確實不平靜。我跟何婭繼續是最好的朋友，但已無關風月。多年以後我悟出，我之所以猴急著表白，跟我的出身大有關係。我出身農村，農村人進入社會，哪怕別人給予的一點點關心和愛護，都會在心裏被無限放大，就急著「投桃報李」。這說得好，叫感恩；說得不好聽，叫過度戴德。而縣城孩子，比我們經歷的世事更複雜，他們更多一些理智。就像何婭，她也許認為，幫我買幾顆糖，幫我補習英語，那不過是舉手之勞，做之前就不曾考慮是否能得到回報，做完就不再放在心上。十年之後，當我路過廊坊，遇到一個收了五十元假幣的賣茶葉蛋老太太放聲大哭的時候，我用五十元真幣把她那五十元假幣換過來，老太太感激得差點給我跪下，我迅速離開，找一個僻靜的地方，把假幣撕成粉碎，丟進垃圾桶。那時我已是一個孩子的父親，我愛我老婆。但那一刻，我又想起何婭。

在我瘋狂攻擊英語感到倦怠的時候，我就會打開那本書，把扉頁上那句話讀兩遍。我經常想像有一雙贊許的眼睛在不時看著我，令我須臾不敢懈怠。

到第二個學期期中的時候，我的英語成績已經不會低於四十五分，憑此，我搖搖晃晃拱進班級前十。余弦隔段時間就替我買一次紅燒肉，聲稱這是當初他跟何婭的約定，我堅決不要，他就把買來的肉分一半給我。「大家吃肉大家香。」他夾一筷子肉塞進大嘴說：「李蘇啟，你的肉，香！」

十

拜會江湖郎中之後，要是沒人結伴同行，我隨便不上格瓦拉鎮。不清楚江湖郎中想清楚沒有，出來混，欠下的債早晚是要還的。余弦說：「這話對你同樣適用。」

同學們都以為我懂氣功。「李蘇啟，你收不收徒弟？」郭慶想做我徒弟都快想瘋了。停電的日子，大家點上蠟燭在宿舍複習功課。余弦總是等到窩進被窩才喊：「李蘇啟，請運口氣，幫我把蠟燭吹滅，謝謝！」靠，足足兩張床的距離。連章鷹失眠都來找我。她說：「最近老睡不著，請你用氣功幫我治治。」我說：「別瞎說，你得先搞清楚為啥睡不著，心病還得心藥治。」余弦開她玩笑說：「一躺到床上腦子裏就跳出個氣功大師，自然睡不著。」章鷹嗔怒：「欠揍！」余弦抱拳，學我古色古香的腔調說：「承讓了！」周圍的同學哄笑。章鷹還是不依不饒，非要我發功，她說：「你重色輕友，只替何婭打抱不平，就不替我等小民解決小疾小苦。」被他們逼急了，我大聲宣告：「我只學過中醫，沒學過氣功！」話說到這地步，他們還是想不到中藥上去，弄得我恨不得把他們挨個兒拉出去，勒令每人讀三遍《上林賦》，遇上一個「魚」旁就把江河湖海、甚至傳說中的「魚」都一網打盡的字串兒，一定看仔細，一個都不許讀錯，錯一個加一遍。

一天，何婭趁教室裏沒幾個人，悄悄問我：「你真沒學過氣功？」

我點頭。

「那麼，」她有些遲疑，「那郎中真有蛀牙？」

「不知道。」我說。何婭擺出一副求證的面孔，我又說，「我真不知道。」

「你是怎麼……」何婭說，「這樣說吧，他是怎麼把病人的牙齒取出來的？」

「藥。」

「你用的也是藥？」

我轉了個小彎回答她：「以其人之道還治其人之身。」

「噢。」從她混著鼻音的話裏，我聽出某種釋然，我相信她聽懂我的話了。

隔一周星期二午休的時候，從校外進來的同學告訴我，學校大門口傳達室有一個四十多歲婦女點名找我。

我以為是我媽。心想我媽怎麼會來呢，她老人家聞到汽車尾氣就頭暈，上了汽車不曉得東南西北，她最遠到縣城，那還是她年輕的時候參加一次全縣性的運動會，項目是三千米，因為暈車，她上了跑道都還在嘔吐。我喜歡長跑，大概是從她那裏遺傳的。我給她說我在格瓦拉中學讀書，乘車到縣城，再轉車行二十多公里，她以為我到了天涯海角。

果然不是我媽，是個不認識的中年婦女。兩隻手上套著兩條超長的布袖套，看起來她的手跟劉備那長臂猿有一拼。面善，說話有東北口音，我估計她是從縣城來的。

「阿姨，你找我？」

「聽說你是神醫，我請你幫我看看。」她面相和善，樣子相當誠懇。我相信她真是急病亂投醫了，我剛剛學了一點皮毛，入師的時候，師父跟我約定學五年，我兩年都還不滿，《藥性歌括四百味》和《湯頭歌訣》才背了一半，我懂什麼呢。

「阿姨，你弄錯了，我是高三補習班學生。」

黃世偉師父在我入師的第一課，對我說，為醫之要，是仁心，哪怕病人只剩一口氣，你都要給他百分之百活下去的信心，然後才是望聞問切。我有些恐慌，不就是取了江湖郎中一顆牙齒嗎，難道我真跟金庸小說裏的人物一樣，一招之後，威震江湖？那件事之後，既無電視報紙來採訪報導，同學間也沒怎麼談起，這阿姨怎就封我為「神醫」呢？

她略有些浮腫的臉上是落水者渴望獲救的神色。我警告自己，不能裝神弄鬼，否則，我跟街頭那江湖郎中是一路貨色。我說：「阿姨，我只學過兩年中醫，兩年都還差兩個月……」

她眼角蓄滿淚水，隨時都可能滾下來，她說：「我是何婭的媽媽，何婭回家說她有個神醫同學……」

原來是何婭的媽媽，難怪剛才覺得面熟。可仔細看，何婭好像沒有遺傳她的資訊，只是眼神、動作和語氣有些相像。既然這樣，膽氣就上來了，我突然改變主意。不管怎樣，我願意試試，我甚至希望自己扁鵲再世、華佗現身，能藥到病除。就在我決定答應的時候，我對自己一點底都沒有。沒有底氣也要試試，弄不弄得好那是能力問題，出不出手相助，那是態度問題，事關仁心。

「那好吧，」我說，「我試試。您是哪兒不舒服？」

何婭的媽媽背對門衛，取下袖套，露出一雙滿是紫黑色疙瘩的手，手背上居多，指頭上也有，手腕以上無。何婭的媽媽說，起於半年前，半年來看遍大大小小醫院，求救於各種各樣的遊醫，只要聽說誰有點本事，她都去請人家看。各種治過敏的藥都用了、膏也塗了，甚至用激素——她那臉，典型的激素臉——用藥的時候不癢，停藥復發，比先前更厲害。光那些醫生給疙瘩的名字，就五花八門，收攏來可以裝好幾籮筐。女人是靠手吃飯的。幹活要用手，操持家務要用手，待人接物也要用手，如今沾上點洗潔精就發癢，甚至水溫過高或者過低都會引起反應，全家的生活亂套，出門就怕別人看見了噁心，從此不敢登他們家的門。「日子真沒法過！」何婭的媽媽說，「我不望你能藥到病除，請你試一試，給我個機會，治不好我不怪你。」

「阿姨，是您給我機會呢。」我仔細觀察她手上的疙瘩。一般瘡毒都有瘡頭，也就是有尖尖的頂兒，裏面有黃色或者白色的膿，她手上的疙瘩頂部不尖銳，瘡體顏色黑紅，渾濁，不透明。我看了看她的舌苔，讓她把舌頭翹起來，舌底的顏色也看了。我在師父那裏最大的收穫，是學會舌診。師父學醫的基礎文化是高小，即高等小學，大概也就是現在的小學畢業；我學醫的時候是高中畢業，我學過生理衛生，還接受過其他看似不相干，卻對中醫學習絕對有用的知識，所以，我對舌診的領悟速度和程度都令師父刮目相看。何婭的媽媽舌苔上透露的資訊是肝腎脾上臃毒不清、鬱熱外漶。

「阿姨，您讓我思考一天行麼？」我慚愧地對她說，「你知道，我是半路出家的。」

「行，我等你的消息。」

送走何婭的媽媽，我返回教室，利用下課時間，我翻遍了那本線裝的古藥書，沒有找到關於這種瘡毒的藥方，《湯頭歌訣》也無相應的方子。我一直在念叨仁心仁心仁心，可仁心不能替我開方子。古書真是本奇書，記載的都是奇奇怪怪的方子，醫治的也是些奇奇怪怪的病。我以前只粗略通讀過，大多數奇方看過也就看過，沒往心裏去。這一遍我算是看進去了。比如，驗證女人是否是處女，不需要上醫院用什麼擴陰器之類，只需扯一把妃子草和王公藤合一起揉碎，取汁於絲巾上，在女人面前抖動絲巾，聞之打噴嚏則已開瓜破處。再如，男人疲軟，無需偉哥偉弟，以鐵線草煎水當茶飲，一劑即能立竿見影。「堅如鋼鐵，持久不疲。」書上是這麼寫的。這是本用最簡單的方法解決複雜問題的醫方集成。這樣的醫方，在古代講究君臣佐使的中醫時代，是不入流的，只有兩三味藥，甚至只有一味，無君無臣，亦缺佐使，因此歸於偏門。我相信編這本書的人一定是個奇人，心眼子長得跟一般人不一樣。

何婭只知道她媽媽要來找我，沒想到她今天來。何婭說：「如果沒辦法也不怪你。華佗還會遇到沒見過的疑難雜症呢！」

我說：「你先別給我找臺階，你越給我找臺階我心理壓力越大。你知道不？我都後悔只學了兩年中醫了我！」

緩了口氣又說：「還後悔，當初不該去學醫。」

「為什麼？」

「不學啥都不知道，也就無需擔什麼心思。像這樣學成個半吊子，二百五郎當的，你們不怕我失手，我還怕我搞出來的是毒藥呢。」

「給你添麻煩了！」何婭不好意思地說，「因為她是我媽。地老天荒海枯石爛也只有這麼一個。」

她這話讓在場的人動容。這話於我來講，就像解數學難題時的一個提示，使我接近解題思路，只差一條輔助線或者一個暫時遺忘的定理。

失眠一個晚上，快天亮時稍微瞇了一會兒，醒來發現，因為是「貴人」的母親，因為我對「貴人」的那種意思從來沒有消滅過，我攬下這瓷器活，可事實上我完全是在徒勞，我不是金鋼鑽，也不是銀鋼鑽，不具備鑽子的條件，什麼鑽都不是。我要對何婭說對不起，請她媽媽另請高明。

何婭向我走來。她臉上的微笑不曉得是與生俱來的，還是家庭教養的關係，給人感覺親切、信賴。在隔我兩三米的地方，她一定看清楚我臉上抱歉的表情了，見我沒主動上前說話，就什麼都明白了。就在我懊悔學藝不精的時候，我突然想起我的師父。因為想把功勞全部攬在自己身上，我竟忽略了我的師父。在何婭離我只有一米、我估計她正考慮如何用一句轉移話題的話來做開場白的時候，我說，建議她媽媽去找我的師父看看。我把師父的地址寫在一張紙上交給何婭。

兩天后，何婭的媽媽帶回一張字條，是師父的字，上面只有三個字：四素夾。這是黃世偉師父從他師父——也就是我永遠不可能見到的師公那裏傳下來的暗語，非本門師徒看不懂。師父的意思是：注意四十五、四十六頁夾層。這是指古代線裝書的折頁夾層，答案也許就在四十五、四十六頁夾層裏面。我翻看《藥性歌括四百味》和《湯頭歌訣》，這是兩本現代出版的書，沒有夾層。我拿出那本封面殘缺的線裝古書，指頭觸到泛黃荊川紙的時候，我不禁慨歎古代造紙術的精良，幾百年的古書，紙張仍舊棉柔光亮富有彈性。翻到四十五、四十六頁，輕輕挑開夾層，裏面果然夾有一張書頁大小的紙條，同樣為荊川紙，紙上的字為手寫體，共載有十四個藥方。第一個方子叫「敗毒洗」，方後所載適用症狀，正巧跟何婭媽媽的症狀相同。

我說不清是該大喜還是大悲。喜的是，我終於找到方子，悲的是，一切都沒逃過師父的法眼。我以為藏掖得很好，師父其實早就清楚這本書在我手頭。

方子只有三味藥：苦葛、油桉葉、漆木，煎水擦洗，一日數次，消透為止。這三樣藥材，在我故鄉都是易得之物。

三個星期後，何婭的媽媽來學校，伸出一雙光潔的手說：「李蘇啟是神醫！」「神醫」的名頭從此叫響在格瓦拉中學上空。他們越是這麼叫，我越是恐慌，我不曉得還會有什麼樣的疑難雜症會找上門來。我對中醫的理解和掌握就像我農村人的「裝」一樣，是不登大雅之堂的。我有仁心，但無仁術，盛名之下，我將徹底悖離醫學和真理。經過這事，我徹底認識到中醫的神奇，更體會到中醫的博大精深。可惜這些年來中醫越來越邊緣化——自從引進更便捷的西醫之後，有多少人們還把中醫當回事兒呢？我是中醫的門外漢，我再也不能裝了，否則害人害己。我發誓不再行醫，如果將來不做醫生，對誰也不會說自己學過醫。我很慶幸到格瓦拉中學補習，如果不遇到何婭、余弦，誰敢保證我就不會變成給何婭拔牙的江湖郎中？

我愧對師父。師父是因年紀大了長出靈性，還是因精通中醫，料事如此之神？我始終迷惑，既然他說「我知道你遲早還會返回學校的」，他師兄也說「此後生濟世無須懸壺」，為何還收我為徒呢？

章鷹在課堂上無精打采。整天抱怨說：「我離毀滅不遠了！」確實，此時離高考已不到一個月時間。何婭對我說：「你有沒有辦法給她治治？」章鷹白天像隻病貓，到晚上，越是深夜，眼睛越是賊亮。腦子整天昏昏沉沉，要記什麼記不住，要想什麼想不起來。

每到這樣的事情擺在面前，我就犯怵。我說：「上醫院讓醫生看看。照這樣下去，我也可以扯上根橫幅到處替人拔牙了。」

「醫生說她有高血壓。」何娅說，「現在更重要的是有焦慮症。」

我兩手一攤，無能為力。焦慮症是現代社會緊張生活所致的特有毛病，跟衝鋒槍一樣，在悠閒的古代，連個概念都沒有。若硬要攤到我身上，麻沸散你敢不敢吃？也就是曼陀羅子加生草烏、香白芷研磨成粉，吃下去比安眠藥勁大，劑量掌握得不好，包你一覺睡下去，永遠醒不來。

「章鷹沒說要攤在你身上，她提都沒提過。是我自作主張要問你的。」

何娅的聲音一向溫柔，說這話的時候，她臉上寫著歉意。她的口氣那麼親近，就像我媽在徵求我爹意見的時候那個樣子，每一句話都給人以「自己人」的感覺。可我確實不能再扮演、也沒本事扮演「神醫」角色。「我的身份是學生。」我告誡自己，否則從今晚開始，患上焦慮症的就不止章鷹一個了，否則，說不定哪天真有誰會死在我手上。

十一

高考前一段時間，大家都學得非常刻苦，課餘的玩耍早就停止了。再糊塗的人到這時候都知道該忙什麼，何況在格瓦拉中學高三補習班。也沒什麼疑難雜症找上門來。倘若就這麼堅持到高考結束，這篇文章基本沒有寫作價值。人生的大喜似乎都能預見，而大悲多半是在人們毫無準備的時候悄悄降臨的。

照老傳統，考前先後有三個大活動：體檢、模考、填報志願。

整個高三年級被拉到縣醫院體檢。就在大家嘻嘻哈哈排隊出入於相關科室的時候，何婭被查出心臟六級雜音。六級，心臟雜音分級中的最高級。難怪我第一次看見她，就感覺她顴骨上的紅暈那麼岔眼。早就寫在臉上的，我從來沒往這上面想。據說去年高考前，她就被查出心臟雜音，二級。二級屬於健康帶病級，如果不是特別的專業限制，大多數學校都能報考。聽診結束，何婭還增加胸部彩超和心電圖，結果都一樣，屬於器質性病變。按招生管理條例，何婭已經沒有參加高考的必要，沒有哪個學校敢錄取。

何婭的媽媽不甘心，帶著何婭到縣招辦和省招辦諮詢，得到的回答都是：不會有學校敢錄取何婭。建議何婭的媽媽讓何婭立即住院治療。「心臟就是人體發動機。除了住院，沒有別的辦法。還得上大城市的大醫院。」領導說，「這不是一般的大病，心臟就是人體發動機，歇火一秒都要出大事情。」

何婭走得不聲不響，沒跟任何人道別，像被一陣風吹走的微塵，教室裏的書籍、宿舍裏的生活用品，突然之間消失得乾乾淨淨。那一陣，班級裏彌漫著傷痛和無助的氣息，人人心頭都有種說不出的痛，像被誰打了冷拳，表面上好好的，內裏痛得要命。余弦表示，何婭是永遠的第一名，他絕對不會搶班奪位。章鷹帶著我和一幫同學找遍了縣裏大大小小醫院，不見何婭的影子。我們找到她家裏，防盜門上插的小廣告都攢了四五十張了。章鷹要我想辦法：「李蘇啟，我曉得你有絕招，你一定能治好何婭對不對？」我搖頭：「我沒有這本事，真的。」體檢回來那天我就翻過書包裏的所有藥書，三本一本都沒跳過，沒有。我打電話給師父，師父說：「偏方焉能治大病？」章鷹哭了，她說：「難道一點辦法都沒有嗎？」我說：「她媽媽不是帶她去治病了麼？我想現代醫學那麼發達，一定能治好她的病的。」章鷹說：「我說的是參加高考。等她治好病，我們早就……」章鷹繼續哭著，她說一個月前，何婭感覺身體不適去體檢，還是三級雜，沒想到才一個月的時間就……她的話讓我產生不祥的預感。章鷹還說，就因為心臟上的毛病，何婭自小就被她的親生父母拋棄，她被她現在的媽媽撿來養大，她媽媽是東北人，為了她，一個人留在南方。她媽媽曾跟李蘇啟校長在一個生產隊插過隊，聽人說，似乎好像他們曾經是戀人，為了何婭，她至今單身。

那一刻，我決定報考醫科大學。我還決定愛何婭。等高考完畢，我想她已經沒有必要繞過彎子讓我單單一門心思搞好學習，我們都沒有必要。「愛她，哪怕只有一天，一個小時，一分鐘。」我這樣對自己說，「她是我生命中的『貴人』。」我相信，有的生命就是為了讓別的生命的存在而誕生的，比如母子、同學、朋友、愛人；比如眼前的我跟何婭。

模考過後，因為外語試卷給面子，考了五十九分，我名列第四。老實說，這出乎我預料，我想有個五十分就差不多了，沒想到比期望還多了九分。填報志願的時候，我把西安一所醫科大學放到第一志願，把武漢另一所醫科大學放到第二志願。前四個志願我填的都是醫科大學。李蘇啟校長審核每個學生的志願草表，每年都這樣。他看了我的志願對我說：「李蘇啟同學，你這志願填得有點懸呢，全都押在一類學校上。要知道，全是同類學校的志願最有可能讓你丟掉最好的志願。」在李校長的建議下，我把第二志願改成師範大學。這是我爹的希望，也可以說是我們一家包括我在內的傾向性意見，定向培養類師範大學每個月有一定生活費補助，大學期間還可以利用課餘時間做家教，以減輕我爹我媽的負擔，畢竟我還有三個弟弟在讀書，他們成績都比我優秀。人生不如意事七八九，我才攤到這麼一次兩次呢。

高考結束那天下午，章鷹、余弦我們七八個同學去找何婭，回答我們的仍然是插滿廣告的鐵門。一千人在大院門口的小餐館各要了碗麵條，算是最後的晚餐。大家都在說何婭的事，她成績優秀，她聰明，她細心，她善解人意……章鷹紅著兩隻眼睛對我說：「李蘇啟，我們中間最該想念她的，就是你了！你當她真的不知道你喜歡她？在英語上把你『逼上梁山』的主意是我出的。我不想你們兩個最後都落空，她也是個重感情的人……可是，我們現在誰都跟她聯繫不上！」

余弦替我用餐巾紙擦了一下眼角。我問章鷹：「稀飯裏是誰放的鹽？」

「我他媽怎麼知道？」我第一次聽到章鷹暴粗口，她也許在責怪我到現在還提這個，「誰知道是不是天意！」

一本錄取結束，我沒收到錄取通知書。余弦和章鷹同時被北京一所綜合大學錄取。我外語考了個六十七分，對我來說已經頂天了，對名牌綜合大學來說，我這樣的學生相當於英語白癡，瞅都懶得多瞅一眼。得聲明，那時候我們需要考六門功課。二本錄取剛開始第三天，我就收到師範大學中文系錄取通知書。我這輩子徹底跟醫生無緣了。開學前夕，幾個鐵哥們兒再次聚到一起，仍舊沒有何娅的消息。余弦剛開始接觸網絡，他在天涯論壇上發了一段話：格瓦拉中學第二十一屆補習班的何娅同學，請看到這則文字與李蘇啟（學生）、章鷹或者余弦聯繫，你的同學想念你。余弦把我的名字放在最前面，特別注明「學生」，他的用意誰都理解。我在心裏呼喊：何娅，你在哪裡？不管天涯海角，我都要把你找到！

去上大學前一天，我去向師父道別。師父拿出一塊臉譜石對我說，這是手上生過毒瘡那婦女拿來的，她說她女兒用不著了，託我交還給你。看到這塊石頭，我淚流滿面，師父已猜出怎麼回事。我趕車到何娅家，房門仍然緊鎖，門上貼出一張紙條：本房出售。四個字下面是仲介公司的聯繫電話。何娅當初不辭而別，也許早已料到會是這個結果。我突然意識到，一切都結束了，有一句本該說給何婭的話，永遠都沒有機會說了。師父大概已成仙了，似乎早已料到一切，剛才從他家出來的時候，他揚揚手叫我快走，衝我的背影喊了句：「徒兒，忘掉一切！」

在路上

我一直想知道大山背後，到底有什麼。

——題記

其實朋友沒有錢了，但他不會跟我說他沒有錢，沒有錢就不能搭乘一天一個班次的公共汽車到他家過年。他以徵求意見的口吻對我說，要不我們鍛煉鍛煉膽力，走到我家去？我說客隨主便。朋友說，你敢不敢？要翻九座大山呢！我十九歲的耳朵最聽不得人家問我「敢不敢」，我說我是吃飯長大的，不是被人恐嚇長大的。說罷衝他擠一下眼睛，我倆笑了。誓師大會就在面部表情上完成。

臘月的盤山公路比較寒冷，也比較寂寞，綿延起伏的大山，被一條玉帶般的盤山公路糖葫蘆一樣串起來。公路上，是兩個一前一後踟躕而行的小青年。我突然想起一本書的名字，當即仿照那本書的書名，給我倆的旅途取了一個名兒：兩個人的聖經。

當我們翻上第一匹山嶺，我感覺已經走了很多路，朋友說，九道門檻我們才跨過第一道呢。我皺起眉頭對著山崖狂吼：哦——謔謔！哦謔謔！山鳴谷應：哦——謔謔！哦謔謔謔謔謔，謔謔謔，謔謔，謔！天擦黑，我想，但願上蒼保佑，我們能趕上家客店，即使趕不上，撞上戶人家也行，畢竟這條盤山公路原來是馬幫運輸線。懷揣暖呼呼的希望，我們拼命趕路。可直到決定中止這一天的行程，沒有遇到什麼客店，公路兩邊連戶人家也沒有，眼前只有了無生氣的盤山公路，身首之外是莽莽蒼山。朋友生在山裏，富有山區生活經驗。他說，我們得趕在看不清之前找到足夠的乾柴，有了柴就可以生火，有了火就可以取暖，還能驅趕野獸。

野獸?!

在一塊大石頭下面，我們像樹葉遮羞的祖先那樣生起一堆篝火。很快，群山黑得如同把我倆扔進一口深井，眼前只有火苗跳耀。寒氣肆意搜刮我們僅有的那點體溫。火光照耀下，我們物化成火車頭，嘴角和鼻孔上斷斷續續竄出半尺長的白煙，富有詩意，也很可笑。我們已經笑不出來，向火一面暖和，背火一面冷得像刀子割，上下牙打起巴以戰爭，沒完沒了，難分勝負。最撼人心魄的是，各種野獸的吼聲是那樣近切，狼的嚎叫活像哭喪，使人想起亂墳崗，想起孤魂野鬼；狐狸的呻吟陰森森的，讓人頭皮發麻，使人想起聊齋，想起精變。其他說不上名的叫聲，有的像歎息，有的像磨牙，有的像冷笑，還有的像土匪打的過山哨子……寒冬臘月，任何一種聲音都是饑餓的，都猙獰可怖，都可能冷不丁就要我倆的小命。

我抖得好似廉價的篩糠機。我說，我們要不要打兩條狼回來燒來吃？朋友抖動的頻率並不比我低。他說，小子，怕了是吧？有火呢，野獸怕光，鬼怕火，我們還怕什麼。說著把火撥旺了些，我們不斷往火堆上添柴。火旺了確實好，不但溫暖，野獸的吼聲也小了。等到反手摸不到乾柴，火也慢慢變小，我倆才慌神。夜還長得很，火卻越變越小。

火堆只剩灰燼，很快要徹底陷入黑暗，朋友一個勁責怪自己，當初就不應該選擇走路回家，自己走也就罷了，還把我搭上。我也有點生氣。我對朋友說，你說狼會先吃誰？朋友說，小子，我勸你別開玩笑。我說，你不說我說吧，要我說，狼不會先吃你，你身上除了骨頭就是皮，一點嚼頭都沒有……朋友打斷我的話說，謝謝你的挖苦諷刺和打擊，你不就諷刺我瘦嗎？我長得瘦是因為我窮，搭不起車還要冒充好漢，還要邀請朋友回家過年，你夠了吧，嗚嗚嗚嗚！

我本來想說你沒錢早說呀，你沒錢不等於我沒錢，扮什麼浪漫，想出步行回家的怪招？朋友哭了，我心就軟，動了動嘴皮，什麼也沒說。

我倆不再說話，縮在大石頭底下發抖。我想，要是我們這就沒了，我非常不值得。

我家住在河谷平原上，我自小好奇，一抬眼就能望見大山，卻不知道大山背後到底有什麼，這讓我一直有翻越大山的渴望。他來自山區，他告訴我，他的家就在大山背後。從遇到他的那天起，我就想透過他，搞清楚埋藏在大山後面的秘密。正因為這樣，我們很快成為朋友。他邀請我到他家過年，讓我一下感覺，實現自己多年願望，也許就這一天兩天的事。朋友是山區十八個村的後生中，唯一考到山外來讀書的，他肩負太多的責任和榮譽。我倆在一個班上，朋友理科好，我文科好，我們一起學習，一起解決難題，一起考最好的成績，一起吹牛，一起幻想未來，一起談論女同學，一起設計老婆的模樣，一起打架，我們是誰都不敢惹、誰都羨慕的雙子星座。在跟我交朋友之前，他經常飽一頓，餓一頓，有一次昏倒在課桌上。我家也不富裕，但我還能悄悄替他交部分學費，以及學校運用各種超能手段設計出來的「小」雜費。他知道我替他交了費，可他卻從來不感謝我。有一次他說，我都記在帳上了，將來有錢了還你。這話一直讓我窩火：我幫你，就為你將來發達了連本帶利奉還？可為了實現我的願望，我忍著。沒想到，不到一天工夫就讓我窖藏多年的夢，成了陽光下歎息的肥皂泡，不但什麼也沒見著，還免費送上門，成了狼的漢堡。

我就更不想說話了。

後來，我感覺，要是這就沒了，不說幾句話，實在冤枉來人世一遭。我說你最遺憾的是什麼。朋友說是你提出的問題，你先說。我說我最遺憾的是沒有談過戀愛，連初戀都沒有，沒有跟女孩兒牽過手。

朋友悶了一會兒說：我最大的遺憾是我已經有女朋友，卻再也不能跟她見面。我一聽，覺得好玩了。我說，哥們兒，真的假的？以前怎麼沒聽你說起過？朋友說，要是我活著回去，就是真的；否則，就是假的。

聽說是，我心裏立即打翻了十八瓶醋：這小子，天大的喜事不早說，這會兒連分享喜悅的力氣都沒有！

我穿得比朋友厚，出門時我媽怕我凍死，只要能披掛的都披掛上了，綿麻包裹出來的體溫，到底經不住寒夜的搜刮。在我全身凍僵的時候，他已經說話困難。我突然意識到我們這是在等死，得趕快起來運動，否則我們不被狼咬死，也會被凍死。

我把朋友拽起來，他不願意站起來。我使勁捶打他，迫使他起來。他終於起來了，應付差事似的勉強跳了幾下。我踢他屁股幾腳。我說，不為你自己，也得為你的女孩兒呀！他聽了，仍然沒有一點反應。我知道他真的凍僵了，不管他願不願意，我橫下心，逼著他跳，跳了一會兒，身上仍舊不暖，朋友洩氣了，又蹲下去。

我開始感到恐怖，開始想念我溫暖的家，想念我慈祥和藹的父母。我後悔當初已經看出朋友沒有錢，怎就沒主動去買車票。我倆還有好多事情要做，比如考個像樣的大學，擁有份像樣的工作，還要談戀愛，我倆最好在兩個城市，這樣我們彼此惦記著，空閒的時候串串門……

我聲嘶力竭地喊：救命啊！

群山忠實地回應：救命啊！救命啊命啊命啊啊啊，啊啊啊，啊啊，啊！

群山彷彿給狼和狐狸咬成了白癡，除了回音，沒有任何反應。

突然，山道上浸漫過來兩束燈光。我對朋友說，看，燈光，是汽車的燈光！我們去碰運氣！我們搭車去！說著拽著他跑向公路。迎著汽車，我們的四隻手臂招搖得像颱風中的蒲葵。

汽車在我們身邊停下來，汽車司機是個二十多歲的小夥子，爬了大半夜的山路，正感到寂寞。他同意我們搭他的車，我給他錢，他不要。他說大家做伴。東風卡車的駕駛室大，坐一個駕駛員顯得太空曠，我倆鑽進去就好多了。凍僵的身子在駕駛室裏一點、一點、一點地復甦。

我倆對司機很感激，就稱呼他大哥。

大哥說這條路空寂得簡直讓人想發瘋，要不遇到我倆，他可能會把汽車開下懸崖。他說他車上裝的是開礦用的炸藥。他說：「這條路鬼都遇不上一個。看你倆，怎麼半夜三更還在山上浪漫？」

朋友說回家。大哥問他家在哪裡。朋友說在馬鞍鄉。大哥問馬鞍鄉哪個村。朋友怕他跟自己不走一個方向，遲疑一下說，馬鞍鄉大橋村。大哥說，我也到馬鞍鄉，大橋不去，不通公路。朋友非常感激說，只要到了馬鞍鄉就好了，到了馬鞍鄉，我們騎馬回去。

汽車在盤山公路上繞過來轉過去，一邊是絕壁，一邊萬丈深淵，兩束雪亮的燈光把黑夜鑿出兩個窟窿。車窗外，上下都黑黝黝的。被群山擠得越發狹小的天空，冰冷的星星亮得扎眼。

突然，大哥大呼：不好。他要我們把車門關死。只見遠處二三十朵綠幽幽、冷森森的「鬼火」在公路上排成一排。我想「鬼火」有什麼可怕的，不就是磷火嗎！寒冬遇「鬼火」，也算難得一見的奇觀。

正想著，車燈已經照上去。狼！有十六七條，一字兒排在公路中央，像等待夢想中的盛宴一樣，已等我們許久了。我頓時慌神，聽了大半夜狼嗷，這下真見到真神：一條條窮兇極惡的餓狼，狠不得馬上把我們撕碎了吞下去。

暫態，它們衝上來，有的敲車窗玻璃，敲得「啪啪」直響；有的摳門，有的用尖銳的牙齒咬車門。

領頭狼像匹馬，衝得最快，好幾次趕到車子前面，一躍而起，巨石一般向擋風玻璃砸來。如果玻璃砸爛，我們全完了！就是砸不爛，在它撲上來那一瞬間，沒把路看好，也會栽進萬丈深淵。

大哥發現有兩條狼即將爬進車廂。這更不妙，搞不好會引起爆炸，這一車炸藥，足可以把山炸塌半座。現在唯一的辦法是加快速度，甩掉它們。

汽車加速，狼追得更猛，有三條狼始終不離汽車左右。汽車只顧狂奔，風馳電掣。突然緊急刹車，我和朋友被重重地摔上操作臺。大哥嚇傻了：只顧逃命，沒注意前面急轉彎。汽車左輪差點懸到懸崖外。車外靜得出奇。突然從深谷裏傳來三聲重物摔落的聲音，緊接著傳來狼的慘叫。狼只顧追趕，慣性將它們摔下懸崖。

車廂有聲響，大哥讓我們別出聲。過了一會兒，兩隻鑽進車廂卻找不到食物的傢伙，呆頭呆腦地跳下車來。不等它們回過神，車子猛然發動，又一次轟大油門狂奔，狼群從後面追上來，跟著汽車又追一陣，最終被甩掉了。

朋友嚇得臉色煞白，我有好一會兒不知道自己還是不是真實存在的自己。

我對大哥說，你是英雄，你太偉大了。

大哥一揚脖子，把長髮甩到腦後，得意地說，這有什麼？

到了馬鞍已是除夕。大哥急著趕路。朋友和我從鄉政府值班鄉文書那裏租了兩匹馬。租借手續很簡單，朋友寫了張字條就租借了。朋友說，鄉上的官連文書只有五個人，鄉長一個，書記一個，婦女主任一個，武裝部長一個，文書一個。他們五個人輪流做飯，輪流搞清潔，輪流餵馬。下鄉的話，馬匹就是他們的轎車。只有進城開會或者領獎，才知道誰誰是鄉長、誰誰是書記。要是哪天某人缺席，他們相互客串一把權力，也沒什麼大不了的。

我倆在馬背上顛啊顛的，像一對破落將軍，朝朋友家奔去。我心裏樂呵著：很快我就會見到朋友的父母，還會在山裏過一個新奇的新年。到底是傳統的？還是富於民族特色的？要是朋友沒有吹牛，我還會見到他的女朋友，一個十七八的女孩。那女孩也許會給朋友送幾件禮物來吧，把禮物遞給朋友，羞澀地說：哥，過年了，我爹我媽讓我給你送點小禮物。說著羞紅臉，低下頭，像山茶那樣美麗，流泉一般溫柔……

洋蔥地上的兄弟

三月初一天，么弟從老家來電，請我在電腦上查詢一下全國洋蔥的銷售行情。他說今年跟往年比起來，販子來得早，起價高，是不是全國洋蔥行情看好。如果推斷沒錯，他準備發幾個車皮出去。「別老窩在家裏，讓白花花的銀子都給販子賺了去。」他說。

么弟的話，讓我感到欣喜。我一下覺得，我的么弟已經有自己的想法了。在人均兩畝多土地的安寧河谷，在那些靠這兩畝多土地而旱澇保收的河谷鄉親中，有這樣的想法是可貴的。

在我國許多地方普遍存在著這樣的觀點：外出闖蕩或者做農業經紀人（俗稱販子），那都是別人的事情；只要規規矩矩種好自己的地，太平日子總是有得過的。

很早我就意識到，這是需要改變的觀點。在我文章中，不止一次談到，安寧河谷富饒的物產之所以不能為河谷百姓帶來財富，最重要一條原因，是當地群眾因滿足於溫飽、滿足於現狀，而導致市場運作手段的缺失。而這個手段，被遠在重慶或者成都的經紀人，緊緊捏在手中。比如當地的特產石榴，在樹下賣給販子，一公斤僅一元錢，而到就近城市，比如成都或者昆明，一公斤就得五六元。我曾用埋怨的口氣寫道：「也許正是這片土地的豐饒，纏住了河谷眾生衝闖的步伐。」

如今，自己的親弟弟有這樣的想法，我豈有不支持和欣喜的道理。

去年秋末以來，安寧河谷跟大西南其他地區一樣，半年多時間沒下一顆雨，大旱幾十年未見。別的地方飲水都困難，河流乾涸，水庫見底，龜裂的口子寬過平攤的手掌。而河谷土地，靠一條不息的安寧河澆灌，依然穩保豐收。么弟、弟媳以及我年邁的父母，一家人種了六畝多洋蔥。么弟在電話裏說，那六畝洋蔥長勢喜人。「種了好多年，沒有哪一年有今年長得好。畝產一萬斤不成問題！」聽得出，他的語氣是喜悅的，也是充滿期冀的。

在「百度」中輸入「洋蔥行情」，嘩啦，幾萬條關於洋蔥的資訊，一瞬間來到跟前。

真是不查不知道，一查嚇一跳。首先是，中國每年洋蔥上市最早的產區雲南元謀，今年因長期乾旱，大幅減產，畸形洋蔥太多，販子絕跡。而其他重要產區，比如上海南京的洋蔥，要小滿前後才上市；河南天津的，要等夏至前後；東北的，得到小暑大暑。

這意味著，緊隨雲南元謀半個月上市的四川西昌安寧河谷的洋蔥，將成為今年中國洋蔥市場最早、最重要的產區。這也許就是今年販子來得早、起價高的一條重要原因。

其次，原產地與市場批發價間的差價大得驚人。在今年「起價高」的安寧河谷，按畝銷售，每畝收購價為兩千八百元，即每公斤不到零點六元。而在南寧、西安、咸陽等地大型農產品批發市場，批發價在每公斤二點五元到二點九元之間；到了內蒙古或者北京，就高到每公斤三點二元以上；如果能出口，價格更是高得驚人。按照國家規定，農副產品在運輸過程中不收過橋過路費。從原產地到市場，增加的只是人工費和運費。算下來，這確實是一樁值得做的生意。

再加上，我按西安朱雀農產品交易市場一個專門從事蔬菜批發、且其中一個經營專案明確為洋蔥的老闆留在網上的電話打過去，對方用迫不及待的口氣說：「你的洋蔥有沒有下來？下來你就拉過來。」我問他要多少，他說：「你有多少我就要多少。我一天吞吐量為十到二十卡車。」

我把這些資訊回饋給么弟，他很高興，看來他的推斷不錯。離洋蔥上市還有將近一個月，他要我在這頭幫他關注全國洋蔥行情，他在那頭做一些調查。「我一直不清楚去年和前年搞洋蔥生意的昌明哥今年為啥沒有動靜，今年的價格比前幾年高一倍呢。」他說。昌明哥是我舅舅的女婿，村幹部，腦子夠用，見多識廣。聽么弟這麼說，我也認為很有必要弄清昌明哥至今不動的原委。我建議他向昌明哥打探一些經紀洋蔥過程中的細節，不打無準備的仗嘛。通話即將結束的時候，么弟還說，去年本村劉洪德做到一單外貿，這邊才報關，那邊就已經把錢打過來了。用的是那種特別羨慕人家的口氣。這也許是河谷人最輝煌也是最令人羨慕的事情。但大家知道，做外貿是可遇不可求的事情，因為劉洪德做成那一單以後，至今還沒再撞上第二單。眼下要緊的是搞好調查，把情況摸清楚，然後發幾個車皮，這極現實。

我真希望么弟從這一單生意始，能翻開他人生全新的一頁。么弟自幼勤勞、眼巧，特別體貼父母。那時候，我們大的三弟兄在外讀高中、大學。農忙的時候，他經常落下功課幫父母做農活。中學畢業以後，先後做過摩托車、汽車和棉機修理工和電動工具生產線工人。後來，在感覺父母年紀大到必須子女照顧，而三個哥哥都因工作原因無法盡這份責任的時候，不管外面的待遇開得多優厚，他毅然選擇回到父母身邊。土裏刨食，也就將就果腹而已。儘管這些年老家的情況一年比一年好。但再怎麼好，土地上那點收入，也趕不上物價狂漲的速度。販子，一度遭歧視的貶義詞，如今已是中性詞，在書面語中，還換了個好聽的名字：經紀人。我所理解的經紀人，就是在供和銷的路上，只要有點腦子，腦子裏有點子，點子裏有路子，路子裏有門子，隨時夾個包子，包子裏塞點票子，最大的辛苦就是磨嘴皮子。就能既滿足普羅大眾的消費願望，替鄉里鄉親的勞動成果找個比較合適的歸宿，還能在賺上一筆的同時，改變自己與土地的關係。這裏面尤其重要的是，改變了看待土地的視角。從前是生產勞動的直接參與者，面前就那麼幾畝土地；而之後，就是生產組織者、市場調配員，最終成為土地價值的實現者。人世間的許多改變，都是從改變觀察角度、並為之付諸實踐開始的。

此後一個多星期，不見么弟打電話來，我心想，他是不是準備就緒了。又過了幾天，還是不見他打電話來，我沉不住氣了，打電話給他。他說，他一連訪問了幾個前幾年販過洋蔥和石榴生意的本地農民，人家都隨便搪塞他幾句，就把話題轉移到別的事情上。我問他打探過昌明哥沒有，他說打探過了，他跟那些人一個腔調。

這讓我感到蹊蹺。大家都從事過的行當，而今又如此默契地對這件事諱莫如深，其中必定有重要原因。

我給昌明哥打電話，希望他指導一下么弟。昌明哥說沒啥指導的，他就是在這條陰溝裏翻的船。然後就不願意再談這事。我當然不會輕易放棄，反正隔了八千多里路程，厚皮涎臉也沒人笑話。被我追問得實在不行，他才說：「這一行就不是我們幹的事情。」我問他為什麼。他說：「幾句話跟你說不清楚。」

我說，既然電話裏幾句話說不清楚，就讓么弟登門請教。於是，不容他答不答應，就掛電話叫么弟再次去請教昌明哥。

到晚上通電話，我問么弟從昌明哥那裏問到些什麼。他說，昌明哥說如果他不見棺材不掉淚、硬要做車皮的話，只有一種結果：賠得底兒掉，血本無歸，三年不得翻身。我問他昌明哥有沒有說什麼原因。么弟說：「沒有，他說，說起來滿肚子都是氣，都是不服氣，但不服氣又不行，所以懶得說。」么弟的聲音聽起來是那樣疲憊。

么弟說：「實在不行，我就大起膽子發幾個車皮出去。萬事總得有個開頭。大不了今年白幹。」

他的話，使我感到我有責任讓他不要在第一步上摔跟鬥。但我能做什麼呢？我沒有辦法撬開昌明哥的嘴，也不可能丟掉自己的工作跑回故鄉去做調查；而遍佈在全國的朋友，都是捏筆桿的，不拿大印，很少有生意人，更沒有經紀洋蔥的。

么弟說，父母很矛盾，才過了十來天時間，洋蔥價格已經漲到三千兩百元一畝，現在出售，總比前期兩千八百元一畝的划算；留著發車皮吧，真的怕虧得「血本無歸」，對不起自己也就罷了，讓跟他一道下地勞作的年邁的父母傷心，那就太不該了；況且，半年多不下雨，天也該旱到頭了，就怕天氣劇變，突然下冰雹之類，那就真的要看著銀子化成水了。這樣的天氣，安寧河谷不是沒有經歷過。多年以後，人們都還談雹色變。

該怎麼辦，得趕快拿定主意。

我幫不上忙，但又不能不幫忙。從哪裡幫呢？想來想去，從對父母和么弟一家負責的角度考慮，我認為我不能盲目地鼓勵么弟發車皮，也不能讓么弟剛剛燃起的自立之火熄滅。我得利用我的管道搞一些調查，至少可以把昌明哥那樣頭腦靈活、見過世面的人產生「這一行就不是我們幹的事情」的緣由搞清楚。搞清楚這個問題，才可能找到不致馬失前蹄的措施。

我唯一能做的事情只有一件，那就是打電話。

我把十六年前離開老家前認識的所有跟這一行扯得上關係的人，篩子一樣過了一遍。終於想起兩個人來。一個是我高中同學的弟弟，另一個人是我初中同學的丈夫。前一個從前沒有交往。後一個彼此認識，但我不願意跟他發生任何關係。此人很早就入蔬菜販賣行，靠此發家，在外面養了四五個小，無論老婆如何吵鬧，卻絕不跟老婆離婚。在鄉親眼裏，他就鐵杆一個「外面彩旗飄飄，家裏紅旗不倒」的典型。有一年在故鄉遇到，熱情得不得了，又遞香煙，又發名片。西裝革履，看起來文質彬彬，卻掩蓋不了眼神裏的匪氣。

我給高中同學打電話。明白我的意思後，同學立即向我提供了他弟弟的電話，還說馬上給他弟弟打電話說我有事請諮詢他。同學說他弟弟早於幾年前改行開藥店了。他弟弟的電話很快接通。他說他已好多年不從事蔬菜生意了，這行十幾年前雖然還收過橋過路費，但還能做。原因多方面，比如農殘檢測沒有那麼嚴格，菜農所能施用的激素還沒有那麼多，搞這一行的人也不算多，競爭不像現在激烈，且大家都比較上規矩……後來就不好做了，比如，市場訊息越來越發達，這本來是好事，現實情況卻是壞事，今天晚上才聽說上海的土豆價格高，明天早上就可能有幾十車皮的土豆，狂奔在開赴上海的火車上。待諸路英雄到齊，金剛石都賣得出煤炭價。至於產地農民為什麼不從事洋蔥生意，他就說不上來了。他推薦我去諮詢某某某。他說某某某如今不僅在安寧河谷出名，整個大西南，他只要咳嗽一聲，都會產生相應迴響。

他所說某某某，正是我那同學的老公。

越是不想碰上，偏偏越是繞不開。

猶豫了一陣，決定給他打電話。在我回憶把他當年給我的名片放哪裡的時候，收到同學弟弟的短消息。他向我提供了他的手機號碼。後五位全是八，跟我幾年前看到的一模一樣。

電話通了。一聽是我，那頭之熱情，使我不得不把手機拿來離耳朵遠點，小心燎出水泡。我急於得到問題的答案，他卻左右不接我的招，嘻嘻哈哈的，把話題岔到別的事情上去。他問我是不是想跟他幹，要是想，憑我的見識和文化水準，保我「不出五年，可娶八個姨太太」。

他喜歡這個，我就從這兒切入。我說：「怎麼樣，傳授點管理姨太太的經驗？」

「順序不對哦，是先娶，還是先管？」

「娶跟管，哪個更有本事呢？」

「當然是管囉！」

「所以說，我就該向你討經驗嘛。」

「你明說我身邊那些女的不就得了。」

我沉默了一下，故意把兩個字掰開來說：「經，驗？」

「鏟鏟的經驗，」他熱情似乎減少了一點，「人在江湖，身不由己，工作需要而已。」

「工作需要？」

「也就是賺錢需要。說白了，」他說，「什麼樣的客戶，交給什麼樣的女人。」

「沒有女人打不開的局面啊！」他似乎有很多感慨。此時他的聲音已聽不出熱情，「你是作家，你隔我那麼遠，你得在適當的時候替我說句公道話。她們是我的必備武器，可我向你保證，我從來沒上過她們。」

「誰信？」上！多麼美好的詞語，眨眼就被蒙上一層灰塵。

「老子敢賭咒發誓！」

「這就是你『紅旗不倒』的理由？」

「算。而且，」他說，「我絕對對得起那些女的。」

「我對這個感興趣，你能不能說得詳細點？心痛我電話費的話，你撥過來。」

他沒有掐斷了回撥。他說：「一，這些女的當初來的時候，不管出於什麼原因，都衝錢來。我當然不是傻子，男人在關鍵時候，連褲襠都管不住，一輩子難成大事。雖然這而今眼目下，做那回事情就跟跳個舞差不多，彼此娛樂，有安全工具，又不產生結果。二，我用我的方式讓她們懂得什麼是最重要的，那自然是在她們基本上都有足夠的錢的時候。三，到後來，我把她們一個一個體體面面地嫁了出去，都是相當不錯的小夥子。」

「你是一所學校！」

「作家同志，巴金說，作家是知識份子的良心。為此，我相信你，才跟你說那麼多，你別賣山西老醋好不好？」他歇了一口氣說，「我是生意人，滿腦子都是錢，但絕對不是大老粗。我讀過兩年本科，到現在沒事還讀書，我家的書不比你家的少。甚至你搞不到的，我都有，錢嘛！我訂了好幾種雜誌你信不？前一段還在《北京文學》上讀到你一篇寫風景的文章。你信不信，全安寧河谷，讀過你這篇文章的，一雙手伸出來，十個指頭用不完。」

我記得，那句話好像不是出自巴金之口。可這重要麼。後半句話既出乎我預料，也讓我感動。文人嘛，總有那麼一點虛榮。當然我知道，在我尋找切入點的時候，這個精明的生意人也在尋找貼近我的切入點。從他的話聽得出來，他絕對不是那種不讀書的人。

「全都嫁了？」我問，「一個不留？」

「想讓我收攤關門呀你！只要客戶不絕，我就得開『流水席』，有嫁掉的，就有進來的。最近還來了兩個剛畢業的大學生。」

「你都讓她們做那事？」

「這就要看她們的本事了。有的靠喝酒，有的靠唱歌，有的說話纏人，有的什麼也不做，只要她立在那裏，人家就給面子。當然，有人本身就喜歡貢獻自己，娛樂嘛，誰不喜歡呢？話說回來，我不提倡這個。把自己貢獻出去，一單生意都做不成的，也不是沒有。」

「你不會就靠這個吧？」

「那是，輔助手段嘛，不到萬不得不用殺手鐧。如今生意不好做啊，我需要各地的眼線給我提供準確無誤的資訊，更不希望我發出去的貨在農殘檢測上受刁難，還有遍佈各地市場的銷售寡頭。弄好了，天天都有金條往家裏拿；弄得不好，就是慘得跳了黃河，人家連譏諷的表情都懶得賞你一個。」我聽見他打了個哈欠說，「換個話題好不好，太嚴肅了。」

這話題也嚴肅？那好吧，我把么弟想發車皮的事情說給他，請他指點指點。他立即來了精神，爽快地說：「原來是這回事情。這樣對你說吧，他要是今年發車皮，我不靠年庚生月，也不看他面相手相，我就敢斷定，即使每公斤有兩塊錢利潤，他也賺不到一分錢。若信得過我，你就叫他跟我跑三年，我包吃包住，有我乾飯吃，絕不讓他喝稀飯，按月開餉。你莫擔心我把他帶壞——當然，要幹大事，多少要壞一點，要不然……」

「要不然什麼？」我顯得很急切，說了五十畝寬話，最關鍵的就是這一畦。

「哪一行都有行規。你不入行，貿然闖進來，你就是所有菜老闆的敵人，每個老闆都以幾十種『啨』你的方法伺候你。可以單獨『啨』，也可以夥起來『啨』，哪怕你有座金山……」他說，「要不是你親弟弟，我還懶得帶呢。帶出一個來，就等於給自己培養一個對手。」

交流還在繼續。他在我心中的形象，逐漸被還原成一個有血有肉的人：誰活著都不容易啊。如果不跟他通電話，誰想像得出，一個洋蔥從土裏跑上餐桌，還有那麼艱險的歷程。一切都基本明瞭了。到此時我才明白，在那些一度被我認為「不思進取」的河谷鄉親中，曾經產生過蹬躂念頭的，豈止我么弟一個呢？可，正像昌明哥他們那樣，只要敢貿然出頭，必定頭破血流。於是不禁感歎：做老百姓怎就這麼難呢，流血流汗不談了，豐不豐收得靠老天爺，豐收了，還得靠老天爺啊。

我該怎麼去跟么弟轉述這一切呢？我又能把么弟交給他帶麼？我回答不了自己。我想像，此時焦急地等待著我回電話的么弟，也許正困惑地坐在洋蔥地上，無助地發愣，或者沉思。綠油油的蔥苗，像一片燃燒的火苗，炙烤著他充滿期冀和迷惘的眼神。蔥苗下面，一個個炒菜盤子那麼大的洋蔥，依舊在義無反顧地生長著。從土裏取出來，多像一枚枚尚未鐫刻文字的印章坯子啊。

倘若真是章坯，鐫刻哪幾個字合適呢？

無邊落木

一

午後，陽光透明如水。

峁上吹來的秋風，不幾天就把渭河岸上的柳樹塗成一片金黃。趙東家望著飄飛的柳樹葉子，心裏隱隱升騰起一陣悲涼。他看見女兒翠翠向他走來。翠翠年方二八，出落得猶如清水芙蓉，端莊秀美，落落大方，多年來跟隨他左右，在金石玉器行中已小有名氣。去春以來，媒人只差踏破門檻，東街錢莊的黃少爺，西街布行的李少東家，馬市街的孫秀才……但凡小城中的名流俊傑、年紀相當的，都來提過親。翠翠卻無一應允。按照規矩，婚姻大事，全靠父母之命，媒妁之言。這翠翠是趙東家當年跟黃氏夫人的遺腹子，趙東家對她特別憐愛，對小女的意見，他不得不慎重考慮；再者，趙東家別無子嗣，找一個女婿，相當於找一個他趙氏金石玉器行的繼承人。他明白，東街黃少爺，西街李少東家，馬市街的孫秀才等人，私下心裏要娶的，並非翠翠。

女兒一天天大了，自己一天天變老，女兒的終身大事成了趙東家一塊心病。

女兒翠翠替他把喝淡的茶水倒了，準備重新砌一壺。趙東家按住茶壺，突然心生一計，他對翠翠說：「你去把小騸喊來見我？」

翠翠臉色微微一紅，說：「爹爹？」

趙東家又重複了一遍：「你把小騸喊來見我？」

翠翠轉身去了，穿花廳，出正堂，來到行裏夥計住的南廂房，隔著門簾翠翠喊：「小騸哥，你在嗎？」聽見翻身起床的聲音，翠翠走了進去。沾了些血跡的衣服掛在架上，小騸著一件舊衣，下床時不太利索，一腳未穩，差點摔倒。翠翠上前去扶，小騸靈巧地躲過翠翠的手，指著屋子裏的凳子說：「小姐，請坐。」翠翠說：「早上我請王大夫給你送藥，他送了沒有？」小騸下意識摸了一下臀部說：「多謝小姐美意，送了。」翠翠眼中淚光盈盈，說：「我爹出手太狠！」小騸說：「東家打得應該，我是什麼，我是癩蛤蟆，癩蛤蟆白日做夢就該打！」翠翠哭出來說：「我爹把你打得太狠了。」小騸說：「不狠如何做東家？東家就是東家，夥計就是夥計，我高攀不了你……瞞得了他一時，難道還能瞞他一輩子？」翠翠說：「小騸哥，我們一塊長大，我可從來沒把你當夥計；小駟哥，你忍心讓我跳到火坑裏？小駟哥，難道你不知道翠兒心裏只有你？哥，你心頭就真沒有我？」小駟愣了一下，無可奈何地說：「不該小駟想的小駟再也不想。小姐身子金貴，我也勸小姐，不該小姐想的，小姐也不要想。」翠翠說：「難道就因為我生在東家，你是夥計？」小駟說：「是。」翠翠悲傷得不知說什麼好，她說：「我爹喊你去，他在後花園。」

在後花園，趙東家抬眼看了一下天上南飛的大雁對小駟說：「小駟，你跟了我多少年了？」

「我七歲被您從南河大壩撿回收留，已經跟你十二年了，東家。」

「準確說是十二年三個月。十二年來你從我這裏得到了些什麼？」

「三餐飽飯，四季無寒，還有……還有金石玉器經營手藝，東家。」

「十二年來你攢下多少家業？」趙東家又問，見翠翠在一邊給小駟使眼色，回頭對翠翠說，「翠兒先退下，我跟小駟說話。」翠翠不高興地翹起嘴唇，「哼」一聲，退下去了。

小駟終於明白東家要問他什麼，他說：「東家，請原諒小駟年少無知，昨夜悔不該奪小姐的通靈翡翠，不該癡心妄想，憑小駟三十兩銀子，只佩終身給東家當夥計。」

趙東家輕輕地說：「你撒謊！」

「東家，小駟確實只有三十兩銀子。」

趙東家頓了一下說：「我說的不是銀子——從我櫃上領取的工錢，我還不清楚？我說的是那翡翠，那翡翠是翠翠送給你的！」

小駟的臉頓時紅了，說：「小姐說，小姐說讓小駟保管幾天。」

趙東家步步緊逼說：「一派胡言。小姐隨身佩帶的翡翠，為何要託你保管？」

小駟無言以答。

趙東家拿出那塊翡翠說：「據我所知，這是翠兒送給你的定情物！」

小駟見話都說到這份上，只據實陳述：今年春天，翠翠已經向他表明心意，他考慮自己是孤兒，一無家產，二無背景，本不敢有非分之想；只因近來東街黃家、西街李家、馬市街孫家催聘得緊，小姐才急著把從小隨身佩帶的通靈翡翠給他，他也不想小姐嫁到別人家去，誰知道擺在小姐前面的是火坑，還是陷阱，就接了那翡翠，不想昨日竟被東家發現了……

趙東家問：「昨夜你為何不據實陳述？」

小駟說：「小姐身子金貴，哪像我經得住打。」

一聽這話，趙東家心頭一熱，他決定依計行事。他不動生色地說：「按說，你跟翠翠都一塊長大，一起跟我多年，行裏的手藝多少有些；你們兄妹相稱，知根知底，親同手足，既然翠兒有心、你有意，我也不反對。可惜，不行啊！」趙東家見小駟臉上露出痛苦的神情，接著說：「是這塊翡翠不允許。你知道這塊翡翠的來歷麼？當年我在湘江邊的橘子洲做金石生意，差點搭上老命，是橘子洲趙家搭救了我，我們結成兒女親家。這翡翠就是橘子洲趙家送的，翠兒還在腹中，我就把她許配給橘子洲趙家的公子了。」小駟臉上堆積滿絕望。

趙東家接著說：「人應該懂得感恩。今天，我要你去辦件事：你馬上上路，前往湘江橘子洲，拿這塊翡翠去見趙員外，要他替趙公子擇吉日前來迎娶翠兒；屋外已經備好馬，你立即動身，前往城南鏢局，明日一早他們出鏢湘江。」趙東家拿出裝了盤纏的褡褳，連同翡翠一起交給小駟。

小駟悲痛欲絕，心想東家平日為人雖厚道，但畢竟是商界中人：前門媒婆應接不暇，後手卻早把女兒許配他人，若非商家，如何做得出來？何況還讓他去完成使命，這不是要完全斷了他的念想嗎？心裏雖不悅，但東家既然交代了任務，他還是為出行做起準備。小駟脫下內衣，做起了針線。他在金石行當裏做了那麼多年夥計，他知道這塊翡翠價值連城，出於職業習慣，他把翡翠縫在後背心上，外面再穿幾件秋衣，路上保險。

趙東家滿意地點了點頭，說：「準備停當了嗎？停當了就上路吧！」

出了門，小駟見東家給他備的是馬車，就對趙東家說：「我說東家，能不能換成單馬？馬車太招搖。」

趙東家同意了。小駟騎著單馬向南街鏢局方向跑去，屁股上的傷雖經王大夫處理，敷了金瘡藥，但還是有些妨礙，只能小跑。何況小駟滿心委屈，也不想跑得太快。

翠翠跑出門來，看見小駟漸漸遠去的身影，焦急地望著父親，想問個究竟又不敢問。趙東家說：「我派小駟替我辦點事，很快回來。」

翠翠提心吊膽地喊了一聲：「爹爹？」

二

後堂內，趙東家替來人整理衣服說：「你我多年不見，本想多留你住些時日，聽聽那邊的情況，不想時間緊迫，又要煩勞你上路了。」

那人說：「只要東家信得過在下，在下定效犬馬之勞。」

趙東家心事重重地說：「成與不成，全看這小子的造化了。」

那人說：「東家，無論造化如何，在下定保證那小子毫髮無損。」

趙東家交代一番，那人從後門出去。

三

「俯查過去，仰觀前程，算卦呢！」一個乾瘦的老者頭戴方巾、手持卦旗，穿梭於鏢局茶樓上。

茶樓上一片熱鬧。幾個鏢師摟著窯姐喝酒，淫聲浪語不絕於耳；遠行的客人心事重重，借茶澆愁；樓南角上，一個白面書生和一個滿臉橫肉的壯漢對坐，白面書生背一口寶劍，沉穩地喝著茶，滿臉橫肉的壯漢背一口九環追魂刀，在啃燒雞。小駟見那壯漢臉上有顆黑痣，黑痣中央有三根白毛，十分眼熟，卻想不起在哪裡見過。小駟心情憂鬱，他有些恨趙東家，也恨自己的出身，更恨身上這塊翡翠。他無聊地讀鏢局茶樓上的對聯：飛閣淩雲，青山獻瑞，前瞻上善若水；畫簷把月，碧樹含煙，後顧至德唯馨。他在心裏一陣好笑：如此粗獷的鏢局，也配貼如此斯文的對聯？他很快想到自己：自己與翠翠，不也像這鏢局與對聯，風馬牛不相及麼？他就更沒有心情了，獨自喝著悶茶。

「先生，算一卦？」卦師問那白面書生和壯漢。壯漢飛起一腳：「窮酸，誰要你算，老子還不曉得老子有幾斤幾兩！」卦師像棉花口袋一樣飛了出去，落到小駟身邊。小駟很奇怪卦師竟然沒有倒地，他想說不定卦師餓空了，輕得像一袋棉花。小駟對卦師說：「先生，對面坐。」卦師應聲坐了下來，小駟替他要了幾樣點心。

卦師很快吃完點心，小駟又給他要了一隻燒雞，很快燒雞也吃完了，卦師打著飽嗝說：「在下免費送你一卦。」

小駟本來想拒絕。卦師已經開口：「在下不跟你說過去，過去已經經歷，說了無用；只算前程，先生身在金玉中，長在金玉裏，帶寶出門，多加小心。」

南角兩人一聽此話，向小駟多看了一眼。小駟開始煩起卦師，更不想讓卦師說下去，無奈卦師不容他打斷，他繼續說：「你面帶憂鬱，一定遇到什麼憂傷，能否說出來，老朽不才，願替你指點迷津？」

小駟警惕地微微一笑，蹙眉高聲答道：「出門盤纏緊缺，衣食無保，能不憂慮？」

卦師唱喏退下。

當夜，小駟和衣而臥，背上那塊翡翠硌得他幾次醒來。他夢見自己卷走了褡褳中的四十兩白銀，逃到趙東家找不到的地方，靠背上那塊翡翠開起金石玉器行，發了財，他迎娶翠翠……過了一會兒，他又夢見翠翠披著鳳霞彩衣，乘大花轎，他上前欲挑轎簾，旁邊丫鬟給他當頭一棒說：「小姐下嫁的不是你，是橘子洲趙家……」兩個夢反復折磨他，弄得他一夜沒有睡好，還出了一身冷汗。

醒來以後，小駟盤算著，跑完這一單他是不是該離開趙東家。這些年，趙東家言傳身教，小駟也摸到些金石玉器的門道。他才不稀罕褡褳中的銀子和那塊翡翠，做生意首先要靠誠信，誠信是無價之寶，其次不能貪小財。東家靠二十兩銀子起家，做到現在，靠的就這兩樣。他想他要經營金石玉器，不會比趙東家差，他要是做了東家，也有一女，一定選擇如他這般的後生做女婿。這樣想著，天不覺已大亮。

四

日頭落山的時候，清風嶺上莊嚴肅穆。驛道兩邊，望不到頭的野茅草都乾枯了，泛著白光，草梢上的白花深深地彎下來，沒有風，野茅草不動，也沒有聲音。走了一天的馬隊顯得有些疲憊，走在前頭的幾個鏢師打著呵欠，走在後面的幾個鏢師更加懶散，喝起酒來，其中一個唱了首從窯姐那裏學來的小曲，唱完了，贏得一陣哄笑。

驛道上下都是樹林子，樹底下乾燥，樹葉鋪了厚厚一層，往樹林深處望去，陰森森的。領頭的鏢師說：「他媽的，咋搞的，連個客棧都沒有？」

另一個鏢師說：「出門由路安排，遇上客棧住客棧，遇不上客棧就露宿。」

領頭的鏢師說：「露宿就露宿，他媽的誰還怕誰呀！喂，停下，都停下，咱今兒就住這嶺上。」

押解銀子的宋胖子抱怨說：「以前有沒有跑過這道兒呀？我可交了鏢銀的！」

領頭的鏢師拍著胸脯上的橫肉說：「有爺這身肉在，你放一百個心！」

靠前走著的卦師回頭看看這二十幾人的隊伍，皺了一下眉頭，一聲不吭。靠後的白面書生和壯漢也一言不發。

天色漸漸暗下來，小駟就著火烤了兩個饅頭吃下，從路邊割了一些野茅草搭了個背風的窩，趁黑在靠頭部位的地上挖了個洞，把褡褳放進去，再填上土。窩在厚實的茅草裏，背上的翡翠也不硌人了，小駟很快入睡。

突然，一陣吶喊，林子裏衝出一夥強人，個個左手舉火把，右手執刀。鏢師臨睡前喝了不少酒，迷迷糊糊的，慌忙應戰，很快就只有招架之功，缺少還手之力。領頭的鏢師剛剛亮開招式，對方的流星大錘已至面門，領頭鏢師將身一閃，手中的大環刀就勢向對方劈過去，另一流星大錘從後面飛來，悶拳打西瓜一般，「啪」一聲悶響，領頭鏢師頭就開了花，豆腐渣腥味的腦髓和鼻血腥味的血在林子裏飛濺，人像一截木頭，沉重地倒地，砸起許多灰塵和樹葉。其他幾個鏢師見領頭鏢師已死，胡亂比劃幾個回合，便躥入茅草，逃得無影無蹤。

強人把剛才還在鏢師保護下的旅客攆到一塊空地上，小駟發現卦師、白面書生和壯漢不知什麼時候從人群中消失了。

強人首領騎一匹棗紅馬，大臉虬鬚，手執流星錘，大錘上還有殘血在往下掉，一看就是個用力氣說話的主兒，他說：「別嚷嚷，都站好嘍，有錢拿錢，無錢拿命！」

小嘍囉一哄而上，挨個兒取銀子。宋胖子眼睜睜看著銀箱被抬走，如喪考妣般哭起來，嘴裏罵罵咧咧：「什麼卵子鏢局，純粹他媽的騙局！嗚嗚嗚。」宋胖子突然感到一片冰冷的鐵器挨到脖子上，立即意識到問題的嚴重性，遠非丟一箱銀子，馬上改口說：「爺，小的掙錢能給爺花幾個，是小的的福分。」「福分」兩個字剛剛說完，人頭已經落地，宋胖子眼睛微睜著，面部表情還保持著說「分」時的表情，嘴張得不大，嘴角拉得很開，像在微笑。

輪到小駟，小駟告訴小嘍囉說：「錢不在身邊，在草窩邊的泥洞裏。」他立即感到冰涼的刀刃架到了脖子上，小嘍囉說：「反正你也窮，沒錢還蒙老子。早死早投生，黃泉路上慢慢走，來世做財東去吧！」說著就切了下來。小駟本來想起背上那塊價值連城的翡翠，考慮是不是該拿出來換命。小嘍囉動作麻利，乾脆俐落，不容他細想，他也來不及吱聲。他絕望地歎了口氣，他把這口氣歎得很響，他對這個動作非常滿意，在臨死之前，好歹把一口氣歎完。冰涼的刀刃卻離開他的脖子，只聽噹啷一聲，刀落在一邊，小嘍囉應聲倒地，接著周邊的好幾個嘍囉也倒地，空氣中立即彌漫起更加濃厚的血腥味。白面書生像一道閃電，穿梭在人群中，小嘍囉被他砍瓜切菜，一會兒工夫就七零八落。領頭的強人直取白衣書生。只見滿臉橫肉的壯漢從草叢後面現身說：「強哥哥，你歇會兒，看我的。」

一聽到「強哥哥」，小駟立即認出這兩人是他兒時的小夥伴。那時候，強哥哥帶著他們五個流浪孤兒，日乞街頭，夜宿破廟。沒有想到強哥哥長得如此風流倜儻。那個滿臉橫肉的壯漢應該是小胡豆，臉上的痣比小時候更大了，三根白毛也更長了。

小胡豆迎戰強人頭領。

小胡豆的九環追魂刀舞得周身一片白刃，刀插不進，水潑不進；那強人頭領兩個流星錘像飛花碎玉，風車一般，無法近前。幾次刀錘相碰，濺起陣陣火花。小胡豆見硬取不行，立即改變戰術，他縮矮身子，像地面打起了白色的漩渦，向強人頭領的馬腿砍過去，棗紅馬被齊刷刷砍掉前腿，突然一聲悲鳴，靠後腿立起身子，接著撲倒在地，強人頭領摔到地上，就勢打了個滾，立即跟小胡豆打起來。小胡豆抽出左手從懷裏掏出一把石灰向強人頭領撒去，強人頭領一愣神，小胡豆手起刀落，取了強人頭領的首級。小嘍囉見頭領已死，立即化作鳥獸散了。

眾人立即上前謝恩。小駟喊：「強哥哥！小胡豆！」

二人對視一下問：「你是何人？」

「我是小駟。」

「小駟？你真是小駟？」強哥哥將信將疑，「你知道『廟前李子』的下一句是什麼？」

「樓上燒雞！」

這是他們當年的暗號。

白面書生和壯漢立即把小駟抱起來，失聲痛哭：「我們都當你早死了呢！」

在一個避風的角落，當年的哥兒仨敘述起各自的經歷。強哥哥和小胡豆告訴小駟，當年小駟走散以後，他們曾四處尋找，實在找不到，他們就到京城裏去混。他倆現在在京中王府中做帶刀侍衛，此番出京，是為了執行王爺的秘密命令，前往嶽州城，除去與山匪長期勾結的節度使。倆人把王爺的密信給小駟看了。

小駟告訴他們，跟他們失散以後，他幸得趙東家搭救，跟趙東家在金石玉器行裏做夥計，東家待他很好，凍不著，餓不著。他還想說他背上有塊翡翠，是翠翠的定親物，就因為這塊翡翠，他連做夢都不可能跟翠翠……話到嘴邊，他又咽回去了。

小胡豆說：「整天跟石頭打交道，不如跟強哥哥到岳州，我們吃乾飯，不可能讓你喝稀粥。」

小駟搖頭說：「東家要我到湘江橘子洲給趙員外送信。」

小胡豆說：「啥破信，你扔了就是，跟了我們，再也不回去了，還什麼信不信的！」

小駟說：「我可是個夥計，夥計得聽東家的。」

小胡豆說：「跟了我們，你還是什麼夥計！」

強哥哥說：「小胡豆，別為難小駟，君子一言，駟馬難追，江湖上要的是信譽，答應人家的事就得辦好。小駟，咱們明天還能在一起走半天，下午就分手，一路多加小心。」

二人很快沉沉睡去。小駟卻睡不著，他為自己感到羞愧，在兒時的夥伴面前，他竟然說謊話騙人，人家把王爺的密函都給他看了，他竟然沒有說出他此行的真正任務。他非常自責，他決定第二天早上告訴他們一切。

五

第二天一大早，強哥哥和小胡豆把大家集合起來。小胡豆踢了兩腳宋胖子的屍體對大家說：「這胖子反正已經死了，不如我們大夥兒把他的銀子平分了。」

有人說好；有人說，人雖死了，可誰家裏沒有老人孩子，錢財本是別人的，他享受不到，也該交給他的家人享受。

小胡豆雖然臉上有些不屑，也只得應了。

看著小胡豆那副貪相，小駟又把昨夜想好的話咽了回去。

大家湊了錢，請強哥哥和小胡豆把他們送到目的地。強哥哥說：「本來我們有公務在身，不便給大家出鏢，不過，既然大家厚意邀請，在下恭敬不如從命了。」

中午以後，隊伍進入一個集鎮，小騸發現，強哥哥和小胡豆跟鎮上的不少人都很熟。到一個飯館坐定，小騸突然發現褡褳不見了，他明明記得早上他從茅草窩裏出來的時候，從泥坑裏摳出褡褳。強哥哥說：「小騸，多年不見，當哥的請客！」小騸說：「我的褡褳在進城的時候丟了。」小胡豆說：「小騸別急，不用一個時辰，我就能給你找回來。」小胡豆把指頭放到嘴裏，打一聲呼哨，很快來了一個頭上裹藍頭巾的男子，上前來跪在地上說：「給大爺請安。請問二爺有何吩咐？」小胡豆呵斥道：「要翻天啦！老子的小哥的褡褳都敢牽？老子限你半個時辰內把褡褳找回來！否則提頭來見老子。」

「是。」藍頭巾答了一聲，出門消失了。

強哥哥要了一桌酒菜，又是勸酒，又是夾菜，三人吃得開心異常。不到一個時辰，藍頭巾就來了，捧上五個褡褳說：「大爺，二爺，今兒上午小的們牽的都在這兒了，小的不知道哪一個是這位爺的，就都帶來了。」

小騸已經喝得眼睛發花，可他還是一眼認出了自己的褡褳。小騸說：「哥哥真有本事，一聲號令，啥事情都辦妥了。」

小胡豆說：「那還用說，在咱的地盤上！」

強哥哥使勁恨了小胡豆一眼，小胡豆立即心領神會，閉口不言。

這個細小的動作，小駟沒看見。可「咱的地盤上」他還是聽出了些味道，他故意酒話連篇說：「倆哥哥，你們是好人，俺也不騙你們，俺看上了東家的女兒，東家卻不肯把女兒嫁給我，還要我去把，去把他女婿找來，娶走他女兒。嗚嗚嗚，自己乾瞪眼，卻去給人找女婿……」

小胡豆說：「小駟，你放心，趕明兒我把趙東家的女婿，」他做了一個殺頭的動作，「喀——切了，你東家不就把他女兒許給你了？」

小駟打了個冷戰，酒醒了幾份，他說：「切了他女婿，人家也不一定把女兒許給我，還有東街黃家、西街李家、馬市街孫家，都是有名有位的主兒，都下過聘禮的。」

小胡豆說：「那就更好辦了，趕明兒我把你東家也喀一聲切了，你做東家你做主，你就想咋，就咋！」

小駟又打了個冷戰，酒又醒了幾分，他心想：幸好我沒說實話！

再次上路，所有的旅客都有些興奮，因為過了前面黃沙崗，就到此行的目的地，陸路水路都人煙濟濟，再也不用憂慮強人了。

強哥哥和小胡豆催促大家快走。小胡豆再次勸小駟跟他們一起，小駟說：「我一身材不高大，二不會武術，跟你們只會拖累你們。」

強哥哥說：「我們給你開個店，你就算算帳、管管財什麼的。賺的錢五五分成。」

小騸說：「你們辦完王爺的事，不也要回京城嗎？」

強哥哥和小胡豆對視一下，發現說漏了嘴，順坡下驢說：「對呀，我們上京城你也上京城。」

小騸總覺得他們的話有點彆扭，彆扭在哪個地方他一時又說不上來，就不再說話。

強哥哥對小胡豆說：「今天的酒有點上頭。」小胡豆說，「老子也暈。酒裏頭是不是加了蒙汗藥？」強哥哥說：「不會，我們自己開的店，誰還敢！」小胡豆說：「說得也是，可老子真暈。」小騸雖然迷糊，可還是聽明白他們的話了。他心想，這一遭，遇到的全是怪人，撞上的全是怪事，趙東家應該早料到凶多吉少，什麼翡翠，什麼翠翠，什麼趙員外，只要他小騸沒有了，一切都很好安排了。

上了黃沙崗，強哥哥和小胡豆要大家在樹林裏休息一會兒。話音剛落，從樹林背後衝出一夥強人，為首的喊：「大爺，二爺，小的前來報到。」

強哥哥晃頭晃腦地指著身邊的小騸說：「除了這個，其他通通綁了，嘿，怎麼？我頭暈！」

小胡豆也說：「老子想睡覺。」他打起精神說，「小的們，這些傢伙都是有錢的主兒，不管黃金白銀，通通牽了。」

強哥哥對眾客商說：「各位財東，在下這廂有禮了，感謝各位把銀兩送到我的地盤上，各位留下銀兩各自走路，否則刀劍無眼。」

一個客商憤怒地說：「算我們瞎了狗眼，居然請了強盜當保鏢……」話沒說完，強哥哥手起劍落，那客商人頭落地。強哥哥把那客商的人頭挑在劍上，說：「還有哪位先生不識相？小駟，我知道你身上還有寶貝，夜裏我都看見了，你身上在發光，咱們兄弟一場，別浪費我的力氣。」

小駟早已沒有氣力站著，一聽這話，癱到地上，像一堆牛屎。

六

被一盆冷水澆醒，小駟見眾客商驚魂未定，強哥哥被綁了起來，小胡豆人頭落地，嘍囉們丟下幾具屍體，不知去向。消失了一天多的卦師卻出現了。卦師說：「還在鏢局的時候，我就發現你二人心術不正，專瞄別人的銀箱跟褡褳，果然是劫道強人，好在我預先做了手腳，中午在酒裏下了藥……」

強哥哥使勁掙扎，一改書生氣派，他瘋狂地咆哮：「你個狗操的臭卦師，老子後悔在鏢局裏沒有把你除掉，那一腳踢去，我就知道你絕非等閒之輩。」他看看小胡豆的屍體說，「天殺我也！狗操的卦師，有本事放了我，跟我鬥上幾十回合。」

卦師說：「大丈夫做事要有自知之明，在下要不早動點手腳，一夫難敵二惡。」

強哥哥說：「無恥！」

卦師說：「山野草寇冒充王府當差，到底誰無恥？本是劫道強人卻冒充鏢師，誰無恥？騙取客商信任，錢財到手卸磨殺驢，誰無恥？」

強哥哥無話可說，轉頭恐嚇眾客商說：「還不快跑，接下來就輪到狗操的卦師作亂了。」

客商聽了，嚇得面如土色，立即散了。

小駟正欲逃跑，被卦師一把拉回來，卦師對小駟說：「留下來，幫幫忙！」小駟看著卦師還在滴血的寶劍，不敢逃跑。強哥哥對小駟說：「可惜我機關算盡！小駟，你要幫哥哥解了此危，我願把半個山寨送給你！」

小駟說：「你不是在京城王府嗎？」

強哥哥說：「江湖上的話有幾句是真的？包括你也沒有真話，你身上有重器，夜裏我看見你身上有光。可惜在路上我動了惻隱之心，沒把你殺掉。」

卦師說：「念你們兄弟一場，我就不當著你兄弟的面放你的血了，惡人自有惡報。」說罷，把強哥哥又捆了一遍，捆得更加結實了，在嘴巴裏塞了棉花，吊到一棵大樹上。料想活不了一個時辰。

小駟對強哥哥說：「哥哥，只怪你殺人越貨，我最看不起劫取不義之財的人。你好生去吧，我會給你燒錢化紙的。」說罷，流下眼淚。

崗上只有卦師和小駟兩人。

卦師說：「小哥將往何處？」

「前往湘江橘子洲。」

卦師指著崗下的一條大江說：「腳下那條江就是湘江，逆江行一百里，就到橘子洲，老夫家亦住洲上，你與我同行。請！」

「請！」

在路上，卦師說：「如果在下沒有算錯，你此行在為你的主子送一件信物。」

小駟說：「我在送一封信。」

卦師搖頭說：「此物價值連城！」

小駟嚇出一身冷汗：沒有想到螳螂捕蟬黃雀在後，一個比一個狠。他故作鎮定，說：「先生算錯了。」

卦師不信，繼續說：「在下願意出千兩黃金換你的信物——別誤會，如果我沒有算錯，你要送信物的那家姓趙，跟我世代為仇敵，我是不希望他靠你給的信物，使好事促成。」

小騊說：「先生算錯了。先生聽清楚沒有，我真沒什麼寶貝。」

卦師說：「你身上有玉器的光澤。老夫行走江湖多年，不會看走眼。」

小騊說：「先生真是高看我了，一個送信的夥計，哪來什麼玉器寶貝？」小騊橫下心，決定跟卦師拼一把，他把褡褳拋給卦師說：「所有的錢財都在這裏，你自己找找有無寶貝。」說著往草叢裏跑。卦師問：「哪裡去？」小騊說：「我要拉屎，你知不知道什麼叫屎？屎就是大便。你那麼會算，能不能算出我拉稀，還是拉乾？」說著俏皮地衝卦師做了個鬼臉。

小騊鑽進草叢，撒開兩腿就跑，很快他聽見卦師鑽進草叢的聲音。小騊想：我就不信甩不掉你。小騊在草叢裏走迷宮一樣躥著，他努力使草不發出聲音，不留下痕跡，可是狡猾的卦師總能從蛛絲馬跡中，準確地找到他藏匿的方位。小騊累得汗流浹背，氣喘吁吁，眼看就要天黑了。他找到一跟木棒，躲在一叢草後面，當卦師探出頭來的時候，小騊當頭給他一棒，卦師應聲倒地，他撒腿就跑。

七

次日上午，小騊終於上了橘子洲，他向行人打聽趙員外的家，整個橘子洲的人只知道有個趙府，沒有人知道有個趙員外。整個橘子洲只有一家姓趙，而且就在趙府，小騊推斷：趙員外就在趙府。

沿著潮濕的瓦片街走著。路兩邊有許多人賣魚，此地的魚不比北方，北方賣的多半是死魚，而此地賣的魚大部分是剛剛從江上打起來的，還在活蹦亂跳。賣魚的人，漁簍子裏有蔥和芫荽，顧客買一點魚就配送一點。魚的新鮮氣息跟蔥和芫荽的氣息混合在一起，非常好聞。小駟一路聞著這好聞的氣息，心情輕鬆了許多，不管這是艱辛的旅程，還是屈辱的旅程，他都快完成任務了，因為他已經望見坐落在瓦片街盡頭的趙府大門。

就在他靠近趙府大門的時候，他突然看見卦師也站在趙府大門外。卦師頭上纏著布帶子，帶子上滲出血跡，傷得不輕。看來這傢伙找上門來了。小駟想：這傢伙莫非真會測算？居然曉得我要進趙府？不管哪種可能，都是衝著他身上的翡翠來的，眼看大功告成，萬萬不能功虧一簣。小駟一閃身，退到賣魚人中間，待了半個時辰，見那卦師不走，他悄悄繞開了，心想：前門進不了，咱後門還不能進？

小駟沿著趙府大院外牆走了一圈，只發現一個狗洞，沒有發現後門。

顧不得那麼多，他從狗洞鑽了進去。狗洞正對趙府的廚房，幾個家丁把他當賊抓起來，捆成粽子。小駟拼命喊：「我要見趙員外，我是渭河畔做金石玉器的趙東家派來的，放開我！」幾個家丁大笑：「我們這裏只有趙東家，沒有什麼趙員外。」小駟掙扎著說：「小哥，我這是跑錯地方了。」家丁說：「從狗洞鑽進來，能不跑錯嗎？哈哈哈！」小騸說：「各位小哥，小弟多有冒犯，還望原諒。」家丁說：「你私闖民宅，有你好看！」小騸說：「你們打我一頓都行，可你們得放了我，我是替人送信的，懲罰完了，放了我，我得去送信。」家丁說：「有沒有值錢的東西？交出來，爺會考慮放不放你。」小騸說：「褡褳原來還有十幾兩銀子，昨天被人搶了，我現在身無分文，我甘願被你打一頓，打完了放我。」家丁說：「除了我沒見著的銀子，你還有沒有我沒見過的寶貝。」說著就來搜身，捏了上衣又捏褲子，連鞋底都檢查了一遍，就是沒有想到檢查他的後背心。家丁說：「一個窮光蛋！」家丁替他鬆綁，「你滾吧。」小騸看了一眼家丁，家丁立即懂他的意思，家丁說：「你從狗洞鑽進來，還想讓我把你從大門送出去？」說著舉起鞭子追上來，小騸慌不擇路，出後院，穿花廳，過廂房，來到大門口，正要奪門而出，突然聽見身後傳來熟悉的聲音：「小騸哪裡去？」

小騸吃驚地回頭，卻見趙東家和翠翠立在正堂屋簷下。翠翠多日緊鎖的眉頭，終於舒展開來。

小騸上前請安說：「東家，你怎麼在這兒？」

趙東家說：「這是我的老家呀。」翠翠在一邊點點頭。

從趙東家的身後鑽出卦師，卦師摸著受傷的頭對趙東家說：「這小子出手真狠！」

趙東家歉意地笑了，對他說：「郝掌櫃一路辛苦！回頭好好犒賞你。」

趙東家對愣在一邊的小駟說：「小駟，來見過郝掌櫃！」

小駟不動，趙東家也沒有勉強，趙東家說：「這十多年，我在渭河經營買賣，多虧郝掌櫃苦心經營這片產業。」趙東家見小駟還愣著，接著就說：「小駟，這一路上，你雖然經歷諸般艱難，卻仗郝掌櫃暗中罩著你，他可有一身絕世功夫呀！」

小駟疑惑，既是高手，昨日為何還吃我一棒呢？他說：「可他昨天下午還在謀算我身上那件器物。」

趙東家說：「這是我讓他給你出的一道考題。本來我也就只有這麼一道考題，如果你能破此關，把那塊翡翠帶到目的地，說明……要不然，只怪你小子造化小了。」

「沒想到路途多艱險，兩次遇上強人，差點讓老夫失了良才。」趙東家高興地說，他回頭喊翠翠，「翠兒，帶小駟進去洗漱一番。」

小駟脫下背心，從後背心的夾層裏取出翡翠，呈給趙東家說：「東家，這翡翠……」

趙東家和郝掌櫃哈哈大笑，趙東家說：「如今歸你了，相當於父母之命、媒妁之言。」郝掌櫃說：「翡翠鑒人，一段好姻緣呀，東家！」

翠翠紅著臉，望著小駟傻傻的樣子直笑。小駟身後竄過來一陣秋風，落光葉子的柳枝在他身後，珠簾般飄擺。

風月

海濤出了屋子。潮濕悶熱的氣息像床破舊的棉胎，立即將他包裹得嚴嚴實實。這氣息還從鼻孔衝進去，餿抹布一樣糾纏肺腑，令人煩躁不安。他扭過脖子，往天上斜了一眼。低矮狂放的黑雲，跟一鍋黏稠的粥一樣，毫無章法地翻滾，一會兒狂草，一會兒太極。海濤悶聲悶氣自語：「驟雨來敲門了。」

海濤打算把屋子前面的涵洞清理一下，掏一掏，利水。昨晚天氣預報說，今天會有一場暴雨。真兌現了，算是入夏第一場。

他記得上次清理涵洞是在一年前。那天心情特別好，他接到一家有名的雜誌編輯的電話，對方稱他那耗費兩年心力構築的長篇通過終審，將於年底刊出。這電話帶給他的興奮，使他再難氣定神閑，繼續坐在電腦前面把手頭的小說寫下去。那是他的第一個長篇。在這部小說裏，他大膽使用具有試驗意義的表現手段，自己滿意，把自己換成讀者來讀，也還滿意。他唯一的擔心是，這具有創新意義的手段，不一定被編輯接受。因此他就揀最牛的雜誌投。這樣，要是通不過，失落會少點，畢竟人家牛。沒成想，一投竟中了。為打發這一天剩下的時間，調整調整心態，不讓自己高興得太過火，他得找點寫作以外的事情來做，就掏了涵洞。

今天，海濤的心情恰好跟上次相反。

海濤屬文化部門的聘用人員，專事寫作，報酬為基本工資加獎金。基本工資全國通用，獎金具有地方特色，數額靠見報見刊作品的等級和數量確定，真正體現多勞多得、少勞少得、不勞不得分配原則。

海濤原先是自由職業者，憑一年比一年更洶湧澎湃的發表量，被該部門收編。還是省作協會員，就是將就著可以被稱為「作家」的那種。海濤對這稱呼不當回事情。這詞兒要擱三十年前，差不多等於唐朝皇帝賜給李太白金匾。可惜他晚生幾十年。現在，這詞兒往後退半步，叫作孽，向前滑半步，是作賤。大家似乎也懂他心理，不喊他「海作家」，而呼「海編導」。

海編導最近半年相當迷惘，自己都搞不懂自己，半年多時間，一篇作品也拿不出來。像今天，在屋裏關了半天，香茶喝了好幾杯，臭屁打了一大堆，一個字憋不出來。單位頭兒也察覺到這點，在最近幾次月末例會上大談簽約合同。壓在舌頭底下的唾沫星子，連二年級小學生都聽得明白：千萬不要爽約，要不然到年底，大家都下不了臺。

拿不出作品，照合同規定，第一年發基本工資，第二年折半，第三年解聘。這還不是他最焦慮的，他最焦慮的，是自己一向寫得好好的，怎麼突然說寫不出來，就寫不出來呢？

焦慮不是好事情，越焦慮越寫不出來。這他知道。他必須戰勝焦慮，必須用一件銘心刻骨的事情來轉移注意力。

雲在天上像一鍋水摻少了的粥，越來越稠，翻滾得越發厲害。讓他想起去年同樣情景下的興奮。這是具有強烈反差的對比。他想，俺今天再來把洩洪涵洞疏通一下，說不定一疏通，思路也能跟涵洞那樣通暢起來。帶著美妙的期望，海濤去取工具。

妻子是個品牌服裝專賣店老闆，花錢雇了三個年輕貌美的女人把店，沒事不到店裏去，尤其是上午，完全是一個全職太太。身懷六甲，仍不失賢妻良母本色，正淘米洗菜。見海濤手握長柄花鏟，走到屋子前面的涵洞前，卷褲腳，挽袖子，就知道他要幹什麼。妻子說：「不是年年都在掏麼？哪會那麼快就堵上呢？最近幾天分時供水，弄出一身泥，沒水替你洗。」

這是實際問題。最近一段時間供水部門管道切割，家裏水龍頭二十四小時敞開，只在淩晨兩三點鐘淌出幾盆來洗菜煮飯。幾天來換下的衣服，都還堆在洗衣機上呢，要是把這身行頭也弄髒，只怕找不出衣服來換了。

海濤扔下工具，出了門，從社區景觀道上走出去。一路無心看景，沒目標，也不辨路，走到前面已經沒有路，不能再往前走了，發現自己竟然悶頭悶腦走到上班的地方。

週末的文化大樓靜悄悄的。海濤上了他位於十五層的創作室，坐在辦公桌前，想讀點什麼，拿起報紙，見黑壓壓的字就提不起勁來，一二三版是不用他關心的事情，第四版幾乎是廣告。傻坐了一個多小時，還是寫不出一個字來。他氣鼓鼓地想，俺要是書法家就好了，那麼多面孔和內容都差不多的報紙，夠咱在上面舒展一陣筋骨的！

為啥寫不出來呢？海濤納悶，以前的創作激情都跑哪裡耍去了呢？難道老子江郎才盡了？

海濤設想，要是自己能跳出來罵自己一頓，罵完就能心智開竅，下筆成文，他絕不心慈手軟，哪怕運氣不濟，給人撞上，從此貼上神經病標籤。

「冤有頭，債有主，俺這毛病一定是有原因的，一定是有個開始的。」海濤心頭挽起個大疙瘩。

家庭原因當然不是，老婆賢慧得像海濤再生了一個媽；朋友也正常，隔三岔五找個由頭聚會一下，交流交流各自耳聞目睹的奇聞怪事，順便詛咒一下股市行情；編輯那頭也找不到茬兒，該寄的樣書都寄了，該發的稿費也發了。

那還有什麼原因呢？

海濤社會關係不複雜，就那麼幾方面。以前讀書的時候，遇到不太拿手的選擇題，他最拿手的辦法就是排除法。面對一堆可能，一個一個地去否定。被否定掉的就不用管了，實在否定不掉的，那是答案。也奇怪，別人敲破腦袋做了還不一定正確的題，他靠排除，反倒常常是正確答案。

橫豎寫不出來，乾脆別裝模作樣，捏拿一副「思想者」的情狀惹自己不開心。他決心今天先找到問題根源，非找到不可。順著心氣兒，他很快像入定的老僧，把最近經歷的一些事情一一過了個遍——所有的可能，都像老僧手頭的念珠，被他一一扒拉過去。

吧嗒，吧嗒，他在腦子裏扒拉著念珠。

吧嗒，吧嗒，他繼續在腦子裏扒拉著念珠。

吧嗒，吧……突然，念珠扒拉不動了。

他把那個念珠反覆揉捏一陣，最終確信，問題就出在這顆上。

那顆念珠是一次宴會。

是一次歡迎宴會。

是一次歡迎頭兒的宴會。

晚宴前幾天，聽說新來的頭兒是個三十郎當的女人，一幫「騷人」很是激動了一把，尤其是爺們兒。古人把文人稱作騷人是有道理的，像這群小爺，平時幹起活兒來有板有眼，都是各個藝術門領軍人物，有絕活，有位置，嘴巴卻一點底線都沒有。文化部門向來是個藝術家紮堆的地方。這幫傢伙不紮堆還好，一紮堆，話題從來就不是藝術——也不能是藝術，你有你的觀點，我有我的看法，要真談藝術，吵成一鍋爛粥算太陽還是從東邊出來的；一不留神，搞不好就會打起來，倘若哪天冷不丁出個把人命案件，用不著員警費心，閉起眼睛用腳趾頭揣摩一下都知道，是見面談藝術的結果。

這群人都是人尖尖，都曉得見面談藝術的嚴重後果，因此把見面不談藝術，上升到堅持黨性原則、深入貫徹構建和諧社會發展觀的高度。

可日常交流總得有的呀，也就是正常日子還得過。要過，就得找到大家都感興趣、又不至於引起爭端的話題。經過一些人勤奮的實踐、認真的總結，終於在古人創造的「騷人」桂冠上達成了共識，經過再實踐和再總結，最終形成統一意見，那就是，在某些方面，嘴巴絕對不要底線。

這底線限於嘴巴上，且只跟男人女人有關。不管對哪個個體，這世界只有兩類人，一類可以性交，另一類不可以。這是兩類想繞都繞不開的構成。在這兩類人身上，共同話題到處都是，張口就來。

比如畫家張，見了漂亮女人，眼睛就木了——本來可能並不是真的木，可那眼神，表現得比真的木好要木好幾分——目光飛鏢一樣射到人家身上，嘴巴無條件配合飛鏢：哇，好靚！形成非條件反射式的本能。甚至不管認識不認識，也不管人家樂意不樂意。為此，在大街上，因眼光跟步調不統一，出了好幾次惡意碰撞電線杆的事故。回單位，別人沒在意，自己先倒摸著額頭上的包調侃：不是我眼睛學壞太快，是世界美得讓人太無奈！

在爺們兒的影響下，單位的女藝術家也沒一盞省油。

為這頓晚宴，一幫騷人精心準備了若干關於兩類人的有趣話題。單單段子，就可以裝好幾麻袋。在他們看來，段子是生活的調味劑，文人說段子，把葷段子說出文氣，那是智慧表現。沒那點智慧，還有什麼資格談什麼創造創新？只配替領導寫報告。

晚宴剛剛開始，畫家張小試身手，來了第一個。他說，一病人躺在床上唱歌，唱完一首拉一下耳垂，耳垂跟橡皮筋一樣，被拉到足夠長，然後放手，啪一聲縮回去打到臉上。醫生知道這傢伙有神經病，但還是想搞清楚他為什麼唱一首歌要拉一下耳垂。醫生問：你這是幹啥？病人說：神經病，這都不知道？這叫切換，唱完刀郎，切到小瀋陽！

頭兒聽了，只是輕輕地笑笑。

頭兒身材窈窕，線條曲張有致，國際時尚流線型，一襲微紫含青的旗袍，讓她顯得古典而精緻，短髮柔順妥帖，襯托突出她秀美白皙的臉龐，端莊，不失修養。香水濃淡適宜，讓人感覺清新舒爽。整台宴會上，她如果不那麼矜持，能隨和一點，一定會收獲成打成打諸如「精緻」「高貴」「器宇不凡」之類率性、不乏真誠的讚詞。

頭兒的笑是有征服性和侵略性的，她的笑鼓勵了大家。舞蹈團的花兒拿畫家張說事兒：張花臉讀高中的時候對我們寢室一女同學特感冒，惱於找不到搭訕的由頭，一天他見那女生走在前面，靈機一動，從書包裏摸出一個東西，遞上前說：「哎，同學，這是你掉的吧？」

大家不笑。花兒說：「那女生拿手頭一看，當場笑崩了。」

「那是啥呀？」有人問。

「他頭晚上換下來沒洗的臭襪子！」

大家哄笑。有人說可靠不可靠啊？花兒說：「這年頭造謠跟真的似的，真的反倒像造謠。」畫家張很配合，說：「就是，真真假假，假假真真！」

大家又笑。

頭兒也笑了笑。她的笑再次征服和侵略了大家。畫家張對花兒一時沒招，海濤拿花兒說事兒。海濤算以文字為營生的文人，所以他的段子一般比別人更俗氣幾分，文從賦說起，詩從放屁來，要不然，大家不理他的茬兒，還說他酸。他說：我這可是花邊消息，說說而已，不足為信。大概也就半年前，花兒老公要出差半年，花兒收拾行李完畢，深情地交給老公一包杜蕾斯說道：在外面實在忍不住的話記住一定戴這個，老公聽罷激動地對花兒說：還是用她們的吧，這要十好塊錢一個呢——跑那麼遠掙那麼點兒錢不容易！

大家都笑了，笑得像一群訓練有素的鴨子在唱歌。這回頭兒沒笑。

花兒從來都是兵來將當、水來土掩、擺哪碗吃哪碗的角兒。她說，海編導，上次去山西，在公車上掏錢的時候，是誰故意把賓館免費提供的杜蕾斯掉在地板上，自己正得意又佈施了一回安全工具呢，只聽後面一個妹妹操一口生硬的普通話說：大鍋，額二哥的工作服掉了！

大家又笑了。畫家張笑得像頭叫驢。頭兒依然沒笑。這是個現成的段子，花兒稍微改編了一下，給海濤感覺她先就輸了海濤半招，海濤正準備「追窮寇」，頭兒站起來說：「你們繼續，我有事先走了。」大家立即感覺不對味兒，一時沒醒豁過來。頭兒在大家迷惑的眼神下，嫋嫋娜娜走出餐廳。花兒責無旁貸去送頭兒。送她下樓回來的花兒淚光點點，她說頭兒剛才批評她了，說女同志要穩重點，別跟爺們兒攪一起胡鬧。

「我們胡鬧？」一幫藝術家吃驚得嘴巴張開，半天閉不回去。其實，這群人對生活的感受是最敏感的，也就說，經常會在常人那裏不起眼的事情上吃驚、思考。但像今天這樣步調一致地在同一事情上表現出詫異，還是頭一次。大家認為，要依頭兒的標準，打這個文化部門組建以來，就沒見哪個是好人！

大家很快搞明白頭兒的「背景」：老公長期在國外搞科研，一年難得會上一次，家庭生活沒一點指望，天黑以後的時間，基本上只能拿來睡覺。從那時候開始，頭兒就一門心思從政，近年來仕途順暢，兩年一個臺階，從鎮到縣級機關，從一般部門到政府組成部門，再從縣到市，三蹦兩蹦就成了海濤他們的頭兒。

「像她這樣的女人，應該如狼似虎才正常，占了近水樓臺的有利位置——畢竟夾在一大幫『騷人』中間！」畫家張的聲音。

「光曉得琢磨美事，你當人家跟你一樣眼睛只曉得盯女人和畫板？大大小小人家是個領導。」海濤的嗓門。

「領導就不是人啦？」花兒套某女人的口氣說：「做人難，做留守女人更難，如果留守女人還是個不大不小的領導，那就難上加難！」

「夾在一群蠢蠢欲動的『騷人』中間尤其艱難！」有人嫌花兒總結得不夠深刻，補充說。說完，自己帶頭壞笑起來。

「她那老公也叫老公？我看頂多算個臨時工。」

「一幫遭受重創還沒正沒經的傢伙！」

「大家莫吵好不好？算她更年期提前還不行？荷爾蒙枯竭。別理那麼多，喝酒！」

喝酒？誰還有興致！

從此單位聚會再也沒有男人女人的故事，更沒有段子，這「雙無」的聚會像滿桌的菜都沒放鹽。調侃偶爾還是會冒一點出來的，比如喝酒的時候，找三個人來碰杯，或者一桌席下來，白酒紅酒啤酒都喝過了，就叫三個代表；誰先喝高了，到衛生間「進口轉外銷」，就叫先進性；套起手腕喝，叫「小交」，繞過脖子餵到對方嘴巴裏，叫「大交」……這都小兒科，無聊透頂。

沒有樂趣的生活是會讓人麻木的。麻木對海濤而言，就等於失去生活的趣味和情趣，沒有生活趣味和情趣的直接結果，就是激不起創作的靈感、創作的激情。

癥結就在這裏。

「癥結就在這裏！」海濤肯定，除了這，不會再有別的了。

找到了癥結的海濤，並沒有像革命浪漫主義作家編造的那樣，樹立起攻克一切困難的信心，充滿勝利的喜悅。相反，他更多了一層憂慮：老子可還得繼續受她領導呢！

「這樣暗無天日的日子還長著呢！」海濤癱到椅子上，跟岳武穆一樣，仰天長嘯。

海濤設想了若干抽身而退的可能。可一落到具體問題上，他不得不慎重考慮。那份鐵杆莊稼，還真不能像革命浪漫主義作家編造的情節那樣，說不要就不要，老婆的肚子凸鼓在那兒，添丁進口是早早晚晚的事兒；若單靠老婆的服裝店，不是不可以，只是怕哪天行情不好，一家三口喝風屙屁。

海濤就這樣不著邊際地漫思。偶爾為證明自己還是活物，站起來走幾步。這不，此時，他從書桌邊走到窗前，目光穿過窗戶，落到大院裏。院子陰沉，甚至有些昏暗。暴雨之前的風，在院子裏的樹上肆虐。樹葉像剛洗過的頭髮，被風吹得一會兒偏向這邊，一會兒偏向那邊。院子裏熟悉的景象，在風中顯出另一番模樣，動盪，癲狂，方寸大亂。

一輛瓦藍色轎車滑進大院，泊到車位上，走出一個高挑的女人，向大樓走來，婀婀娜娜、娉娉婷婷的，韻味非凡。

海濤眼力還好，可樓太高了，只能看個大概，但從轎車的顏色和走路的姿勢推斷，這女人不是別人，正是那個方正嚴肅的頭兒。

就這時，身後傳來推門聲，接著傳來一串甜美的聲音：「海編導，什麼好看的東東讓你元神出竅啦？」

「想你唄！」海濤不用轉身，聽聲音就知道是花兒。花兒進海濤辦公室從來不敲門。「敲敲門好不好？這不是你家臥室。」關於敲門的事，海濤警告花兒好多次，可花兒就是花兒，她說：「我負責敲門的那個指頭還沒長出來。」海濤只好隨她去，畢竟見到花兒從來都是件高興的事情。

海濤轉過身來，臉上綻放出毫無準備的快樂。

海濤一遇上花兒就樂，隨便什麼時候，在毫無準備的情況下，最樂。

海濤向來就比較受女孩子歡迎。見了女孩子，要是人家心情好，他就誇人家漂亮；要是人家心情不好，他就誇人家衣服漂亮；要是人家心情不好衣服也不漂亮，他就誇人家老公好；要是什麼都沒有，他就誇人家工作出色……

花兒年紀跟海濤年紀差不多，三十出頭，不僅長得漂亮，而且還特別有趣。遇上她千萬要跟她開玩笑，否則就太對不起生活了，更對不起生活裏活生生的花兒。你要是對她說「我想你」，她肯定會說：「哪裡想，大頭？還是小頭？」單位組織舞會，你要是「不小心」撞了她的波兒，她會「很不小心」掐你臀部。走路風風火火，說話直來直去。有人勸她含蓄點，她說：「什麼叫含蓄？嘴巴上之乎者也，肚子裏男盜女娼，這就叫含蓄？」瘋是瘋了點，可從沒聽說她跟誰有需要遮掩的故事。

海濤心想，你傢伙今天上我這裏來，來得不是時候，你不知道濤哥我心裏有多煩，多想做件大事，做件大壞事！

這不，花兒果然說：「哪裡想，上面那頭？還是下面那頭？」

「都想！」海濤把手按在嘴唇上說，「這裏最想。」

海濤想來真格的。海濤以前沒想要對花兒有動真格，也沒對除老婆之外的其他女人動過，從前都是在創作的時候，順帶虛構一下。海濤今天橫豎只想做件壞事。此時海濤的感覺非常糟糕，非常壞，文人寫不出文章跟女人生不出孩子差不多，要有什麼事情來逼他一逼，急他一急，一逼，一急，多半能找到新感覺，搞出新花樣，有新花樣，就有新體驗，有了新體驗，後邊的事情就好辦了。

海濤把嘴唇嘟得如同八戒再世，向花兒靠過去。辦公室立即響起花兒銀鈴般的笑聲。花兒兩個溫柔的手指頭落到海濤嘴唇上，瞬間發力。海濤立即感到上下嘴唇火辣辣地痛，兩個指甲印兒烙到海濤嘴唇上。花兒孫二娘般問海濤：「海濤，你是開玩笑還是動真格？」

「如假包換！」海濤忍著痛，繼續捏拿他的架勢。

花兒就不笑了，開門溜了出去，出門的時候，輕輕說了一句：「玩笑歸玩笑。玩笑是什麼？玩笑就是生活的減負器，不管對生活還是對工作，減負完了也就完了。動真格則另當別論！」

花兒徹底從門洞裏消失的時候，又補充一句：「別看妹兒嘻嘻哈哈——不隨便！」說完徹底從門洞裏消失。

海濤辦公室門隨之被關上。

這邊一盆旺旺的木炭火，那邊兜頭一瓢涼水，呲一下，熄滅得令人痛心疾首。

「看來老天不幫我！」海濤自嘲道，說完像掉線的電腦，腦子裏黑屏一片。

海濤好一會兒才從掉線狀態緩過脈來。

烏雲越來越厚，室內沒有開燈，越來越暗，不開燈已經沒法在裏面待。

很快，暴雨刷拉一下落下來。這雨來得迅猛而快捷，之前閃電沒扯一個，雷沒打一下。

海濤開了燈，在辦公室又待了一個小時，就不想再待下去了。雨沒有停的跡象，家暫時回不了，花兒辦公室也不能去，剛被人家收拾過。海濤準備下樓去，希望撞上熟人，嘮一陣嗑，打發時間，等雨停了回家。

走到電梯門口，遇上頭兒，海濤想返身回辦公室，電梯門卻開了。回去自然不妥，海濤跟頭兒進了電梯。一絲淡雅的香味，瓜蔓般纏纏繞繞鑽進海濤鼻孔。海濤不願意跟頭兒同乘電梯，那是因為海濤覺得面對美女不能讚美幾句，簡直是對他那雙發現美的眼睛的殘酷褻瀆，也是對美麗資源自身的浪費；可這香味海濤還是能接受的，甚至可以說是喜歡的。海濤心頭的不適，迅速被下滑的電梯感覺攆跑了。電梯從十五樓往下滑。海濤特別喜歡電梯下滑，那感覺像獲得了某種滿足，滑，滑，滑，順暢舒服，滑向安全，滑向踏實的地面。

突然，電梯停了，指示燈顯示剛滑過第九層。電梯中途暫停，是正常現象，但必須是在某層樓的樓口上，並且伴隨電梯門的開合。

今天這電梯停下來卻不見電梯門開合，一停就停了十多分鐘，十多分鐘過去了，也沒見動靜，不往上走，也不往下行，電梯門也沒有打開的跡象。海濤連撳了幾次工作指示鍵，電梯仍然不動。又過了幾分鐘，海濤確信，這電梯肯定壞了。

海濤摸出手機準備打電話，見頭兒手上也拿手機，沒打。海濤心想：這種時候，咱不要搶了頭兒的先，也不打。過了一陣，海濤見頭兒沒有撥電話，就把手機收起來塞進褲袋裏，心想頭兒不打，俺打它幹嘛。

電梯裏的燈閃也沒閃一下，毫無預兆地突然熄了。

電梯裏一團漆黑。

跟一個女人單獨困在電梯裏尷尬，跟一個無趣的年輕女人困在電梯裏更尷尬，跟一個方正嚴肅的無趣年輕女人關在黑燈瞎火的電梯裏，更是尷尬中的尷尬。

就在海濤絞盡腦汁想找一句話來跟頭兒嘮嗑的時候，電梯強烈晃動了兩三下，海濤站立不穩，差點摔倒。電梯停止晃動，重新立穩，海濤感覺有人撞到自己懷裏。撞進懷裏的當然只能是頭兒。兩人都僵在那兒。海濤一時想不出該怎麼安放一雙手，是摟上還是推開？倒是頭兒活泛得快，頭兒的手開始行動起來，頭兒的手很燙，濕漉漉的，頭兒的手繞到他身上，他不由自主地聽從頭兒的召喚，甚至很快佔據主動權，跟著頭兒瘋狂起來。頭兒著一步裙，被海濤喇叭一樣翻上去，卷到腰眼上面……海濤像在大海行船，即使在沒有星光的晚上，海濤照樣揚帆起航，開初驚濤駭浪，迎著風浪劈波斬浪，很快進入回流，海濤順流而下，進了桃花源，初極狹，才通人，複行數十步，豁然開朗，芳草鮮美，落英繽紛……頭兒的身材好，活兒也幹得不賴。頭兒始終沒有說一句話，可頭兒的身子、手、嘴唇，都在用無聲的語言激勵海濤，讓海濤感覺，無聲的狂風在吼叫，悄無聲息的雷聲在轟響，一堆堆烏雲像青色的火焰在無底的大海上燃燒，大海抓住閃電的箭光，把它們熄滅在自己的深淵裏，閃電的影子活像一條條火蛇，在大海裏蜿蜒遊動；勇敢的海濤在怒吼的大海上，在閃電中間，高傲地飛翔，發出勝利的預言家的叫喊：讓暴風雨，暴風雨來得更猛烈些吧！電梯狹小的空間迸發出兩串歡愉的吼叫，那樣單調，卻又那樣豐富；是那樣輕，又是那樣撼人心魄……至少海濤，忘記了這是在電梯裏。他們像情人，更像相攜多年的夫妻，默契地配合，相互關照著對方。

結束的時候，他們像患難與共的情侶，保持著擁抱的姿勢。海濤感到腿有些軟，得倚靠著頭兒才能站穩當。

海濤摸索著，從頭兒的紳包裏摸出底褲，像對待撒嬌的老婆那樣，給頭兒穿上，然後把裙子翻下來。頭兒的胸口解了罩罩有點平。在給頭兒扣罩罩的時候，海濤的瘋勁上來了，他先給頭兒扣上罩罩的扣，然後把手伸到頭兒的腋下，「趕」了一些肌肉到罩罩裏面，兩邊都「趕」好了，海濤伸出食指，插到頭兒的胸脯中間，感覺深了點，海濤滿意地替頭兒把衣服扣好。

黑暗中，一切都在摸索中進行，陌生，卻又輕車熟路。

頭兒沒有說話。頭兒始終沒有說話。僅在海濤「趕」腋下的肉進罩罩的時候，吃吃地輕笑了幾聲。

海濤把頭兒擁在懷裏。

燈亮了，是在他們擁抱了十分鐘以後。他們很快分開。又過了兩三分鐘，電梯開始運行。開始預期中的下滑運動。在從九樓下到一樓的過程中，頭兒像打量出土文物一樣，把海濤仔仔細細打量了好多遍，隨著樓層降低，這種仔細越來越寡淡。海濤則感覺剛才好像在夢遊。

面對海濤一臉的問號，頭兒恢復平靜，這平靜很快過度成日常的岸然之貌。臉上的表情翻譯成文字是：「我什麼都不記得了。」頭兒用開會坐主席臺上公事公辦的腔調問海濤：「你還好吧？」頭兒並不準備讓海濤回答，海濤也不準備回答。頭兒開始整理頭髮，對海濤剛剛整理過的衣服進行了一番精加工。頭兒還替海濤整理了一下，有點溫柔，也有點做作。出電梯的時候，頭兒徹底恢復了往昔的尊容，甚至沒有跟海濤說再見，右肩上掛著她的紳包，娉娉婷婷，走了出去，走向她瓦藍色的座駕。

大樓外面，雨還在有一顆沒一顆地落。夏天的雷陣雨就這樣，來得猛，去得疾。地面積滿水，風已經停止了，院子裏的樹們驚魂不定地立在那兒。海濤望著天上飛落的雨星，看著驚魂不定的樹，有點吃不準自己：剛才那女的到底是誰？可能是頭兒嗎？應該不是頭兒吧！從邏輯上來分析，是花兒更加合理，可分明是頭兒！剛才好像似乎還拿紙替她擦過，現在手上、嘴唇上都還殘留著頭兒的味道。

海濤想，也許每個女人都是有味道的，只是以前沒有在意過罷了，更沒有類似體驗，弄得他意識錯亂，一時無法相信這令人恍惚的真實。

這時候的海濤，腦子亂得跟遭到打砸搶的雜貨鋪那樣，花兒和頭兒的形象佔據了他整個腦海，疊在一起分不開，好不容易分開了，又疊到一起。就在他準備試著把這兩個形象雜交一下的時候，海濤的手機響了，裏面傳出老婆的求援：「雨住了，趕快回來，掏一下涵洞，水都堵到屋裏來了！」

海濤像從夢中驚醒。他猛然記起，剛才出門的時候，本來是準備掏涵洞的。他說：「剛才要掏你不讓，」正想接著說「要是掏了哪能堵得這麼厲害」，一束看不見的藍光突然將他擊中，一股強烈的寫作衝動像鐳射槍那樣啪一下將他打中。「狗日的！」海濤忍不住在心裏罵了一句，他連自己都搞不清這句話是在罵別人，還是罵自己。罵完，感覺這個短語的主語應該是自己，將自己狗劃等號畢竟划不來，於是，重新在心頭罵了一句，把主語換「俺」，就兩個字，「的」被他嚼爛吞肚裏去了。罵完，海濤在心頭徹底地把頭兒跟花兒區分開來。心想，莫非人人都有兩面性？他對電話說：「反正雨停了，暫時堵不到哪裡去，等會寫完文章，我再回來清理。」說完，進了電梯。

上了十五樓，海濤進了辦公室，開了電腦，思忖了一下——這是他寫作時一貫的神態——他用那天的天氣做文章的開頭：天上黑雲翻滾，眼瞅驟雨將至……多年以後，海濤在總結自己的時候，驚訝發現，他經常從天氣切入作品，天氣變化無常，真他媽令人捉摸不透啊。

沒過多久，在頭兒的動議下，局裏增設了個創作研究室，海濤被任命為創作研究室主任。海濤出去都不敢對人說，因為被海濤「主任」的創作研究室，只有海濤一個人，整一個不折不扣的光杆司令。對內就不一樣了，在畫家張、花兒之流曾經的「難友」面前，海濤經常故意先端一副主任的嘴臉出來，以示今非昔比，大小也算個領導。可一張嘴說話，還像從前那樣嘻嘻哈哈，嘴巴沒個底線。畫家張經常對海濤說，隨便拉條豬出來，都比你更他媽更像主任。

海濤覺得先端一陣再與民同樂的姿態有趣，繼續沉迷在燒包狀態中。有一天，海濤對不敲門就進他辦公室的花兒說：「以後注意下自己的形象好不好？進來之前敲下門！」花兒扭著活泛的腰肢，淺笑了一下，跟在舞臺上走台一樣，嘴巴一撇：「不就門上多塊牌牌麼？十塊錢隨便哪裡都可以買一個。趕不上一盒杜蕾斯值錢！」

海濤裝出一副痛心疾首的樣子說：「花兒，我發現你不僅月經不調，還荷爾蒙分泌失調，旺，太旺了！你二哥的工作服是不是都隨身帶著的？趕快省省，過猶不及噢。」

「啥時候改行的呢？」花兒搖著頭，臉上表情是海濤痛心疾首的Z次方，「以前我只曉得你懂婦科……」

海濤爆笑：「現在改行成啥呢？」

「婦科專家！」

海濤笑得直咳嗽，主任嘴臉徹底坍塌。樂都來不及，哪還有心思繃。

花兒突然嚴肅地說：「笑什麼笑？正好我有個事情問你——老早就要問的，見面就忘記了——前一陣落暴雨那天——好像是個週末——你跟頭兒一齊下樓……」

「下樓怎麼了？」海濤臉上的笑好似爛漫葳蕤的春野，突然撞上零下五十度的寒潮，僵得輕輕敲一下，就能叮叮噹當破碎一地，「誰也沒規定我不可以跟某些人一齊下樓？」

花兒再次露出臺柱子的范兒，扭著活泛的腰肢，淺笑了一下，嘴巴一撇：「問題的關鍵是，你們走了以後，電梯裏多了好幾坨紙……」

幾坨紙？海濤愣在那裏，媽的，那天一定忘了打掃戰場了，真是細節決定成敗啊。

那幾坨祖宗現在會不會在誰手裏？已經被分析了、還是即將被分析？……海濤驚出一身冷汗。再看眼前，已經不見花兒。花兒早出去了。

夢醒

「哐！」身後的鐵門果斷而堅決地關上。桑田知道，未來十年光陰將在這間狹小的屋子裏度過。此時他非常後悔，後悔得幾乎要崩潰；他非常淒涼，淒涼得感覺到從沒有過的恐怖。畢竟才三十八歲啊。如果不因受賄十三萬五千元，在這明媚的春光裏，桑田可以約幾個朋友去踢球，畢竟曾經擔任中學體育教育工作；如果不因為那十三萬五千元，此時桑田也許正坐在掛有「主任室」門牌的辦公室裏，思忖學校未來的模樣——雖然他只是個主任，而且是副的，但他畢竟主管一家省級重點中學的基建；如果不因為那十三萬五千元，桑田還可以去放風箏，當然要帶上孩子，還要帶上老婆……

想到自己的老婆，桑田幾乎要癱軟在地上。這個曾經從肉體到心靈都屬於桑田的女人，這個瓜子臉蛋白嫩得滴一顆露水珠兒都可能砸出一個窟窿的女人，這個丹鳳眼、臥蠶眉、唇紅齒皓、黑髮披肩的女人，這個可以最粗俗、又粗俗得讓人樂意接受的兩個詞

——魔鬼身材、性感嬌娃——來描述她的女人，這個常常看得青皮後生們五官錯位、嘴巴裏淌著口水說「嘖嘖，這娘們兒」的，話音未落竟撞電線杆上的女人，……就在十五天前，她拿刀對她手腕上的動脈絕望地努力了一番。人活著，畢竟是要一張臉的。此時躺在醫院裏，據說有個男人在照顧她。這個男人桑田知道，是桑田老婆高中時的同學，在跟他結婚之前，桑田老婆曾經跟那個男人浪漫得跟朦朧詩一樣。這才是他尤其擔心的。他詛咒自己：這是報應！

桑田曾經是個有理想有抱負的聰明人，他出生於農民家庭，通過艱苦的努力，他把握住僅有的百分之五的升學機會考上大學。桑田還曾經是個上進的青年，哪怕教體育，他也搞得有聲有色，獲得領導和同事好評，大學畢業僅僅五年他就提幹，進入學校領導階層。

桑田的致命傷是太愛財。六年前，當一個施工單位給他送來三千元錢的時候，桑田義正辭嚴地把錢送回去，桑田知道那是不義之財，收下是要違反紀律的。當然，更重要的是桑田覺得從他手裏承包了數十萬元的專案，才給他三千元，簡直小看人——要麼就一分好處不要給。當桑田把錢送回去以後，桑田又後悔了，他發現這是條生財之道：給公家辦事，替自己撈錢；這工程遲早要承包出去，不撈白不撈。而且桑田太需要錢了：一個如花似玉的女人跟了他，他不要說替她買化妝品，家裏連個像樣的電視都沒有，衣服還得由老婆用手搓；孩子漸漸大了，上個好點的學校交不起選校費；父母年紀大了，像超期服役的機器，動不動就得上醫院修修補補，他卻一分錢也拿不出來……幾天後，又來了一個信封，裏面裝了五千元錢，桑田收下了。收了以後，開初幾天無論走到哪裡，都好像有雙恥笑的眼睛在盯著他，遇到誰他都擔心人家會對他說：「交出來！」後來桑田明白這是心裏有鬼，這是自己跟自己過不去：在那樣月黑風高的晚上，連老婆都不知道，哪還有第三者知道呢。

從此，每發包一個工程，桑田都有進賬，少則三千五千，多則四萬五萬。

有錢的日子真好啊，桑田給家裏添置五轉三響，重新購買並裝修了一套新房；給老父母一筆錢，給妻子買了衣服化妝品，給孩子轉學。自己人五人六抽高檔香煙穿名牌服裝，有事沒事就找幾個人上飯店，尤其是那些當年嫌他窮、看不起他的那些傢伙，完了還邀他們K歌洗桑拿泡小姐。偶爾遇上個敢說直話的朋友，就說桑田這是「種了別人的地，荒了自家的田」，桑田把翹在嘴巴上的香煙取下來，象徵性彈一下煙灰，不屑地說：自己的地無論長穀子長草總是自己的地，能種上別人的田，那才叫本事！

桑田非常得意：誰叫我就有那麼點權呢？這一樁樁都是只賺不賠的生意。桑田想像自己將來發大了，就開公司，把黑錢洗成白錢。

可惜，春短夢窄，前後只不過六年時間，桑田就翻船了。

此時桑田在算一筆帳：今年三十八歲，離退休還有二十二年，就算活個中壽，退休以後還能再活十五年，前後三十七年時間，每年工資與退休金平均兩萬五，桑田總共能拿九十二萬五萬，如果計算上當中的獎金福利遠遠不止一百萬。就為那十三萬五千元，把十年的自由賠了，把一百萬光明正大的收入賠了，把一個家庭賠了，把社會聲譽賠了，甚至連自己的老婆……賠得徹徹底底、乾乾淨淨。此時，桑田恨自己如此聰明，當年怎麼就沒有算過這筆帳呢？權與錢，都是鋒利的雙刃劍。

叮鈴鈴……

一陣急促的下課鈴聲把桑田驚醒，校園裏頓時沸騰起來。桑田拍拍腦門，掐掐大腿，確信剛才趴在辦公桌上做了一個夢。他感覺身上涼颼颼的，摸摸後背脊全是冷汗。這幾天他太疲倦，昨天晚上為一堂體育教研課忙乎到凌晨三點鐘；也太興奮了，就為手裏捏著的這份文件。這份檔是組織部門昨天才下的，文字雖然簡短，卻相當要命，多少人盼了一輩子，盼到翹辮子，也沒盼到這幾行文字。相當於以前的委任狀，一人一行或者兩行，最多不超過三行，有固定的格式，一般為「經市委研究決定，任命某某同志擔任某某單位某某職務」。過去的委任狀一般是一人一張，現在發個文件，一批一批地公佈。桑田感到小氣了點，但計較不了那麼多了，因為上面有一行文字與他有關，不算標點，總共二十八個字：任命桑田同志擔任某某學校副主任（副科級），主管某某學校基建工作。

剛才的噩夢，還像烏鴉一樣繞著桑田的腦袋盤旋。就在這時，桑田的手機響了，裏面是一個半生不熟的建築老闆諂媚的聲音：「桑主任，聽說你榮升了，幾個兄弟決定給你慶賀一把！這樣吧，今天晚上我請客，北斗星賓館北斗廳。什麼？來不了？要加班？給兄弟一個面子好不好？事情是做不完了，再忙總要吃飯，分管你的副校長也來的，哈哈哈，不見不散。」說罷不由桑田分說，他關機了。

桑田有些無奈，恨得只差把手機扔出去砸了。他突然想起一種動物，想起這種動物的時候，他就忍不住把這種動物的名字吼了一出來：「烏鴉！」桑田聽出自己在吼這種動物的時候，嗓音簡直像個哲學家。吼完了，桑田拿定主意。

桑田關掉手機，打開背蓋，取出電池，接著把手機卡也抽了出來。零零碎碎地鋪了半張桌子。此時，桑田的心情是輕鬆的。他走出辦公室，室外正是春天，明媚的陽光灑得他一身都是，花瓣雨一般。

夜半

「你歇一會兒不說話難道會死掉？整個下午給你一張嘴巴填滿了，嗡嗡嗡嗡地，跟蒼蠅一個德性。」木瓜不客氣地對冬生說，「讓人耳根清淨一會兒好不好？哥正想事兒呢！」

正說在興頭上的冬生，像突然斷了電的喇叭，戛然而止。兩片布鞋底般厚實的嘴唇還保持著打開狀態，張在寒風中，像出土的西漢說唱俑。灰僕僕的臉上剛剛著陸的兩朵紅雲，轉眼飛跑了。

可他的情緒還深陷在述說的興奮中，一時半會兒拔不出來。他眨巴眨巴眼睛看著哥哥，傻裏傻氣的，十分逗人愛。

對冬生來講，被哥哥呵斥是稀鬆平常的事。哥哥的脾氣就這樣，喜歡沉默，愛思考，琢磨事兒的時候，最討厭冬生那張隨便找個話題就能說得黃河潰堤的嘴巴。每到這時候，木瓜免不了擺出哥哥的派頭，呵斥弟弟。弟弟冬生呢，天生一副說嘴，讓他憋尿都可以，讓他憋話可不行。

這片小菜地，就是他弟兄倆為說話方便才開出來的。

那一陣，整個世界仿佛吃錯了藥，火柴廠凡是能貼點東西的牆壁，都給貼滿大字報，不僅要打倒帝國主義，解放受苦受難的世界人民，還要把內部的敵人清理乾淨，今天打倒這個，明天打倒那個。別說做事情，連說話都得小心，稍不留神就可能被打成現行反革命。到處是身著草綠仿軍裝的革命群眾，無論男女，跟說話的腔調一樣，都一個款式。除了火柴廠，所有工廠都停產，所有學校都停課。火柴畢竟是家家都離不得的。

這塊地，位於火柴廠圍牆南邊牆根底下，有兩塊草席大。一年前，兄弟倆下班後，覺得閒著也是閑著，就把它開出來，種點蔥啊蒜啊辣椒啊什麼的。最主要的原因，是木瓜覺得冬生嘴巴多，不給他找個說話的地方，即使不被人家打報告、揪辮子，也會憋出問題來——在這裏說話方便，只有他弟兄倆，冬生偶爾發幾句牢騷，說幾句怪話，沒人聽牆根，安全。

他們是一對孿生兄弟，個頭差不多，衣服穿得一樣，長相更是讓火柴廠的大嬸子姑奶奶們又好笑又犯愁，都說這一對「瓜錘」將來怎麼得了，誰家姑娘敢嫁過去啊，要不給他們編個號，保證其中媳婦兒一晚上要做兩回新娘。有人接話說，編號有啥用啊？脫掉衣服誰還看得出號頭？都一樣！一群娘們一提起弟兄倆，笑得腰桿都直不起來。

冬生知道哥哥並不是真的討厭他，就那脾氣，見怪不怪。而他冬生，傻慣了的，時不時被哥哥吼一嗓子還感覺特別舒服，不是親人，誰吼他呀，這世上，他就這一個親人！像這次，哥哥木瓜的呵斥只讓冬生愣了一下，僅僅一下，冬生吞了泡口水，粗大的喉頭一上一下動了一個來回，兩片鞋底很快正常工作起來了。這回，冬生換了話題。

木瓜無可奈何地掃了冬生一眼，晃了晃鵝蛋形的腦袋，埋下頭繼續鋤地。

他們要把這塊地翻過來撒小青菜。到開春，這裏將會綠油油一片。

冬生說：「我感覺七號機的劉涓對你有意思。你看，明明曉得你吃了飯的，還問你吃了沒有。我就在你身邊，她怎麼不問我吃了沒有呢？上次我們上食堂晚了，她幫你把飯打好，還怕涼了，弄塊毛巾包得好好的；她怎麼就想不起給我也打一份？哪怕不用毛巾包起來！歇工天還問你有沒有衣服要洗，上街的時候問你想不想一塊去，我要跟去，她又說不去了。」

冬生滿臉委屈，繼續說：「我覺得還是袁紅姐姐好，有你一份就有我一份。她要做了我嫂子，我也會跟你享福的——至少在問你吃沒吃的時候，也會順帶問我一句：『冬生，吃了沒？』我就是真沒有吃，她也拿不出啥給我填肚子。可我要的就是那份在乎

——誰叫我們是親兄弟呢？還有，袁紅姐姐從來沒把我認成你；不像那個劉涓，有幾回不穿工作服，居然對我說：『木瓜，你手套也該洗一洗了！』人都認不準，眼力差到這個程度還敢跟你混，真是！還有，人家說『打狗還看主人面』呢，光關心你，把我看成空氣，像根本不存在的樣子，劉涓怎麼就這麼做得出來！我跟你說，你別把算盤打錯了哦，袁紅姐和你是大家早就公認的，她現在不過是調到封盒車間去了，跟我們不在一個車間，可都在一個廠，你要敢腳踩兩隻船，小心竹籃打水一場空！」

冬生見木瓜一聲不吭，拽了一下木瓜的衣袖問：「老哥，我說的你聽見沒有？」

木瓜停下鋤，茫然地看著冬生說：「你，剛才說什麼了？」

木瓜不高興冬生這德行，在他想事情的時候，呱拉一大堆，讓他一句話也沒聽進去，最後還問他聽到沒有。不高興歸不高興，他剛才已經吼過冬生一回了，他是不會吼第二回的。他用勸服的口氣說：「跟你說我在想事情！真的，我在想事情。你讓我安靜一會兒，等我想好了，想好了就跟你說話！」

冬生也不高興木瓜的做法：啥叫「你剛才說什麼了？」敢情是一句也沒聽進去呀！對牛彈琴牛還搖尾巴呢！剛才一大堆話都像散紙錢一樣，散給飄遊浪蕩的風了，真是狗咬呂洞賓，不識好人心！再要我說我也懶得說了，沒心情！

冬生有幾分鐘沒有說話。剛閉了嘴，一個新的話題又在他腦子裏跳出來了，據傳說，前幾天小河鎮一戶村民的老母雞孵出隻三條腿的雞。他聽了後，根本不相信，到現在還不信：雞怎麼會長出三個腳呢？翅膀底下，一邊一個腳，那是最合理的；如果長三隻腳，那麼第三隻腳，要麼長在兩腿之間，要麼長在胸脯上，要麼長在靠近屁股的位置。閉起眼睛用腳趾頭想一下，上述三個位置都不對，不好看，更不舒服。要是長在背上，那就是翅膀。簡直是謠傳，人們吃了飯都在想些啥呢。冬生心裏想，吃又沒吃到個啥，天天吃糠咽菜，編個謠言也糠不糠菜不菜的！

在這幾分鐘裏，冬生這席話是在心裏自己對自己說。又過了幾分鐘，冬生見木瓜還在沉思，他說話的興致就沒有了。他最懂他哥哥，木瓜一定讓什麼問題給難住了。木瓜一根筋，認死理，愛鑽牛角尖，特偏執。大多數沉默寡言的人多屬於這種類型，表面上看起來不動聲色，內心的想法多得很，想不通就糾結在那裏出不來。每到這個時候，冬生就知道，他必須幫助木瓜。冬生說：「哥，你啥時候想好？」

「還沒想好。」那口氣，像遙遠天邊飄來的一小朵綿軟的雲。

「我知道你永遠想不好！」冬生說得很果斷。碰上這種情況，冬生知道，他要立馬把木瓜從沉思狀態中拽回來，必須一劍封喉，用一句乾脆俐落、不容置疑的話，徹底否定木瓜。

「你怎麼知道我想不好？」木瓜的口氣明顯不高興，但更多的是無可奈何。

「你哪一次不是說給我聽，讓我給你想出的主意的？」冬生的厚鞋底誇張地翕張著，臉上露出得意，「打仗親兄弟，上陣父子兵！」

這是事實，冬生聰明，腦袋瓜比木瓜好使。

「你說出來嘛，」冬生繼續說，「看看我這腦袋瓜能不能幫上忙！」

木瓜已經沒有退路，他還沒有盤算好，可到這時候，他不說還真不行。他說：「你說炳生嫂子是不是真的會變鬼呢？」

冬生一聽這話，就明白木瓜的意思，他是在盤算炳生嫂子的「鬼皮」呢。他吃驚的程度無異於在路上撞見他們過世多年的父母。冬生無比憤怒：木瓜居然想去幹那件事？這是損陰喪德的事情，除非是希望一夜暴富的懶漢或者是毫無人性的壞蛋！再說，咱兄弟倆都有一份工作，每個月都能按時領到兩份工資，靠這點錢，我們堂堂正正做人，綽綽有餘！冬生的臉因為憤怒而變形，哥哥的話讓他感到恥辱：「啥，你，你也想『剮鬼皮』？不會吧？炳生和炳生嫂子那麼好的人！咱哥倆不是壞蛋，更不是沒有良心的人！」

那時候，人們還把生跟死都看得很重很重，生跟死都還處在傳統狀態，還沒有被徹底破壞。剖腹產還沒有這片土地上出現，人在什麼時候誕生，全憑自然的旨意；不像現在，孕婦到了預產期，住進醫院，花錢請算命的挑好時辰，到了時辰，一刀下去，孩子就出來了，什麼過程都沒有——沒有過程也就沒有神聖，沒有神聖，做母親的還那麼尊貴嗎？而一旦亡故，得舉行一系列莊重的儀式，埋到地底下，還要立塊碑，到了清明、七月半、年三十，還要去祭奠——哪怕滿街都是大字報，到處都是尖尖帽——因此，只要是還沒把藥吃錯的，都希望自己活得有尊嚴點，活得認真點，以便給子孫留下些念想，將來才有資格享受子孫的朝拜。

對待亡故了的人，還特別講究，不管採取土葬還是水葬，都得穿戴整齊。單說壽衣的穿法，就有很多講究，或者「三領五層」，或者「九領十三層」，一般為「五領七層」。衣領越多，規格越高。無論窮富，都用單數，絕不會用雙數。衣服面料一般是棉，也有紗和綢，忌用緞子，緞子是「斷子」的諧音，斷了子，當然就會絕孫。裏層襯衣為白、紅二色。照老人傳下來的說法，陰魂進入地府後，在閻羅殿上必須過堂，要剝光衣服嚴刑拷打，交代世間所做的種種罪惡。著了白、紅二色襯衣，小鬼脫到白襯衣，就以為是皮膚，稍微打幾下，紅襯衣露出來，認為是血肉，就會停止拷打。陰魂就少受痛苦。死者被安放到棺槨裏了，不能「空手上路」，右手邊要放紙折的扇子，或者上好的檀香，左手塞手帕，手帕裏麵包銅錢或者硬幣，以便在地府中過各種關口時使錢方便。死者口裏銜小紅紙包，內藏碎金銀或者銅錢，俗稱「嚼口錢」，讓陰魂在地府輪到勾舌頭的時候，有錢打發小鬼，免去勾舌頭之罪，轉世不會成啞巴。棺槨裏還要放上死者生前的愛物，比如玉石煙嘴、鼻煙壺、龍頭拐杖等等，另外還有換洗衣服若干。特別富有的人家，還給死者戴玉鐲，據說上好的玉鐲可讓屍身經久不腐。

如此濃妝上陣，難免滋生三百六十行之外另一行：剮鬼皮。「剮鬼皮」是個特殊的行當，也是被詛咒為斷子絕孫的行當。行此行當的人，多於死者入土後一兩日，趁夜黑風高，掘開墳墓對死者進行洗竊，金銀玉鐲自不必說，換一個地方，轉手變現；幾領幾層壽衣和做工精細的壽鞋，或易地轉手，或納成鞋底，自己不穿，拿到市場上賣。此行當，歷朝歷代都有，極盛時期，有經驗豐富者開館授徒。

炳生嫂子是三天前沒有的。

炳生本是火柴廠的廠長。這不是問題的關鍵，問題關鍵是，一盒火柴就那麼大，放身上哪個部位都能攜帶，還不容易看出來，成品車間的幾個小夥子偷摸成性，發了些小財。後來有人報告到他那裏，給逮了個正著。本來可以上報的。那時候對偷盜的處罰是很重的。炳生是個厚道的領導，他想，這些小夥子還年輕，報上去，一輩子就毀了，到死都得背個賊名。他把他們一個一個找到辦公室教育，苦口婆心，說了不少掏心窩的話。可這幾個渾小子早就是八百斤清油炸過的老油條，聽不進，再說工資只有那麼點，經常湊在一起吃吃喝喝，還抽煙，不順手牽點火柴，手頭一點寬餘都沒有。別的工人見他哥兒幾個沒事，有樣學樣，搞得廠裏投料與產出嚴重失衡。終於在一次突然組織的出廠搜查中，從哥兒幾個每人身上查出二十到三十盒不等的火柴。這事驚動了公安，公安正想找個典型來抓，要抓這幾個渾小子，好說歹說被炳生保了下來。到這時候，炳生還覺得就為小小的火柴斷送一個人一生的前程太不應該，為此他還說服廠裏主張把這些傢伙交給公安的職工。

轉年，運動來了，大字報橫空出世，這幾個小子組織了個衛東戰鬥團，借革命的名義奪了炳生的權，讓他在家好好待著，只要開批鬥會，就被戰鬥團的嘍囉戴上尖尖帽，五花大綁押上會場。回來的時候，身上常常青的青，紫的紫，頭髮一綹一綹地失蹤，臉被打得腫得不行。

那天晚上，炳生又被押去挨批。炳生嫂子帶著三個孩子提心吊膽地在家裏，三個孩子的歲數以兩年的間隔遞減，最小的一個才六個月。孩子是炳生嫂子的心頭肉，炳生是她最擔心的人。身邊的孩子她看得到，摸得到；會場上的炳生她就沒底了，不曉得深夜回來會被折磨成什麼樣子。

在一片焦慮中，屋裏突然漆黑一片，保險絲燒了。那時候電力不穩定，動不動就燒保險絲。以前炳生在家，都是炳生去接的，她從來沒幹過這活兒。

三個娃娃本來玩得好好的，突然不見光明，沒法玩了，睡覺還早。六個月那傢伙先哭起來，接著老二哭起來，後來連老大也不幹了，加盟進來。弟兄仨一起，把個逼仄的屋子哭得驚天動地。

要是換條件好的年月，找幾塊糖就能哄住這仨小子。可現在，家裏別說糖塊，一天三頓粗茶淡飯都很成問題。炳生嫂子只好用語言，可語言不當糖吃，再說，再好聽的話，對五歲以下的孩子都是沒有用的，哪怕她是他們的媽。

炳生嫂子橫豎哄不住他們，又找不到燈火。

火柴廠雖然生產火柴，家屬院卻嚴禁使用燈火，家裏甭說煤油燈，就連蠟燭都找不出半截。炳生嫂子在灶頭邊摸到一盒火柴，劃燃一根，在一根火柴棍長的時間，孩子哭勢減弱了一點。火柴一熄滅，孩子們又開始哭鬧，這一次哭得變本加厲。本來，炳生被拉出去批鬥，就夠讓炳生嫂子心焦的了，現在孩子哭鬧成這個樣，她更加心力交瘁。她決定不等炳生回來再給孩子們光明，她要學炳生的樣子，修一回保險盒。她摸到保險盒前。這活兒她以前沒幹過，她出生在農村，做飯帶孩子沒說的，幹什麼接保險絲之類的事情絕對外行。

她又劃一根，左手拔下保險盒蓋子。正想劃第三根看個究竟的時候，腳下被什麼東西絆了一下，身子前傾，拿火柴的指頭插進保險盒裏去，手上竄起一陣火花，她哼也沒哼一聲，便「咚」一聲倒到地上。孩子們還哭鬧著，她一點也不知道了。

炳生深夜回來，在門外聽見屋裏孩子哭得特別傷心，很納悶兒：老婆這是怎麼啦，以前從沒見孩子像今天哭得這麼凶！一起生活了快十年，有了仨孩子，從來都相敬如賓，沒有紅過臉，更沒有拌過嘴，今天難道……

他完全忘記剛才被橫加的各種屈辱，上前去喊開門。回答他的只有孩子的哭聲。喊了半天，不見有人答應。他推門，門關死了，推不開。如是幾下，他急了，日子太苦了，苦得他都曾想尋短見。可這會兒，他擔心老婆尋短見。他砰一聲把門撞開，衝進屋去，還沒走到三步路，腳被絆了一下，重重地摔到地上。

在黑暗中，眼睛是多餘的，越想依靠眼睛，越是什麼都看不見。只能靠手，很快他摸出來了，是老婆的身子絆了他。

老婆怎麼會倒在地上？屋子裏怎麼沒有電燈？莫非遇上了歹徒？難道剛才拉他出去批鬥是個調虎離山之計，他們真正的目的是整他老婆？孩子們有沒有受到傷害？哭得那麼厲害！

「暴徒！流氓！無賴！無恥！」他頭嗡一下，痛苦大罵。

他的罵聲立即被孩子們的哭聲淹沒。他從衣袋裏摸出一盒火柴劃燃。閃爍的火柴光芒是刺眼的，剛開始他什麼也看不見。很快他看清楚了，躺在地上的妻子臉上沒有一絲痛苦，一點鼻息也沒有，左手還捏著保險盒。他腦子崩了一樣：完了！

家被抄了幾遍，一窮二白程度達到非洲難民標準。炳生嫂子的「壽衣」，就她平時換洗的兩件衣服。炳生除了痛哭和愧疚，一點辦法也沒有。蓋棺時，炳生從手腕上，把那只能夠證明他昔日功勳的戰利品——一隻美國造的手錶給她戴上。這是只不需要上發條的手錶，只要晃幾下，就像得了仙氣一樣，能夠繼續不緊不慢地咔嗒下去。在全縣只有縣長和公安局長之類「長」字輩的人物才能擁有手錶的時代——還都無一例外要上發條的——這只手錶多少為炳生嫂子贏得了相應的體面。

冬生說：「這不是人做的事情！你會去做？你敢去做？你願意去做？」

木瓜說：「我知道這不是人做的事情。但是這事輪到我們身上做，就是人做的事情！」

「你都剮人家鬼皮了，你做的還是人做的事情？」

「你想啊，當時炳生廠長在給嫂子戴手錶的時候，都有哪些人在場？只說男的。」

「有何光頭、趙白菜、李茄子、魯松花、郭燒鍋、朱白眼，還有，」冬生摳著腦袋想了一下，「陳燈泡，蔡包子，黃麻仁，葛椿芽，黎魚頭。」

「就沒有了？」

「沒有了。」

「還有一個，這人只露了一面，前後只待了半支香煙的工夫。」

「誰？」

「鄭百洞。」

「他私娃子也來啦！」冬生吃驚不小，他意識到問題的嚴重性。這鄭百洞是出了名的剮鬼皮高手，不但伎倆高超，連逃脫公安（軍管會）處罰的手段也了得，據說他們暗地裏組織有團夥，流水作業，踩點的負責踩點，剮鬼皮的負責剮鬼皮，銷贓的負責銷贓，各司其職，一點不亂。時至今日，公安一點實質性的線索都拿不到。大不了拉他出來批鬥幾次，放了依然該做什麼做什麼。鄭百洞一般不親自踩點，他要親自踩點，說明這一單他勢在必得。

木瓜說：「炳生嫂子那麼寒磣，這鄭百洞圖什麼呢？還不是圖那塊手錶。」

「那是肯定的！」冬生覺得有道理。

「炳生廠長和炳生嫂子都是我們的恩人。當年爸爸媽媽去了，要不是他們夫妻倆替我們撐著，主持場面，我們怎麼對付得了那麼大的事情？當年借給我們的三百塊錢，至今才還了一半，也沒見我們氣，反倒讓我們不要急，先把我們的個人大事安排好。我們不能讓恩人的東西落到這些壞蛋的手裏。」木瓜說。

冬生突然覺得一向木訥的木瓜不說則已，說起來也頭頭是道的。這是他們一起長這麼大，木瓜說得最多的一次。冬生說：「那塊手錶要是落到鄭百洞的手裏，就再也找不回來了。炳生廠長的心思也白費了。那，怎麼幫助他們呢？」

「就是。我的意思是趁今天晚上墳地上的泥土還沒乾，去把那塊手錶取回來，找個機會還給炳生廠長——哪怕隔著院牆扔進他家院子都可以。」

「主意是不錯。但要是遇上鄭百洞怎麼辦？」

「聽說他習慣明天晚上出手。據說是他們這一行的規矩，讓死者入土為安在地下睡滿一晝夜才下手，他怕生魂找他麻煩。」

冬生同意，他認為他兄弟倆這是在做好事。

商量好，太陽已經偏西。冬日裏好看的夕陽，給兄弟倆描出兩幅好看的剪影。

夜色昏沉，伸手幾乎不見五指，他們便去了。

幹這事，他們不專業，笨手笨腳的，墳壩裏無數白煞煞的招魂幡，在夜風中呼啦啦地響，像滿世界的大字報，更像一具具飄蕩的骷髏。他倆心裏很害怕。冬生好幾次想說說話壯壯膽，木瓜提醒他說，千萬別說話，一說話暴露了目標，今天晚上不把事情做掉，明天這手錶就成了鄭百洞的囊中之物了。

上午，他倆才來送過葬，地形熟悉，新墳也好認。可在這樣的冬夜裏，墳壩裏既沒有蟲子鳴叫，也沒有飛舞的「鬼火」，寂靜中，只有無聲穿梭的夜風。想想人生真是悲劇，活著，歷盡千辛萬苦；死了，卻又如此落寞，尤其是在這樣只有寒風的夜晚。

刨掉面上的浮土，露出棺槨。撬棺材蓋的時候，他倆猶豫了，都不敢下手。

冬生說：「我的心都快跳出來了，我不敢。」

木瓜說：「別怕，我的老弟，咱們是受過她照顧的人，相信她不會開罪我們的。等一會兒做完了，我們還要蓋上棺材蓋，用土蓋上，蓋得跟原來差不多。當然，也要讓鄭百洞看出已經有人來過了。」

冬生說：「既然要讓鄭百洞看出已經有人來過，現在蓋上土，就正好！」冬生的意思是說，反正他們只要動過墳塚上的土，鄭百洞都會認為有人來過了，也就是說那手錶已經被人取走，不勞他費力氣了。

木瓜說：「現在不揭開都揭開了，揭開就要達到目的。做事不要半途而廢。有了這塊手錶，你跟我的日子很快就會好起來！你不是認為你的袁紅姐姐好麼？既然好，我就得想辦法把她娶回來給你做嫂子。」

木瓜的話像在冬生頭上猛敲了一棒。太突然，突然得讓他一點準備都沒有。他感到痛，感到憤怒。因為痛和憤怒，他反倒不怎麼怕了，他放開嗓門對哥哥說：「什麼？你想把手錶占為己有？你不是說要還給炳生廠長的麼？」

木瓜說：「今天下午我的確是這麼想的，但這時候我不這樣想了。你想，我們如果不取這塊手錶，到明天晚上，這手錶就是鄭百洞的；現在我們取走了這塊手錶，人家還是只會認為是鄭百洞又幹了一樁見不得人的勾當。誰會想得到是我們做的呢？何況，炳生嫂子少這塊表不少，炳生廠長多這塊表不多。可在我們手上就不一樣了，好多事情，都可以一併解決掉。」

冬生一點都不怕了，他只有憤怒：「你沒良心！你騙我跟你一起來。我不幹了，我要回去！」

「你回去吧，你想回去就回去！不過，你千萬別聲張，否則，你用什麼證明你跟我不是同夥？我判什麼罪，你也是什麼罪。你跟我是連在一起的，從出生到現在都是。就是你不判罪，我在裏面，你一個人活在外面，又有什麼意思呢？」

一向會說的冬生，像突然得了失語症，一句話也說不上來。是的，自從他們的爸爸媽媽一前一後走了以後，他們兄弟倆就這樣相互扶持，相互取暖。他們是一對靠著相互的體溫，暖和著長大的孿生兄弟，他們相依為命，誰都離不開誰。冬生感到奇怪，木瓜怎麼一下變得那麼會說呢？不但會說，還會謀劃——他相信哥哥下午跟他商量這個事情的時候，真沒想過要把手錶占為己有。哥哥是見財起意了，都是窮給逼出來的，都是吃錯藥的時代給哥哥帶來的急症。此時，他身不由己給木瓜圈了進來，被木瓜賣掉，還替木瓜數錢。

木瓜掀開棺材蓋對冬生說：「幫幫忙，大家都出力，為我們哥倆早點熬出苦日子！」

「不！」冬生都快哭出來了。這會兒他心中不是恐懼，而是委屈。他不相信他哥哥會成這樣的人，他相信世間一定有鬼，是鬼迷惑了他哥哥的心竅。從來相依為命的哥哥，多好的哥哥呀！他願這是在做夢。可這不是夢。

木瓜一邊在棺材裏摸索，一邊說：「你不幫忙？不幫忙我們就會窮下去，一直窮下去，一輩子打光棍，不用人家罵，我們自己就斷子絕孫！快幫一下，我們就快成有錢人了。」

「發死人的財！你愛當有錢人你當就是了，關我屁事，我沒那福分。」

木瓜已經摸到炳生嫂子的左手，左手是軟和的。木瓜並沒有多想死去三天的人，手怎麼還軟和。這時候他的注意力在手錶上，他在尋找咔嗒聲。棺材是口薄皮松木棺材，在狹窄的空間裏，咔嗒聲無處不在，藏在手腕上的手錶是聲源，而棺材就是擴音喇叭。嗙嗒，嗙嗒，嗙嗒，嗙嗒，不緊不慢，十分清晰，把棺材裝得滿滿的。木瓜認準了炳生嫂子的左手摸去。以前，他看見戴手錶的人手錶都戴在左手腕子上，他斷定這塊手錶也戴在炳生嫂子的左手腕子上。很快，他發現他的判斷沒錯，他摸到了手錶。炳生嫂子的手腕粗，而彈簧錶帶把炳生嫂子的手腕箍得剛剛好，當然，是顯得稍微有點緊的那種，他得雙手摳住手錶往外扯，才能把手錶脫得下來。

木瓜搞不清楚是緊張，還是其他什麼，他感到他扯的不是手錶，好像是手臂，而且好像剛一使勁，他就感覺到躺在棺材裏的炳生嫂子仿佛順勢坐了起來，似乎還咳嗽了一聲。

木瓜突然停止摸索，後退兩步，結結巴巴地對冬生說：「你在咳嗽？」

「你才咳嗽呢！做了壞德事，肯定咳嗽！不咳嗽才怪！」冬生的聲音裏充滿憤怒和無奈。

「我沒有咳嗽啊。」木瓜說完，心想剛才只顧忙乎，我哪有時間咳嗽呢？

「咳！咳！」又傳出兩聲咳嗽。這回他倆聽清楚了，咳嗽是從棺槨裏傳出的。

木瓜說：「我剛才好像還感覺炳生嫂子坐起來了！」

冬生忘記了憤怒，抖得站立不穩：「哥，你，你，別，嚇我！別，別，開，玩笑！」

「沒開玩笑，好像……等等，看仔細點。」木瓜說著，攙著冬生壯膽，眨巴著眼睛一起湊上去。微弱的星光下，棺材裏真的坐起半截人來。

弟兄倆嚇得「鬼呀」一聲慘叫，轉身就跑。哪裡還跑得動呢，兄弟倆四肢著地，跌跌爬爬往家裏跑去。一路上，倆人跌了多少筋斗，摔傷多少皮肉，誰還有心思去計較。

炳生嫂子確實坐起來了。她沒死，按科學說法，她是休克了，也就是假死，遭電擊後，她一直平躺著，誰也沒在意她還能活過來，更沒想起送醫院搶救——醫院也在幹革命，醫生都被關牛棚了，送了白送。埋到地底下，接上了地氣，醒了。要不這倆小子，她定會悶死在棺材裏。剛才他們的談話，她蒙蒙朧朧聽了個大概。撬開棺材蓋後，弟兄倆的爭執她聽得真切，讓她接上了新鮮空氣，咳嗽了幾聲，人就緩過氣來了。後來給那小子一扯，她順勢就坐了起來。

炳生嫂子不曉得發生了什麼事情，她怎麼會躺在棺材裏。在棺材裏坐了一陣，她想起來了，好像跟保險盒有關。被電擊的時候，她全身突然一麻，後來就沉沉地睡過去了。她摸了一下額頭，前額的頭髮被剃了，只留後面的頭髮，這是給死人剃的頭髮，民間俗稱「後髮」，意思是讓後輩人旺發。她明白，他們把她當死人埋了。她苦笑了一下，她這就算死過一回。既然死過了一回，這世上就沒有啥值得她膽寒的了。在幾天的睡眠中，長期繃緊的神經，徹底修整過來。炳生嫂子感到從未有過的從容。她在棺槨裏摸索了一陣。摸到一個繡花枕頭和一雙布鞋，她把它們裝到懷裏。她摸到手腕上的手錶。這手錶跟一場聞名世界的戰爭有關，是炳生作為一名戰士的榮耀，也是她的榮耀——全縣所有手錶加攏來，都趕不上這塊傳奇——她心中漾起一陣感動。

炳生嫂子扯了一塊布裹到頭上，免得給走夜路的碰上，受到驚嚇。她從棺材裏爬出來，把墊被、蓋被、鞋子和枕頭，一股腦兒卷在懷裏，向自己的家走去。寒冷的夜風擋不住她回家的腳步，全身活動開後，她就一路小跑。跑到家門口的時候，身上起了一層毛毛汗。

走進火柴廠，牆上那些往日令她毛骨悚然的招魂幡那樣的大字報，還在夜風中嘩啦嘩啦翻飛，再引不起她的恐懼，反倒感到些許人間煙火氣息。走到門口，看見熟悉的房門，炳生嫂子心裏踏實了，她拍著門喊：「炳生，開門！」

自從她走了以後，炳生天天夜裏最難辦、也辦不好的事，就是哄孩子睡覺。這會兒剛剛把孩子哄睡，自己也迷迷登登。忽聽門外一個熟悉的聲音在喊他，他應了一聲。答應完了，他立即大叫不好。民間傳說，勾魂夜叉都是在人迷迷登登的時候來喊人的生魂的，要是不答應，或許還有幾年陽壽，要是答應了，判官立即把答應者的名字從生死簿上勾掉。這樣想，他立即清醒過來，心想，我可不能沒了，我要沒了，這三個崽崽咋辦吶我的老天爺？

「炳生，開門！」

這一聲他聽真切了。字字清晰，他不像剛才那樣害怕——傳說鬼魂喊人生魂的時候，聲音都是前音清楚，尾音模糊的——這一聲是那樣耳熟。對，很耳熟，這不是老婆在喊他嗎？他三步兩步走到門邊，手摸到插銷上了，猛然停住了，不對啊，老婆不是死了嗎？三天前死的，今天上午才抬到墳壩裏埋的。

「炳生，開門！」

當這個聲音再次進入他的耳朵，僅隔了層門板，清晰得如同一屋子說話的時候，他感受到絕望的壓抑和恐怖。

他使勁地掐了自己兩下，真疼，肯定不是在夢中。

他開始發抖。他說：「老婆，你入土為安吧，我跟三個孩子都還得平平安安地過下去呢，別給欺負我們的人看笑話。我知道，我對不起你，太寒磣了，沒給你一個體面——有什麼辦法呢，就這麼點家底，」他傷心地說，「等年景好了，我給你多燒些紙錢，多準備些盤纏——你塵歸塵，土歸土吧！」

炳生的話說到炳生嫂子的心坎上，炳生嫂子在外面哭起來。哭得那麼近切而傷心。那哭聲在炳生看來就是鬼哭。炳生也忍不住哭起來：「娃娃他娘，我已經失去你了，我不想失去三個可愛的娃娃，我答應你，無論吃多少苦，受多少累，我也要把他們拉扯大！老婆，你打哪裡來，回哪裡去，你在生為人，死後為神，活的時候，我們恩恩愛愛，死了，還托你保佑我和娃娃呢！」

炳生嫂子在外面哭得更凶了，哭得抽不過氣來：「你當我真死了？我又活轉來了，我這不是回家麼？你開門呀！」

「怎麼可能？我親自把你送上山埋到地下的！」炳生感覺呼吸都困難，說話更困難。

「閻王爺不收我，他嫌你一個人拖帶不大孩子，就讓我回來了，我爬出棺材就跑回來了……」炳生嫂子哭聲比剛才輕了一些。

「棺材上蓋了黃土，棺材蓋子上還釘了釘子的呢！怎麼出得來？」

「既然閻王不要，他老人家難道還沒有辦法幫我從棺材裏爬出來？」炳生嫂子哭著，生氣了，「我活得好好的——念在我倆夫妻十多年的份上，把門打開嘛！外面冷呢。」

炳生還是不敢開門。老婆說得那麼真切，由不得他不動心。從老婆走的那天開始，他無時無刻不在傷心，他心裏多麼希望她真的回來呀。他想起民間傳說的，鬼魂縱有千變萬化，但沒有體溫，也沒有重量，摸摸掂掂就知道。也就是說，老婆如果已經是鬼魂，那她一定是沒有體溫的，或者說是冰涼冰涼的。

就在這時候，炳生嫂子在外面說：「娃兒他爹，我明白你的心思，你怕我是鬼。我把手從門縫裏伸進來，你摸摸我的手有沒有體溫！」

倆人都想到一塊兒去了。

一根指頭從門縫裏伸進來。

接著，幾個指頭都伸進來了。

最後，半個手掌都伸進來了。

炳生用指頭輕輕碰了一下那幾個手指，皮實，健壯，並不虛無，真的存在。炳生大膽地伸出手去，嗨，剛才一路抱著被子小跑回家的炳生嫂子，手掌不僅溫熱，而且還汗漉漉的。

門開了，炳生和炳生嫂子抱頭痛哭……

木瓜和冬生回到家，臥床不起，火柴廠的活幹不了，大病半年，吃什麼藥都沒用，經常驚恐萬狀、歇斯底里地喊：「鬼！鬼！——」別人都不明白這倆小子撞上了什麼邪，炳生嫂子知道，她也沒有對任何人說，連炳生也沒說。別人問她是怎麼復活的，她始終堅持說是閻王爺同情她，知道炳生和她是好人，不收她，她自己從棺材裏爬出來的。她的復活成為當地轟動一時的大新聞。

後來，據走夜路的人說，一天晚上，有人看見炳生嫂子上了木瓜和冬生家。後來的後來，炳生嫂子像照顧自己的弟弟那樣，經常給他們送點烤紅薯或者玉米窩窩。過不多久，木瓜和冬生活蹦亂跳了，一前一後又到火柴廠上班。木瓜還是那麼愛沉思，冬生還是那麼愛說話。這對瓜錘在火柴廠一堆娘兒們的玩笑中，各自找到對象，到底有沒有哪個媳婦兒一晚上做兩回新娘，成了一堆娘兒們常說常新的笑料。

沒有身份的人

一

監獄大門緩緩關上，門鎖低沉厚重的哐啷聲讓肖土屋失望極了，他知道一切都不會再有可能。

關上之前，李管教把包袱放到他肩上。李管教說：「出去好好過！有什麼困難來找我們。」肖土屋使勁點頭，又使勁搖頭，他說：「報告政府，我有一個小請求！」幾天前，李管教在跟肖土屋進行釋前談話的時候，肖土屋就向他提過，當時他就給了肖土屋否定回答。不過李管教還是說：「講吧。」他說：「我，想留在這裏幫你們幹活，你看行不行？」遲疑了一下又說：「我天天跟你上街買菜，我三輪兒蹬得可好了。我還可以打掃廁所。只要有口飯吃就行！」李管教交給他一張紙說：「這是釋放證明。」又塞給他二十元說：「路上用。你親眼看到的，我們就只有這麼寬的地兒，有進就有出。再說，到點了，我們再留你，那叫知法犯法。出去好歹找份工作。有了工作就餓不到肚子，只要不餓肚子，你還愁什麼呀？再說一遍，有什麼困難，來找我們。」

肖土屋失望地把肩頭翹了一下，使肩頭上的包袱帶子更加靠近脖子。五年前，走進這所監獄的時候，他一無所有。他既沒有親人，也沒有包裹，身上只有薄薄的囚服。寒風讓他退化成秋風中打卷的樹葉。別人都以為他對即將開始的監獄生活產生恐懼，其實才不呢！他是自己把自己爭取進來的：他放了一把山火，燒毀了一片已經成材的薪炭林。

有什麼辦法呢？他沒有其他能把自己送到這裏來的辦法。他本來想做強姦犯，可這輩子從來沒有動過女人的他，還不懂成為強姦犯的必要手段。他還想做搶劫犯，可一想到偷雞摸狗、三隻手這些字眼兒，就放棄這個念頭。何況他已經快六十歲了，說不定打劫不成，反被別人劫了老本。想來想去，他只有放火燒山。

那天，老天不幫忙，天陰得像借出光洋收回米糠，潮得抓一把空氣都擰得出水來。林子燒到一半，竟然下起瓢潑大雨，把火給澆滅了。要是天氣好，他也許還能在李管教那裏多吃多住幾年，甚至這輩子都會在裏面。

他沒有數的概念，也不認識任何一個字；他壓根兒不知道什麼是數，什麼是字。幾十年前，他還躲在深山老林裏。他總以為外面還在打仗，他這是在逃荒，他住山洞，喝山泉，採野果。當年，他可能六歲，也可能七歲，有兩支軍隊在他們村打仗，一支軍隊給了他爹一個銀元，請他爹帶路。後來他們一家人被另一支軍隊全部殺掉了。他站在他爹後面，當時也倒地了，可他沒真正吃槍子兒，他被嚇得昏死過去。醒來後，他趁黑夜逃到山裏。

直到山花爛漫了四十次，他被一支科學考察隊發現，交到派出所。面對詢問，他模模糊糊，似懂非懂。他已經不會說話，只知道自己出生的村莊叫肖家村，初五生的。員警就給他取了個名字叫肖初五。後來李管教說這名字太難聽了，就給他改成了肖土屋。李管教說，這樣名字就有詩意。他也不曉得什麼叫「屍意」，反正他這輩子遇到的最好的人在監獄裏，就是剛才要他離開的李管教。

剛來那天，李管教見他抖得厲害，就問：「二一六八，你還有衣服嗎？」他在監獄裏的代號是二六八。他說：「都在身上。」李管教就給他一件舊毛衣，過了幾天又給了他一條舊毛褲。他跟李管教的友誼就從那會兒開始的。別人見了管教都做出怕得要死的熊樣兒，他卻一副會老朋友的模樣。也許就因為這副模樣，李管教也開始對他有好感，後來竟然信任他。監獄坐落在一個城市的郊區。在這個遍地黃金的城市，除非有某種信念，獄警服役期滿，一天也不想多待，下海當老闆去了，人手總是不夠。他就跟李管教一起上街買菜，他騎三輪車，李管教挎錢包，或者到食堂裏燒火，或者掃廁所。到後來，李管教甚至放心讓他幫他去給二十里地以外的媽媽捎帶治療類風濕的藥物。

有一天，李管教問他：「二六八，你咋想起要放火燒山呢？」他說：「我要不燒山，我能到這兒跟你會上嗎？」李管教就嚴肅起來了說：「二六八，如實交代，你咋想起要放火燒山呢？」他雖然已經能說話，可他還不會控制語速，更不會斷句，他回答：「報告政府，我本來想做強姦犯但我不知道怎麼做想做搶劫犯看我這麼大一把年紀也幹不了燒山最方便只要選一個地方哧劃一根火柴……」李管教真火了：「二六八，站到水缸那邊去，面缸思過，就琢磨一個問題：你咋想起要放火燒山呢？啥時候想清楚了，啥時候來向我彙報！」

據說有的管教最拿手的功夫，是亂棒打人，把人打得五內俱損，表面上卻毫髮無損，而且還不至死掉。李管教最拿手的處罰手段是讓被管教人員面缸思過。缸裏的水滿滿的，讓你盯著自己的人影兒看。這缸水活像照妖鏡。再精明複雜的人，兩個時辰下來，也單純老實成了聽話的孩子。

水缸裏，一個剃得只剩兩道眉毛的乾癟瘦削的老頭，溝壑縱橫的面部沒有一絲表情，兩個出奇機警的眼珠子盛滿迷惘。他想：我沒說錯呀，我說的是實話。哦，對了，李管教也許問我為什麼要上這兒來，這就方便回答了。那時候，因為科考隊的緣故，他在派出所待了半個月，有了暖和的衣服穿，有了可口的飯菜吃。出來後，他就不想再回山林。根據派出所小王的建議，他打算找個工作來換飯吃。可他不識字，幾乎還不會說話，誰見誰嫌。別說找工作，連討飯，人家都不願意打發。尤其要命的是，他是個「黑人」，動不動就被人家當盲流關起來。有好心人指點他到公安局去辦身份證，有了身份證他就不再是盲流。他就去了。工作人員翻遍所有的資料，也找不到關於他的戶口記錄。沒有戶口記錄，就確定不了他的身份。確定不了他的身份，他就辦不到身份證。肖土屋問：「像我，你看還有什麼辦法？其他的！」工作人員想了想，就叫他到民政局查資料。民政局叫他到檔案館。檔案館查遍所有的資料說：你在歷史上沒有任何記錄。他疑惑：難道紙上沒有我，我就不存在了?!

身份證他見過，不大的一個長方形卡片。要是放到他手上，他一合手指頭，整個身份證就淹沒在他手心裏。可就這麼一個小小的東西，使得他動不動就被「遣返」。他莫名其妙地從一個城市「遣返」到另一個城市。要是誰丟了東西，他就是第一嫌疑人。遇到火頭大的傢伙，吃幾警棍事小，連續三四天不給飯吃不給水喝，那就事大了。這時候，他感覺自己的眼光是綠的，眼前出現重影，一個協管員變成四五個，一根電樁變成四五根，看得眼睛花。看著看著就什麼也不知道了，撲通倒地，好一會兒才醒過來。

放火燒山不是他肖土屋發明，是在垃圾堆上一起撿食物的朋友小三做的示範。一天早上，小三把人家一個蔬菜大棚燒掉。員警來抓小三，小三笑著跟他告別說：「我得去享福去了，吃不要錢的飯，住不要錢的房子！」他之所以沒跟著去燒人家的蔬菜大棚，是因為他覺得小三缺德：沒見你小子被抓走了，大棚的主人還在嚎啕大哭？畢竟大棚是要本錢的！

二

他一步一步遠離既關著囚犯也關著李管教的大門。走一段，他回頭向那道大門望一下。再走一段，再望一下。他希望大門突然打開，李管教向他招手，喊他：「二六八，你回來。」可直到他看不見那道大門，奇跡也沒有發生。他要起性子來，怒氣衝衝地把李管教交給他的那張紙揉成一團，扔了。嘴裏念叨：李管教，你假惺惺！什麼「有什麼困難來找我們」，現在我不就有困難嗎：我老了，誰還找我幹活兒？你不留我，我就走得遠遠的，從此再也不來找你！有什麼麻煩，那是我的事，跟你什麼相干呢？

拿定主意，有李管教給他的二十元錢墊底，他上了一輛大巴。他是在路邊一招手，車就停的。他不知道車要到什麼地方，他也不想關心車要開到什麼地方，他認為這不值得他這樣的人關心。車開了很久，卻沒人要他買票，那二十元錢沒用出去。車上都是跟他年紀差不多的老頭老太。一路上，老頭老太你一曲我一曲地唱歌。他在歌聲中，隨著車子搖搖晃晃的節奏睡著了。

大巴在一個很大的體育場停下來。體育場靠近主席臺的地方圍著許多人。坐在肖土屋旁邊的老太太跟他差不多年紀，見他半天不下車，對他說：「你參加哪項運動？下車了！」肖土屋愣在那兒。老太太見他沒反應，說：「你不是搭錯車了吧？看來你是搭錯車了。跟我來吧，先吃中午飯。」肖土屋畏畏縮縮地說：「我看，還是，不必了吧。」老太太看出他的心事說：「都是老頭老太，你怕什麼。」

肖土屋跟著這一車人去了，排隊吃了免費盒飯。老太太問：「你到哪裡去？」肖土屋說：「我也不知道要到哪裡去。」老太太說：「你家在哪兒？」肖土屋說：「我沒家，沒父母沒孩子就我一個。」老太太笑了說：「看來你是獨行大俠。這樣吧，要是你沒什麼地方去，你就跟我們在一起。哎，你會不會什麼體育運動，比如跳高擲鐵餅什麼的？還有跑步？」肖土屋本來想說自己啥也沒玩過，不會玩，一聽說「跑步」，他感覺跑步不就是跑步麼，就說：「我跑步。」「跑多少？」「你說多少就多少，要不，跑最長的。」「那就五千米嘍？」「好，就五千米。」老太太說：「你這身體跑得下來嗎？」肖土屋不知道五千米有多長，可面對這樣一個和藹可親的老太太，他沒有選擇餘地。他說：「到時候你看我的。」老太太很高興，帶他到靠近主席臺的地方報名。工作人員替他填好表，遞過來，說：「請在這兒簽個字。」肖土屋立即感覺自己被壓迫得跟黃豆一樣小。他尷尬地說：「我壓手印，行嗎？」工作人員奇怪地看著他說：「我們這裏沒印泥。」一旁的老太太說：「你叫什麼我幫你簽！」

肖土屋立即感覺到來自老太太的溫暖。這是繼李管教之後，第二個讓他感到溫暖的人。

簽了字，從人群中鑽出來，老太太問：「你有運動裝嗎？」見肖土屋發愣，又補充說，「就是比賽的時候穿的背心短褲運動鞋。」肖土屋搖頭，晃了一下肩頭上簡單的包袱說：「還有那麼多講究？」老太太說：「你跟我來。」

肖土屋跟老太太出了體育場。肖土屋知道老太太叫趙松蕙，老太太也知道他叫肖土屋。除了他那「屍意」的名字、身上破舊的衣服、肩膀上李管教給他的包袱屬於他，這世界他能擁有的，就只有不要錢的空氣。肖土屋的流浪生活經驗比較豐富。一旦跟正常人在一起，他就感覺自己像一條很乖的狗，永遠都是主人走在前面，他乖乖地跟在後面，主人叫幹什麼，他才敢跟著幹什麼。這會兒，那個叫趙松蕙的老太太帶著他走進超市。在這之前，肖土屋從來沒有進過超市。他像被丟進魔幻世界一樣，瞧什麼都新鮮。趙老太太帶他到運動服裝專銷部，不斷拿起運動服裝在他面前比劃。花了一個小時，終於為他武裝全面。翻了一下他破舊的包裹，老太太又為他挑選了一套運動外套。當收銀台小姐說總共二六八八元，他立即想起他在裏面的代號，心想怎麼繞來繞去，就繞不出這幾個數字呢。他還想起李管教，想起李管教只給他二十元錢。二十元離二六八元到底還差多少，肖土屋算不出來，但他知道靠這二十元錢無論如何也取不走這一堆東西。老太太根本沒有理會他的意思，很自然地從挎包裏拿出錢包，從錢包裏抽出三張紅色的鈔票。

出了超市，肖土屋像有很多話要說，可不知該把哪一句當第一句，沒頭沒腦地說：「你會很虧的？」

趙老太露出笑容說：「虧就虧吧。你要得了第一名，獎金三千元，足夠你還我了。」又說，「哎，你懂不懂跑步？跑步就是聽到槍響了以後，你就往前跑。要沿著跑道跑，別跑到別的地方去了。你要一直往前跑，別被別人追上了。你要是第一個到達終點，你就是第一。什麼是終點你知道嗎？這麼說吧，你只要跑出去了就別管，跑完全程人家會告訴你的。懂了嗎？」

肖土屋趕緊點頭。老太太的話不難懂，就是一口氣說了那麼多，讓他聽起來有點犯暈。

老太太又帶他到體育場的跑道上，連比劃帶解說了一翻，才放心。

有個老年男人氣喘吁吁跑過來說：「趙松蕙，你咋在這兒？怎麼不來住宿登記？我們到處找你。你今天晚上是不是想露宿街頭呀！」

趙老太太說：「喲，領隊呀，我給咱們的代表隊招募了人才。喏，給你介紹一下，這就是我們的人才，肖土屋，五千米長跑，填補咱們隊的空白。看，不謝我？這是我們的領隊，你叫他老高。」

肖土屋喊了聲「老高」。老高挺高興，抹下一把汗說：「嘿，這倒巧，別成你得冠軍呢！行，跟我住一宿舍。」說著就帶他們向旅館走去。

三

比賽在三天以後進行。在這三天裏，肖土屋有吃有喝還有得住，沒誰問他有沒有那張小小的卡片，也沒誰嫌棄他食量太大、吃相太醜，也沒誰問他要錢。趙松蕙總樂呵呵地喊他吃慢點，嚼細點，別撐著。嘴上這麼說，筷子卻在碗裏替他挑揀。吃飽喝足，他突然想起：這趙松蕙參加什麼比賽？

遇到趙松蕙，肖土屋說：「哎，你參加什麼比賽？」趙松蕙說：「本來有比賽的，現在沒有了。我本來參加交誼舞比賽，我那舞伴今年春上走了，撂下我一個人。忙完他的後事，再找舞伴就難了。本來沒我的比賽我可以不來，又心不甘，畢竟年紀大了，老年運動會三年才舉行一次，就來了。來了還能碰上一些老朋友。嗨，我這些老朋友吧，冷不丁就少一個，冷不丁又少一個。你要願意，就做我的舞伴兒。學不會？你怕什麼呢！我教你。你這人還行，能吃，證明腸胃不壞；腸胃不壞，身體想差也差不到哪裡去……」

趙老太太要不開口，一開口，就像有潮水排山倒海向他打來，肖土屋準犯暈。要不是領隊喊吃早飯，他感覺自己一準兒被淹死。肖土屋越是存心躲著趙松蕙，趙松蕙越是一刻不離地跟著他，使他感覺自己越來越不像狗，像主人。趙老太太冷不丁兒給他一雙襪子，冷不丁又給他一把剃鬚刀，把他樂得犯糊塗：要沒有吧，大半輩子都沒有；要有吧，就像老鼠突然掉進米缸！糊塗之餘他有點擔心：這不都欠著的嗎？我要爭不到第一拿不到三千塊，我拿啥還人家？他決心拼了老命也要跑個第一。

長跑開賽前，肖土屋一會兒看跳遠，一會兒看跳高，一會兒看體操，邊看邊撇嘴：想當初在山林的時候，這些都是他騰挪跳越的基本功夫，他後悔自己沒報這幾樣。輪到五千米長跑比賽，肖土屋心跳得非常厲害，他嘴巴裏念念叨叨：第一第一第一第一第一。這回趙老太太沒嘮叨，打著小旗在起跑線外喊：「肖土屋，加油！肖土屋，加油！」喊得他心裏不舒服：犯得著喊這麼大聲麼？恨不得全世界的人都知道我得掙下這個錢還欠你的錢！我要不使勁兒，你加黑材料（核燃料）都沒用！

「啪——」發令槍響，他不得不暫時放棄胡思亂想，撒開兩腿噌噌噌跑起來，趙老太太的喊聲落到耳朵後面，過了一會就聽不見了，轉了一圈這聲音又漸漸大起來。他想起趙老太太曾經的話：「你要一直往前跑，別被別人追上了。你要是第一個到達終點，你就是第一。什麼是終點你知道嗎？這麼說吧，你只要跑出去了就別管，跑完全程人家會告訴你的。」他心想：甭管了，跑吧，直到跑不動為止。

其實，參加五千米長跑的只有七個人。老年運動會，能湊出七個人來參加五千米長跑，在地方體育史上，已算破天荒了。有經驗的長跑運動員都知道，開初的時候不能衝得太猛，最好是勻速前進。肖土屋哪懂這些，第一圈就超了將近一百米。後面幾個本來想：這傻B，算你狠，看你狠得到幾時！沒想到肖土屋始終就這速度，而且越跑越歡。場外的啦啦隊開初還各為各的運動員喊加油，後來一片聲兒地喊：「肖土屋，加油！肖土屋，加油！」肖土屋開始得意起來，跑到第十一圈半的時候，終點裁判喊了一聲「還剩一圈」，他沒聽見。跑完第十三圈，全場轟動，有幾個年輕人在跑道外面引跑，衝他喝彩。肖土屋想：我一定不能辜負啦啦隊的熱情，再跑快點。他跑得更快了，全場的歡呼更加熱烈。跑完第十五圈，裁判上來跟他說話，他大吼一聲：「別擋住我，第一是我的！」裁判其實說的是：「你可以停下來了，你已經完成競賽。」他又跑了兩圈，跑道外引跑的人越來越多，起先只有老年人，不知什麼時候多了許多年輕人。小夥子們不時打著口哨，漂亮的姑娘快樂地尖叫，還有拿照相機的記者。

場外的趙松蕙突然意識到不妙，這樣跑下去，肖土屋不到累死，也許不會停下來。

她嘶啞地喊著：「肖土屋，停下！肖土屋，停下！」可她的聲音淹沒到「肖土屋，加油！」的吶喊聲中，就像一滴水落進大海，一點反應都沒有。趙老太太急了，她找到領隊老高。老高也覺得不妙，也喊：「肖土屋，停下！」他倆的聲音同樣是一滴水。趙老太太急得淚水都出來了，直跺腳。突然，她跑到跑道中央，迎著肖土屋跑來的方向跪了下去。

遠遠的，肖土屋就看見趙松蕙，看見她在哭。他心想：她哭什麼呢？難道我沒得第一，她心疼花掉的錢？肖土屋放慢腳步，跑近趙松蕙。趙松蕙哭著說：「肖土屋，你應該停下來了。你是第一名。」肖土屋喘著粗氣，樂了：「真的，我第一？」趙松蕙哭得忘記自己的年齡，彷彿回到十八歲，點著頭，撲到肖土屋懷裏。全場再次歡聲雷動。事後，肖土屋回憶，趙松蕙撲向他的時候，好像還在他臉上親了一下。

四

比賽進行了三天。結束那天下午，老高和他的隊友在收拾東西，明天一早領了獎金就可以返回了。肖土屋沒啥收拾的，就一個李管教給他的包袱。快樂的日子就要結束了，他不知道明天將去向何方。趙老太太慢吞吞的，像有心事。趙老太太把老高喊出去。過了一會兒老高進來對肖土屋說：「老肖，你看趙老太太怎麼樣？」

肖土屋不知道他要說什麼，就說：「好人，就是嘴巴碎得讓人頭暈。」

「這就對了，上了年紀的女人都這樣。只要人好，我給你們……」老高笑著，伸出雙手，比了個大拇指對碰的動作說，「撮合撮合，啊，哈哈哈！」

這下肖土屋懂了。肖土屋對趙松蕙除了感激，暫時還沒有好感，他實在怕她開口說話，但倆人在一起又不能不說話。轉念又想：就我這破樣兒，有人看得起，是天大的福分！哪有我挑三挑四的資格。就說：「人家願不願意？」

老高說：「剛才就是她讓我來問你的。」

老高告訴肖土屋，趙松蕙的丈夫早些年就走掉了。三年前參加「舞林大會」認識了老吳，說好要一起參加今年運動會的，今年春上一場大病說沒就沒了。目前是孤單一人，子女都在外地開公司。她身體沒什麼毛病，就血壓高，不能受強刺激。她特別希望找一個身體強壯的人做伴兒。

老高把肖土屋帶到趙松蕙的宿舍，自己走了。

開初兩人都有點不好意思。趙松蕙很快就好了，只肖土屋一人緊張得找不到話說。

趙松蕙說：「老高都跟你說了？」

「說，說了。」

「你說我這人咋樣？」

「還行，就是……」

趙老太太笑了，接過嘴說：「就是嘴太碎是吧?!我真的嘴太碎，以後我爭取不要太碎。以前我沒辦法。走出去，我是一個人，回到家，我還一個人，我就開始自己跟自己說話，就像兩個人交談。自己問『早上好！』自己答『早上好，見到你很高興！』日子就這麼一天天過……」趙老太太哭了。說得肖土屋心裏酸酸的，他也有好多辛酸想向人傾訴。

那天下午，他倆各自傾訴了自己的過去。後來……後來怎麼樣別人都不知道，反正那天晚上他們是呆在一起的。根據肖土屋回憶，他們只不過擁抱了在一起，別的好像都沒有發生。說到底，有的活兒肖土屋還不會。談到晚上，他們的關係就算確定了。趙松蕙說：「我要讓你用最隆重的儀式娶我。你別擔心錢，我女兒女婿在廣州開公司，每個月給我的零花錢我只用得了一小半。我還要叫我的女兒女婿回來見證我們的婚姻，這輩子不想再有下一次了，就這一次。我們有小花園，我們一起種花，一起散步。你要是喜歡到門前那條小河釣魚的話，我就幫你提簍子……」肖土屋籠罩在這美好的描述中，他無法拒絕這種美好，同時這美好又讓他暈得有點呼吸不勻。後來趙老太太終於睡著了，他也勉強睡著，可睡得非常不舒坦，他對趙老太太說話有恐懼。

第二天早上吃了早飯，領隊老高對肖土屋說：「帶上身份證，我們去領獎金！」

肖土屋沒有想到領獎金還這麼麻煩。不等肖土屋說話，趙松蕙說：「一個大活人，他自己不就是一張身份證嗎？我陪你們去。」

運動會的主辦方解釋說：「沒有身份證這獎金你領不了。喏，公證處的同志要求登記身份證號碼。」

同屋子公證處的兩個公證員說：「是這樣，我們這是按照規定辦。」

趙老太太生氣了，說：「啥規定不規定的，啥規定不是人制訂的？規定是死的，人是活的！你不也親眼見兩天前跑道上的肖土屋就是你眼前的肖土屋？就是你沒親見，昨天晚上的電視和報紙不都報導了麼？還配了大照片呢！一個大活人，他自己就是一張身份證。」

公證處的倆同志堅持說他們不能違反規定，要不然他們要受到相關處罰。

趙松蕙氣得臉都紫了，說：「你們的意思也就是說只要他肖土屋沒有身份證，就肯定拿不到獎金，是不是？那好，我跟你們說，這獎肖土屋永遠也不領了。不就三千元錢嗎？又不是多大的錢。」

老高勸道：「老趙，你別激動。你叫肖土屋把身份證拿出來不就得了？」

趙松蕙說：「要拿得出，不早拿了。他是解放前躲戰火躲進深山的，躲了將近五十年才出來。不要說紙上沒有記錄，就連當年的村落都變了模樣。公安局、民政局、檔案館都去過了，都沒轍……」

屋子裏的公證員和運動會主辦方的幾個工作人員眼睛都聽大了。其中一個腦子靈光的撥打了新聞一一〇，向新聞記者報了個猛料。趙松蕙一見，拽著肖土屋的手奪門而逃。

出了大門，他們與一輛飛馳而來的採訪車擦肩而過。

在回程路上，趙松蕙對肖土屋說：「你跟著我，要是整個世界都不收留你，我收留你。」

肖土屋這時候隱隱感覺，李管教給他的那張紙也許派得上用場，可是他已經不能再提那張紙了。

五

陽光下，小城的一切都讓肖土屋感到新鮮。屋前的小河，小河邊的垂柳，竹籬笆，小花園，乾淨整潔的門窗，一切都似乎為他的人生翻開新的一頁。肖土屋在屋前的小河邊扭著腰肢，很得意很賣弄地扭著。昨天晚上，他發現做一個男人是那樣美妙。雖然起初並不得法，可在趙松蕙的引導下，他很快把握要領，短暫是短暫了點，可做得有力而到位。歇下來的時候，趙松蕙說：「死老頭子，一大把年紀了，沒想到你還真有力呀你！」笑著鑽到他懷裏。

屋子裏傳出趙老太太的喊聲：「吃飯啦。」

早餐是玉米粥、炒花生。趙老太太給肖土屋專門準備了兩隻雞蛋，她說：「你要沒意見，咱們先把屋子收拾一下。該粉刷的粉刷，該擦洗的擦洗，再添幾樣傢俱，也添不了多少。咱們的事一定要隆重，我要把我的朋友都請來，把兩個孩子和外孫也叫回來……」

趙太太的話有點繞，肖土屋還是聽得非常認真，非常開心。他心裏樂滋滋的：我就要有家了，我就要有老婆了，我要把李管教請來參加我們的婚禮，我要讓所有人都知道我有家、我有老婆。

接下來三個月，肖土屋無師自通地幹起了粉刷活兒。屋子經過粉刷煥然一新，又亮又敞。肖土屋還跟趙松蕙到家電超市買了些家用電器，他再次感覺自己像跟尾巴狗，忠實地跟在趙松蕙後面。這次他好好地當了回搬運工。歇下的時候，趙松蕙就教肖土屋跳舞。肖土屋天生靈性，沒多久，每天晚飯後，趙松蕙就能帶他到濱河廣場跳舞。趙松蕙的朋友都喜歡跟他跳舞，說他動作麻利、乾脆、力度適中。

結婚的日子挑在十二月十八日。趙松蕙說，這日子的意思是：永遠都有愛。趙松蕙的女兒女婿從廣州打電話說他們會提前一天到達。在趙松蕙家裏，肖土屋學會使用電話。在趙松蕙的幫助下，肖土屋給李管教打了電話，邀請他來參加婚禮。李管教說：「恭喜你！幾個月前一家文摘報紙報導，一個老頭參加比賽得了第一名卻因為身份證問題不得不放棄領取獎金。這是不是你呀？真是你呀！我想也是你，你成了傳奇人物了！只能電話祝賀。我們這兒你知道的，人手少，走一個就斷一檔。我衷心祝賀你！你把喜糖給我寄過來？這就不必了。替我多吃幾個喜糖！對新娘子要好點呀！」

他們一起去買回非常好看的請柬。趙松蕙負責書寫請柬，肖土屋一個字也不認識，就會幹一件事：裝信封，貼封口。日子臨近了，他們開始整理孩子們回來住的屋子，一起去買喜糖、計算來賓數量、考慮桌位、訂飯店。肖土屋沒想到結個婚有那麼麻煩，不過他越來越喜歡趙老太太了：他發現趙松蕙不再像以前那樣一嘮叨就沒完，這使得他跟趙松蕙再也沒有什麼障礙。連續操勞，趙老太太這幾天的臉色難看了些。肖土屋說：「要不，咱歇歇？」趙松蕙說：「我們自己的事兒，我們都歇了，誰做呀？我這幾天就血壓有點不正常，沒事，在吃藥片呢。」

到十二月十七日上午，趙松蕙突然對肖土屋說：「肖土屋，不好！」

肖土屋嚇了一跳：「啥不好？」

「我們還沒有證兒呢。」

「啥證兒？」

「結婚證兒！」

肖土屋又一次想：結婚就那麼多事兒！他說：「買一個不就得了。」

「你當是買小菜，有錢就能買？得上民政局領。『領』你知道嗎？就是咱倆一起去辦。這證兒證明咱們關係合法。」

「那就去唄。」

風風火火趕到民政局，經辦人員熱情地接待了他們。趙松蕙遞了喜糖，他們都向他倆表示祝賀。具體經辦人員打開一個本說：「請出示你們的證件？」他倆一時沒反應過來。等反應過來，肖土屋頓時傻得跟呆瓜一個級別。他想：是不是又要該死的身份證！工作人員說：「不管身份證、戶口本還是居委會出示的證明，只要能證明你們的合法身份，都行。」

肖土屋轉身要走，被趙松蕙一把抓過來。趙松蕙把肖土屋的情況向工作人員說了一遍。工作人員一聽也覺得奇了，可最後還是表示，沒有合法的身份證明，他們不能受理，「法律條文就這麼規定的，要是違反了，我們要受到處罰。還有，現在全部辦證過程都是在電腦上完成。缺少證明材料，流程做不下去，同樣拿不到結婚證。哪怕合理通融一下，你也得有公安局的證明。要不這樣，你們先到公安局去，請他們打個證明來也行。」

路上，他倆心事重重。肖土屋心想：換了個城市，說不定這裏的公安會有一點辦法。趙松蕙走得沒有早上快，臉色也很難看。肖土屋攙扶著她。肖土屋說：「要不我們歇歇？」趙松蕙說：「歇什麼，歇到人家下班，我們找誰去？」肖土屋在路邊打了個計程車。

公安局戶政科的同志聽了肖土屋的故事，表情像是民政局工作人員的翻版。她花了一個上午，替他們查遍所有的資料，最後說：「我看這事難了。沒有任何記錄，對不起，這證明開不了。你們的居委會對你們的情況熟悉嗎？建議你們到居委會去試試。」

他倆已經沒有心情吃飯，空著肚子趕到居委會。居委會大媽表情有點僵硬，不過很快她的表情就開始搞起了翻版。她話可就不少了，她問肖土屋：「你什麼時候到這兒的？三個月了。你以前也沒任何身份證明？那你不是盲流嗎？哦，你還曾經因為縱火進過局子？」她警惕地回頭對趙松蕙說：「這還了得？你知不知道他以前的情況？他都告訴過你的？你咋不向我們報告呢？萬一……」

趙老太太生氣了，她聲音大起來：「什麼萬一不萬一？我要放心不了他，我也不跟他。他一個大活人，自己還證明不了自己？」

居委會大媽也是個得理不饒人的主兒。她說：「社區就住你一家人？你一個人說了就能算數？再說了，自己如何證明自己？靠長相，還是靠名字？再退一步說，向居委會報告，這也是規定。」

趙松蕙顯然已經沒有跟她開嘴巴運動會的氣力。趙松蕙說：「我請教你，像他這種情況，你看怎麼辦？」

居委會大媽說：「我是法律條文呀你問我！說得不好聽，你這事歸公安管；說得好聽一點，你要給我哪怕一張暫住證，我都可以給你開證明。可你有暫住證嗎？哪兒去辦？還不是在公安局派出所。」

趙老太太氣得不行，哆嗦著嘴唇說：「你當我們是皮球呢？民政局踢公安局，公安局踢居委會，居委會又踢回公安局。你們的制度到底是人制定的還是機器制定的？制訂了是管人還是管機器？說到底，我們還是守法公民。這問題，我看是哪一家都解決不了了。既然解決不了，咱也管不了這麼多了，有證無證都要……」趙老太太的聲音突然小了。她感覺全身有什麼東西像潮水一樣向腦部集中，整個感覺鼓脹得不行，鼓脹得把她的一切意識都擠出體外。就在那一瞬，從頭部倏忽裂開一條縫，像輪胎爆裂了一樣，潮水從縫兒洶湧而出。

六

從涵洞出來，肖土屋揣了一盒火柴。肖土屋抬頭看看晴朗的天，臉上露出了勝算一半的微笑。

一年來，他像在做夢，又像在煉獄。他天天問自己：幸福怎麼就那麼淺呢？趙老太太的生命結束在婚禮前夜。她歡歡喜喜歸來的孩子，悲悲戚戚地抱走了骨灰盒。趙老太太的孩子要給他錢，他不要。不僅如此，他覺得再住在這裏都是罪過。他要離開這裏，到很遠的地方。他本來想拿走他跟趙老太太的婚紗合影，為了減少麻煩，他最後什麼也沒有拿。很快他再次流落街頭，被員警從一個城市「遣返」到另一個城市。每一個城市都似乎是他的「家」，真正被「遣返」到了，他發現，那裏根本不是。

後來，經高人指點：與其被人家遣返來遣返去，不如自己主動上救助站，好歹能在救助站混個溫飽。每一個城市都有救助站，每一個救助站的工作人員對他說的話雖然不盡相同，但主要意思只有一個：你沒身份證，沒身份證就是『黑人』，你的事我們不能受理。於是，他空著肚皮進去，又空著肚皮出來。他到孤老院，結果只比救助站多一兩頓飯，吃了走人。

這時候他就特別想那個叫趙松蕙的老太太。當他曉得男人與女人的那點事以後，他對趙老太太更加懷念。他佩服她就那麼幾天，就能大膽地選擇他，並且給他溫暖，給他愛。他還懷念那張掛在門前有小河的屋子裏的婚紗照，雖然飽經滄桑，卻也算得上幸福滿足，那張他這輩子唯一喜慶的照片，如今是不是堆積了灰塵。可惜那門前的小河，趙松蕙說要跟他一起去釣魚的……現在，他不知道那間小屋在哪個城市，離他有多遠。他不識字，他被一次次遣返弄得暈頭轉向，他不知道他在人間的哪個方位。他還想起李管教跟他說的「有什麼困難來找我們」。李管教說的也許真是實話，要是他不胡亂登上那輛大巴，留在監獄附近，也許不會有那場突如其來的幸福。要是真的三天兩頭「有什麼困難」就去找李管教，李管教萬一嫌麻煩或者出於其他原因留他蹬蹬三輪也說不定。可惜現在他也不知道李管教那個監獄在哪個城市。再說，他身上只有八枚從垃圾堆上揀來的大小不等的硬幣。他只有這點家當。

他每天最大的需求和最大的夢想就是能找到足夠的食物，飽飽地吃一頓。可是，垃圾堆上的流浪狗老是成群結隊跟他搶奪地盤和食物。要是返回去二十年，就是成群結隊的狼，他也有辦法對付。可現在……眼看冬天就要來了，他安身的涵洞冷風亂竄。

為了這盒火柴，他整整在垃圾堆上搜尋了五天。本來他還揀到幾個打火機，他卻覺得用火柴更踏實。在他記憶裏，那兩支軍隊沒有打到他們村的時候，他們就用火柴。不同的是，那時候的火柴梗更長，而且隨便在什麼乾燥的對象上都可以劃得燃。

肖土屋想，這一次要是再遇上李管教，哪怕下跪，他也要求李管教把他留下來。

在通向郊外的路上，肖土屋盤算著：所選的地方不能太小，也不能太大，比上次大一點就行了；最好向陽，容易點著；有壕溝跟其他山梁子隔開，就不至於燒毀更多的山林；林間最好有松樹，只要樹底下有足夠多的枯草或者落葉，活的松樹也能點著；只要火柴足夠，可以同時從不同部位引燃，可防萬一……

肖土屋就這樣盤算著一路向前，他臉上帶著勝算的微笑。身邊馬路上車流滾滾，人流如潮，誰也沒在意這衣衫襤褸的流浪漢、這「黑人」。

肖土屋就這樣走著。他現在身處平原深部，要走多少路才找得到一座他需要的山，天知道。

誰承諾的遠方

一

出門之前，鐘升找出一張破舊的中國地圖，軍事將領般撅起屁股勾著腰，在地圖上找到啟東，兩個眼珠把那地方輪番瞄了一陣說：「面朝大海，春暖花開！」

魯遠望著鐘升臉上漫無邊際的陶醉表情，啐了一口說：「酸！酸得掉牙——不就上船打漁嗎？你當是去享福啊！」

鐘升指著地圖上那塊位置說：「長江之尾，黃海之濱，三面環水……」

魯遠嗆了他一句：「紙上談兵！」

鐘升不看地圖，直起腰來看魯遠。兩個人傻瓜一般，嘿嘿嘿臉對著臉笑起來。他倆喜歡在嘴巴上抬杠，越抬越親。

窩窩頭說：「鐘升說得不錯，跟我到那裏好好幹上兩年，足夠你們娶上漂亮老婆。」

窩窩頭說這話不僅有底氣，還有事實擺在那裏。從前沒出門打工的時候，窩窩頭是村裏出了名的窮漢，打了四五年工，就在老家新建起了樓房，把老婆孩子他帶到啟東，老婆替人織漁網，孩子替人守五金門市。

這倆人都老大不小了，正愁沒什麼拿去見老丈母。窩窩頭來動員他倆跟他去上船。他說：「兩千五百塊一個月，月月結清，有我在，不拖不欠，儘管放心！」倆人兒早就打算出去闖闖，苦於無人帶領，經窩窩頭這麼一說，高興得像見到了觀音菩薩。

窩窩頭繼續介紹說，他們老大的船是豐產船，為什麼豐產？從前漁船出海，主要靠船老大觀察洋流的方向、海水的溫度、顏色以及魚群的叫聲，然後確定撒網的位置。船老大的本事大，漁船豐產，反之則空著船出海，空著船回來。後來有了深海探測儀，大多數船老大都迷信上那東西，結果機器畢竟是機器，那東西只能對漁船所在海域進行探測。他們的彭老大的船也裝有那機器，基本不用，他堅信自己的經驗和判斷，有時候他那條船所處的海域毛魚都沒有，可他知道兩天以後有魚群從這裏經過。靠這，要讓他的船不豐產，除非他想跟鈔票過不去。豐產船不僅給船老大帶來豐厚的收益，連船員都收入不菲，有了錢的船員很快就改行了。因此，他船上總缺船員。窩窩頭說：「彭老大肚皮大，容得人。他說『有本事你們儘管飛吧，你們有本事我也體面』。瞧瞧！」

兩個小夥子被他說得熱血沸騰，就各自收拾了個蛇皮口袋扛肩上，跟窩窩頭來到啟東。「這等於讓我們去開眼界，去見世面！」兩個小夥子對未來充滿期望和好奇。在路上他倆商量，如果捕到鯨或者鯊魚，就學周伯通，弄根繩子駕馭了，馱他倆去尋桃花島。

到啟東後，兩人發現這地方比想像的不曉得好多少倍。最先感受到的是社會治安好，民風淳樸。剛來那幾天，兩人沒事出去轉悠，見一中年人拉一車魚上一座拱橋，很吃力的樣子，倆人上前幫著推了一把，過了拱橋，中年人連說感謝，還非送他們幾條魚不可。到了海邊，鐘升這才知道，大海並非像想像的那樣一成不變地躺在那裏，大海有翻騰的海潮——從長江口往北，黃海岸邊是大片沙地，漲潮的時候隱沒在海潮之下，退潮的時候裸露在海風中。沙地面積闊大。大得出乎想像，退潮時從堤岸面向大海走去，走上四五公里，才看得到湛藍的海水。沙灘上有美麗的泓。「泓」是當地人的說法，是對退潮後長期奔流的溪流的專門稱謂，這些溪流連通洩洪閘或者漁港，有的地方深，有的地方淺，時寬時窄，彎彎曲曲的，像蒙古草原上的河流。特別招攝影人的喜歡，「它能夠揪住天邊的太陽！」一個把從泓與海面交匯處升起的太陽攝成數碼照片並拿它獲得大獎的攝影師這麼說。更讓鐘升覺得了不起的是，這是一塊不斷生長的土地，長江晝夜不息奔流入海，一刻不停地把裹挾的泥沙堆積到這片沙地上。鐘升曾在一張報紙上看到一個統計數字，單啟東海岸線附著的這片沙地，一晝夜就長出十多畝，一年長出的沙地，相當於一個歐洲小國。

他倆從踏上這片濕漉漉的土地，就打心底愛上了這裏。

可令人喪氣的是，兩人都暈船，一個比一個厲害。在風平浪靜的水域或者在港口上裝卸海鮮的時候還行，出了外海就洋相百出。先是頭暈，天旋地轉，哪是天哪是海分不清；接著是嘔吐，吐到黃疸水都出來了還吐，水米不進。一個漁汛也就十來天，再回岸上就脫形兒了，面黃肌瘦，萎靡不振，人不像人，鬼不像鬼。剛上船的人都暈船，可別人暈個一汛兩汛就罷了，他倆則漁船出海多長時間就暈多上時間，連試幾汛，一次比一次暈得厲害。「看來這倆小子沒有做船員的命！」就這麼讓他們打道回府，窩窩頭感覺丟面子，帶他們出來就要讓他們多少掙點錢再回去。他請彭老大幫忙給他倆另找了兩份工作，於是，魯遠幫人養紫菜，鐘升替人養魚蝦。工作地點都在沙灘上。聘用魯遠這家，承包了四百畝沙地，平時採收海貝，秋末初冬開始養紫菜。鐘升替一家水產公司管著六百多畝水面。水產公司的雇員中，有一個是水產學校畢業的，這人是師傅，他讓大家咋弄，大家就咋弄。鐘升那高中二年級的文化幫了他不少忙，不到半年工夫，就成為行家裏手。

各自找到適合自己的工作，倆人整天忙得屁顛屁顛的。偶爾鑽到一起，就把老闆發給他們的鈔票一張挨一張鋪開來，比哪個的鋪得更遠……

二

窩窩頭前後帶了十幾個老鄉到這邊來，他資格最老，是一夥老鄉的頭兒。他不喜歡人家喊他頭兒或者哥什麼的，他呷一口酒啃一塊燒雞，含混地說：「我從小就嚮往長大頓頓有窩窩頭撐肚皮。得，別說窩窩頭，這不酒和肉都有了麼？你們就喊我『窩窩頭』得了。我就是你們的最低生活標準。勤勞肯幹，你就有酒肉吃，否則連窩窩頭都吃不上——咱們的好日子長著呢！」他這話相當於大隊書記的公章，樣子沒啥好看的，但作用相當大，他們這幫人誰都把雇主的事兒當自家的事兒幹。雇了窩窩頭他們這幫老鄉的老闆對他們特別滿意，不但報酬開得比別的老闆高，還經常給他們說，老家有適合的三親六戚，多帶幾個來。

沒啥大不了事情或是逢年過節的時候，窩窩頭就把大家召集過來聚聚。說家鄉話，做家鄉菜，擺家鄉龍門陣，用家鄉特有的粗話罵貪官污吏。窩窩頭這麼做有他的用意，他要給人幫派的印象，卻不給人幫派的口實。他就是這幫人的主心骨。有一幫老鄉團結在周圍，不但別人不敢小看他，連這十幾個老鄉隨便哪一個走出去，別人都不敢輕易得罪他們、欺負他們。萬一哪天撞上不痛快，他窩窩頭只須吱一聲，一蓬風，一股氣，一聲吼，只要不出人命，啥都能搞定。有關部門假如追查下來，他們這一幫是自然的地域組合，沒有「帶頭大哥」，他窩窩頭頂多就是個「窩窩頭」，也不能咋的。

這一趟，大夥兒進門不久，窩窩頭就感覺出鐘升跟魯遠的彆扭。以前兩人幹什麼都相互幫襯著，一個淘米一個舀水，一個吹牛一個幫腔。說起來，鐘升還欠魯遠一點人情呢。春節過後，窩窩頭帶他們出門的時候，鐘升還缺一大截路費，又不好意思對窩窩頭說自己路費不夠，就說自己改主意了，不打算跟他們到啟東。窩窩頭為這生氣，魯遠看出鐘升的窘，在窩窩頭背後悄悄戳了一指頭，對鐘升說：「車票都買好了，兩張。」窩窩頭說等我倆掙到錢再還他。」窩窩頭馬上明白了怎麼回事，這在老家司空見慣，因此跟著幫腔。鐘升原本有個幸福的家，要不是出意外，保不定現在在哪個大學讀書呢。他讀高二那年，爹媽患上奇奇怪怪的病，相繼過世，待辦完喪事，他一點讀書的心勁兒都沒有了，就退學回家。種完兩畝地，就整天跟魯遠耗在一起，魯遠下河摸魚他下河摸魚，魯遠上山砍柴他上山砍柴。鐘升學生氣未脫，幹什麼總不是那麼漂亮，甚至相當外行，魯遠就成了鐘升的導師，手把手地教他帶他，教他翻地、播種、施肥、除草，教他摸魚、放樹、砍柴……魯遠說什麼，鐘升信什麼。魯遠比鐘升小半歲，但鐘升卻把他當哥哥。鐘升希望魯遠能帶他打拼出一片陽光燦爛的生活。窩窩頭出現的時候，他倆把希望寄託在窩窩頭身上。到了這邊，一個多月的捕魚生活讓他們刻骨銘心，感到特別失敗。可新的工作又重新燃起他們生活的希望。魯遠還像個導師，他倆幹的雖然不是一個行當，但只要魯遠學會了，估計鐘升用得上，就拿來教給鐘升，比如捆紮紫菜簾架的結繩方法，被捆毛竹越動越緊，但線頭一扯全套開脫；還教他識別潮水，他說平行推進的叫潮，水位垂直上升的叫汐，等等等等。魯遠把爸爸媽媽寄來的花椒分一半給鐘升，他讓鐘升替他寫回信，他說他小學裏學的那些東西早還給老師了。這傢伙小學念了十二年，資格老到新分來的老師都向他打聽學校的內幕。校長見他老得都快沒個樣子了，送了個畢業證給他，才把他攆出小學大門。鐘升見魯遠寫過一回字。窩窩頭讓他寫「兩袖清風」。魯遠寫的是「兩秀親風」。把鐘升差點笑背過去。每次替他寫回信的時候，鐘升心頭五味俱全，有若隱若現的幸福，更有鋪天蓋地的心酸。

窩窩頭不動聲色，跟大家打著招呼、說著笑話，暗地裏觀察這倆小子到底怎麼了——就那麼十幾個老鄉，咱們玩不起窩裏鬥把戲。吃飯的時候，大家都喝酒，三杯兩盞下肚，話也就多起來了。一個老鄉問鐘升：「你的女人呢？」鐘升埋頭喝酒，不理問話的老鄉。那老鄉尷尬地訕笑著說：「你要經常把褲襠磨出洞洞，人家才有機會來給你縫呢！」大家笑起來。老鄉說這話是有典故的。那時鐘升剛來，蛇皮口袋裏全部家當是兩件衣服一條褲子，換不過來，膝蓋上磨出好大兩個洞也沒法換。那時候他們還在上船，住在彭老大家。一天，彭老大的侄女甩給他一條她叔叔的褲子叫他換了，然後替他把那兩個洞縫上。在大西南，女孩子有這舉動，說明她對男孩有心。這女孩叫彭小朵，跟鐘升年齡相仿，是個想什麼就說什麼潑辣的女孩，人特別熱情。當時兩人就有那麼些心照不宣的意思。鐘升離開彭老大家搬到養殖場住後，隔了兩三公里路，距離給他們見面帶來不便，倒讓他們之間的交流跑上了高速公路，整天短消息飛來飛去，當著面，面紅耳赤憋不出來的話，揿一下發送鍵就過去了。彭小朵到底是漁民的後代，有女孩子的靈巧細心，更有漁民後代的直率大方，正是談婚論嫁的年齡，心有靈犀，她知道，小夥子聰明踏實，而且還讀過高中，底子在那裏。這地方養女兒的人家，挑女婿不看錢，不看屋，只看人。西部人向來實誠，待人厚道，會疼人，會體貼人。彭小朵早就有所瞭解。鐘升呢，心頭有把算盤，他一身之外無掛礙，光棍一條，要是能跟彭小朵談成了，便以此為家，彭小朵的叔叔彭老大收進門的不是侄女婿，是兒子。半年來，他倆的感情沿著既定的線路往前發展，比較有把握的估計，過不了一年時間，大家就能吃上他們的喜糖。

可就在幾天前，他收到彭小朵一條短信：「你爹媽得的是什麼病？」他回：「不知道，跑過好多醫院，醫生拿不準。」這是實話，當年確實是這樣。彭小朵回：「你不是說是出車禍麼？」鐘升猛地愣在那裏，這是他撒的一個謊。他知道彭小朵忌諱什麼。

彭小朵的爸爸十多年前在外面做工的時候染上肝病，早早離開人世；她母親後來也查出肝上疾病，也離開人世。彭小朵從十二歲開始就生活在彭老大家。這地方曾經是肝病高發區，全國比較有名的肝癌研究所就設在這地方。近幾年肝癌發病率大大減少了，比全國平均值還底，但人們還是非常忌諱。兩人感情再好，一旦一方在婚檢時查出肝臟上有問題，這樁婚事就可能告吹。拿彭小朵來說，父母走後，她叔每年要讓她上醫院檢查身體，連續好多年都呈陰性，確認這孩子沒感染上，懸著的心才放下來。當彭小朵問及鐘升父母情況的時候，鐘升知道繞不過，但他又不能照實情說直到兩位老人去世醫生都沒查出病因，那會給人多大的想像空間啊！可又不能不回答，就編了個謊言，反正在學校的時候體檢過好多趟，他身體棒著呢……他還特地給魯遠發了短消息囑咐過。在這地方，只有魯遠知道內情。這段時間正值初冬，正是種紫菜的最佳季節，海上休漁期結束，捕撈船都出海了，到處都缺人手，彭小朵就加入到魯遠他們種紫菜的隊伍。鐘升分析，彭小朵之所以這樣問，說明她已經從哪裡知道他父母死於疾病。那是誰透露給她的呢？鐘升蹺一下腳趾頭都想得出來，只會是魯遠。魯遠為啥要這樣做呢？鐘升百思不得其解。鐘升當時沒怎麼當回事情，沒放心上。可接下來幾天，彭小朵不回短消息，撥電話電話不通，鐘升才感覺到事情的嚴重。「寧拆一座廟不毀一樁婚，這規矩你小子莫非不懂？」鐘升覺得魯遠跟他是人心隔肚皮，知面不知心，他非常惱火，今天正待要找個機會問問魯遠什麼居心呢，旁邊一個老鄉問他：「小子失戀了！為啥？」鍾升借勢站起來，指著魯遠說：「你們問他！」其實，魯遠最近幾天打鍾升的電話鍾升不接，他也正納悶鍾升這小子怎麼了呢，今天剛到窩窩頭這兒的時候就見鍾升黑著張臉，他搞不懂他什麼事情，就沒理他。這會兒鍾升突然這麼說，他想這小子，敢情原來是我得罪了你呀！他感到莫名其妙，問鍾升：「好好的，要問我什麼？」「你給彭小朵說了什麼？」鍾升語帶嘲諷，「嘴巴不關風！」魯遠急了：「啥叫『嘴巴不關風』？我是壞你好事了還是說了啥見不得天見不得地的話了？」「嘴巴不關風」在老家內涵相當豐富，相當於兩面派、陰陽人、叛徒、漢奸、走狗……是相當損人的。鍾升氣呼呼地說：「你自己心頭明白！」「我不明白！」倆人你一句我一句爭吵，竟至於揪扯起來。被眾老鄉拉開後，誰也不服誰。那陣勢，不打一架解決不了問題。鍾升扯扯被揪斜的衣服向魯遠發出挑戰：「有本事咱們單挑，誰也別想再選日子，就明天下午，港口上見！」魯遠往右甩了一下長髮說：「你話說得半明不白，到現在我都還蒙在鼓裏。」鍾升搶他的話說：「嘴巴不關風的人就那樣——懂裝不懂！」這下把魯遠真給惹急了，他火了：「也罷也罷！好你個小子，拿我出氣不是？我看你是皮子癢了，欠揍！」旁邊的老鄉勸他倆：不就幾句話麼？當著大家面說清楚就算啦。可兩人誰也不依服誰。照他們老家的規矩，兩個當事人只要不撤約，哪怕單方撤出，明天下午港口上必定會上演一場「拳擊賽」。在他們的大西南老家，在雙方都看似有理、誰都不輸誰的時候，「拳擊賽」就是必要的判決手段。局外人哪怕是父子兄弟，都不得上前幫忙。

窩窩頭沒制止他們，故意讓他倆爭，他被他們搞得一頭霧水，他相信在場的老鄉都跟他差不多，不曉得他倆在爭什麼。窩窩頭知道，這個年齡段的小夥子就是事兒多，三句話不對都可能幹一架。幹就幹吧，適當的時候幹一架，保持一點大西南人的剛性，未嘗不是好事。別像當地人，吵到鼻子頂鼻子都不動手。大夥不知內情，不好添言，由他們去。到時候有工夫就去看看他們打成啥樣，沒工夫就算了，這種事情在老家多的是，見怪不怪。

三

夜裏，魯遠一晚上沒睡好，琢磨是鐘升這小子吃錯了藥還是自己真在什麼事情上『嘴巴不關風』。午夜的鐘聲敲響了還理不出頭緒，心想，大不了「拳擊賽」結束再說，便昏昏睡去。早晨，沙灘承包人張老大來敲門他才醒來。

張老大準備了三架牛車，車上裝滿了這幾天捆紮好的紫菜簾架。吃早飯的時候，前來幫忙的臨工陸陸續續上門來。待吃過早飯一起到海灘上去。牛車要啟程的時候，彭小朵來了。脖子上吊著個好看的手機。有人問彭小朵：「啥時候買的？」彭小朵說：「這不是前幾天手機掉海水裏泡了半天，拿去修，修不好就換了一個。」說話的人表示祝賀：「舊的不去新的不來！」看到彭小朵的新手機，魯遠突然想起一件事，前幾天彭小朵手機不好使曾借他的手機用過。「她是不是看到那條短消息了？」魯遠查看短消息，鐘升特別囑咐他的短消息還在。由於他把鐘升設為特別關注，這消息始終在第一條。魯遠暗自叫苦：真的成了嘴巴不關風的人了。

彭小朵問魯遠：「這幾天鐘升怎麼啦？我昨天發他短消息，他沒回；打他電話不接。」

魯遠說：「昨天我們老鄉聚會。」

彭小朵說：「聚會也不至於不接我電話吧！」

魯遠說：「你們是不是有啥誤會？」

「啥誤會？」彭小朵一臉茫然，「我跟你們種紫菜他吃醋？」

「他不是這種人！」魯遠想乾脆把話說開，「他說我嘴巴不關風。大概是怪我向你透露了什麼他暫時不想告訴你的事情。」

彭小朵繼續處在茫然中，沉思了一下說：「想起來了。前幾天借你手機發短消息，看到他發給你的一條……本來沒想看的，可僅顯示出來的幾個字是『請在彭小朵面前』什麼什麼，我就看了。」

「你有沒有問過他？」

「問過啦。就因為問他，才失手把手機掉到水裏的。你不提起，我還真忘了。」

「你在乎不？」

「在乎啥？是手機還是短消息的內容？」

「當然是後者。」

彭小朵沒有正面回答，問魯遠：「你們怎麼啦？」

魯遠把昨天的事簡單陳述了一遍。「你們還約架？」彭小朵臉漲得紅紅的，心想我不就是個漁家姑娘麼，我要是皇后，你們是不是要展開世界大戰？心裏對鐘升又是氣又是愛。彭小朵說，「等今天收工，我到鐘升那裏好好訓訓這傢伙。道理是講出來的——哪有打出來的道理？」說得魯遠滿臉不好意思。這也許就是人們所說的地域文化差異吧，魯遠心想，當地人是接受不了這種約架的。

種紫菜的牛車隊經過養殖場的時候，鐘升正在刷牙。養殖場靠近蘆枝港，上午投放飼料的時候還會有四五個人來幫忙，其他時候只有鐘升一人留在看魚塘的小平房裏。裏面簡單的臥具和灶具齊全。

隔著幾十米，彭小朵給鐘升打招呼：「嗨——還沒吃早飯吧？」她從牛車上下來，提著個馬夾袋向小屋子跑過來。牛車上一個中年婦女說：「看這小娘，還沒過門呢，就對老公好成這樣！」彭小朵把馬夾袋裏的油條豆腐腦交給鐘升說：「等收工了我過來，有話跟你說！」鐘升本以為彭小朵在生自己氣呢，沒想到人家笑盈盈過來，說話的聲音還是那樣好聽，再看遠處牛車上一晃一晃的魯遠，似乎已忘記昨天的爭執，鐘升覺得這有些特別，可特別在哪裡呢，一時說不清楚。

彭小朵轉身向牛車跑了幾步，扭頭過來，晃著手機對鐘升說：「打我電話。」鐘升看出來這是部新手機，可他沒往掉手機換手機那一層上想。彭小朵的大辮子有兩尺多長，獨獨一根在身後甩來甩去，好看極了。

吃完早點，跟他一起投放飼料的漁民陸續趕來了。九月下旬的天氣在一天天轉冷，北國早雁已開始南歸，堤岸上的蘆花都白了，再曬上半個月，待蘆葉再黃一些、乾一些，就該收割蘆葦了。水裏的魚蝦的胃口似乎也日漸小了，飼料投放量每天遞減。只花了大半個上午活兒就幹完了，距吃中午飯時間還早，其他漁民都走了，鐘升歇了一陣，到中午隨便弄一點吃了，迷迷糊糊睡過去。剛才幾個漁民對他說，要他跟彭小朵的事要抓緊，彭小朵的叔叔彭老大有的是路子，早些跟彭小朵把婚結了，就離開這養殖場，這養殖場怎麼看都像座只有一個和尚的小廟，一天見不上幾個人，說不上幾句話，到了冬天，北毛風一刮，穿再厚都冷得鑽筋透骨，這裏靠海，濕冷；比不得內地，哪怕零下二十度，也不像這樣，那是乾冷。鐘升沒有經歷過這樣的嚴冬，最近二十多天他已經嘗到苦頭，到後半夜，冷得脖子以下像不是自己的。「這還不算冷呢！」他們說，「連個零頭都算不上。」說得鐘升一驚一乍的。工友說的雖然太過於現實，差不多可稱作勢利，卻不無道理：憑他肚子裏那點墨水，只要給他一個平臺，離開這一行，他能做的事情可多呢。

在老家靠魯遠，到了這裏靠窩窩頭，現在看來，他還有彭小朵。自己有的是力氣，又肯幹……他連打盹的時候都對未來充滿期望。

四

從蘆枝港上傳來一陣尖叫把鐘升從夢中驚醒。他睜開眼睛，看了一下床頭的鬧鐘，下午一點十三分。窗外不知什麼時候開始刮起大風，風勢正猛，刮得小平房嗚嗚作響，窗戶上的玻璃被搖得咣當咣當的。

鐘升聽清楚了，尖叫的是個婦女。她在喊：「不好了，鋪紫菜網的老牛車被潮水打掉了！」

鐘升一個鯉魚打挺跳到床下來。小平房離港口海堤還有好幾百米。出了門，順著聲音望出去，只見一個婦女站在港口邊的海堤上呼救。他返身進屋，套上衣服向堤岸奔去。

鐘升從魯遠那裏學到，這地方潮水分為早潮和晚潮，兩潮之間間隔十二小時，有規律，可以計算，一般第二天漲潮的時間，比頭天晚半小時。當地出的曆書上有標注，海上勞作的人根據潮水漲退時間安排勞作。曆書上寫的，今天的漲潮時間是下午三點過後。

狂風少說也有十級，從海上吹來，把站在堤岸上的人吹得站立不穩。潮水借著風勢，帶著令人戰慄的沉悶的嘶吼，猛烈地向岸邊湧來。沙地已經不見了，整個海面都是翻騰的波濤。岸邊的波濤才剛剛起勢，就有兩尺多高，遠處是成排的灰白色的巨浪。兩輛牛車正往堤岸狂奔。牛車的輪子已經被淹沒了一大半，牛車兩邊十幾個驚慌失措的漁民尖叫著往岸邊急趕。海水拽著他們的衣服，使他們跑起來不利索，但除了奔跑，別無選擇。在他們衝到岸邊爬上堤岸的時候，潮水已經齊腰深了。趕牛車的人車都不敢要了，解開駕轅，牽著老牛上岸，眼睜睜看著牛車被潮水卷走。

鐘升迅速掃過上岸的人，單缺兩張他最熟悉的臉，本來就不平靜的心，像給誰猛割一刀。今天大海出怪潮了，潮借風勢，整整提前了一個多小時。

「還有一輛牛車呢！」

剛上岸的人驚呼。

張老闆數了岸上的人頭，悲痛地說了一聲：「還有八個人呢？」話音未落，人已癱軟趺坐到堤岸上。

這時，從海水裏爬上來一個小夥子。他是第三輛牛車上的人。海灘上作業，一輛牛車占一片沙地。每輛車上有哪些人是清楚的。他說，他們正幹活的時候，突然發現潮水上來，來勢兇猛，不同一般，經驗豐富的老漁民大喊不好，立即招呼大家丟下網具，跳上牛車往岸邊跑。跑到蘆枝港泓道的時候，發現泓道的水太深，牛車過不去，就往下游水淺的地方跑了幾十米，耽擱了一些時間，過了泓道，潮水就已經過膝，人早都亂了，有的還在牛車上鞭牛，有的棄車各自向岸邊狂奔。他跑得最快，在離岸一公里左右的時候，水就深得已經踩不到沙地，他是遊上來的。

鐘升確信那兩張熟悉的面孔還在海裏面，他的西部性格就出來了：狹路相逢勇者勝，拼了！七條命，能救一個是一個！有人在打漁政部門的求救電話。鐘升估計了一下，最近的漁政救援船開過來也得兩個多小時。他向港口跑去，他要找條漁船出海救人。可蘆枝港裏除了兩只需要整修的破漁船外空蕩蕩的。就在他失望的時候，他看見一艘破漁船的後面，一艘六七米長的舢板上，有人正在拋纜繩套打算上岸。

鐘升接住纜繩，跳上舢板，跑到後艙拉響了柴油機，一轉舵，開足馬力，舢板向波浪滔天的大海衝去。船老大在他上船的時候不曉得他要幹什麼，到這時候回過神來，他吼著：「你瘋啦，人家都回港避風，你迎浪開船。我船小你不知道啊？」

「我們得去救人！離岸一兩公里。一架牛車七個人。」鐘升也不知道彭小朵他們在哪裡，他儘量說得近一些，免得船老大不肯。為阻止船老大來搶他的舵，他故意晃了一下舵，船劇烈地晃動一下，險些把船老大晃到水裏，船老大蹲下來。船已經開出港口，岸上的人在給他們指落水人的方向。「在那邊！」他們說。鐘升順著他們指的方向開過去。舢板不比漁船，只有六七米長，兩米多寬，艙位又小又淺，船板不厚，方頭。平常只用於接潮搬運漁船上的魚蝦，或者在風平浪靜的近海捕撈點小魚小蝦。風潮再大，港口兩邊有防波堤隔著，風浪都大不到哪裡去，出了港口就不一樣了。船老大一看這小子就知道是個外行，幾乎用哀求的語氣對鐘升說：「不能這樣開足馬力跑，不能的！」他本來想說「再這麼跑，你我都得送死」，出海的人都忌諱說「死」字，就像他們吃魚不會讓盤子裏的魚翻身那樣，他只能說「不能的」，這都夠了，鐘升早已手忙腳亂，這時候的舢板跟人在撒滿黃豆的水泥地面上走路一樣，找不到重心，隨時打滑。船兩邊，兩三米高的巨浪一個接一個。船老大迅速靠近船舵，這時候的船已經像離弦的箭一樣沒有回頭的可能，他兩人的命運是綁在一起的。船老大把住舵，舢板立即聽話了。可畢竟是舢板，面對蒼茫的大海，跟一片柳樹葉都不好比，柳樹葉在波浪裏翻多少個身還是柳樹葉，小舢板只要翻一下，就什麼都不是。好在船老大經驗豐富，舢板利用波濤的湧動頻率，一會兒在波浪尖上，一會兒落進谷底。這下輪到鐘升恐懼了，蹲在船艙中手抓船舷都不行，隨時都可能被拋出去，他跪在艙底上，著力點多，到底要穩當點。長這麼大，唯一坐過一次過山車都比不上這次恐怖，舢板被推上浪尖的時候，感覺人的重心已經落到船艙底下；舢板沉入谷底，重心又飄到頭頂上的空中。以前在漁船上暈船也沒這麼兇險，那船體畢竟大，只感覺晃得厲害，心裏堵得慌，非吐點什麼出來不可。今天，要是船老大早知道他暈船，早把他打昏了，然後把舢板開回港口去。鐘升奇怪，今天竟然沒暈船——鐘升早忘記還有暈船這回事了。

艱難地開了一陣，大概是半個多小時，也許是一個小時，當舢板在浪尖短暫停留的時候，鐘升果然看見岸上人指的方位有黑影子若隱若現。他估計那就是落水者。

船老大見這小子凝神觀察海面，對在一上一下猛烈顛簸中磕破的膝蓋全然不顧，他的熱血也沸騰了。鐘升膝蓋上的血染紅他的褲子，把船艙染得鮮紅一片。

他們靠上去，那是一片漂浮的紫菜簾架，翻騰的海面上除了洶湧的海浪，什麼也沒有。船老大熟練地躲開這些簾架，繼續尋找。他已下了決心，只要小夥子不鬆氣，他的舢板不沉，他就陪小夥子找到底。

不久他們發現一個黑影，靠上去看，是一條淹死的老牛。再仔細看，牛脖子上吊著一雙死死扣在一起的手臂，牛尾巴上似乎也綴著一雙手。船老大讓鐘升把舵，要鐘升保持他遞給的姿勢把舵穩住，然後迅速跑向船頭，衝著落水者大吼：「抓住我的船舷，我來救你！」他掰開落水者的手，把那人拽到船邊來，然後提著他的手和腳把他拽上船來。船老大認得這個人。喊了一聲這個人的名字，那人已經意識迷糊，嘴巴裏不斷往外吐海水。船老大把他移到一個倒扣的鐵盆上，讓他把海水吐出來。

「牛尾巴上還有一個人。」鐘升對著船老大喊。船老大立即丟開這個落水者，舢板開始晃蕩，船老大跳到後艙來穩舵。他讓鐘升到前艙學他剛才的樣子救人。

鐘升從剛才漂在水面上時隱時現的枯黃頭髮斷定，這人多半是魯遠。以前大家都笑話魯遠頭髮黃，給他取綽號，金毛獅子狗，金毛太歲。他爭辯說，頭髮黃的人長壽，有時候又說他這頭髮是在抗戰的時候給戰火烤出來的。「抗戰！抗戰那會兒你爺爺才穿開襠褲！」別人這麼揶揄他。

從牛頭到牛尾只有那麼一點距離，舢板要靠上去，得變一個方向。船老大把穩舵，調整著方向，經過一陣不要命的上下顛簸，終於靠近牛尾。鐘升左手扣緊船舷，右手撈起牛尾巴，牛尾巴上什麼也沒有，牛的周圍什麼也沒有。那一撮黃毛再也沒有出現。鐘升急得快哭出聲來，他倆一起出來的，如果只有他一個人回去，魯遠的爺爺奶奶會多傷心，他爸爸媽媽會多絕望。他奮力尋找，找了一圈，仍舊什麼都沒有。

舢板不得停留，得繼續調整方向，否則就要船覆人亡。牛隨著波浪在前進，舢板在牛四周搜尋了一陣，在確信除了牛之外，什麼都沒有以後才離開。鐘升心想，要是有口網就好了，一網打下去，多半就能把魯遠撈上來。如今太空梭能上天，潛艇能在海裏下潛一萬米，可水上救援還停留在古代——除了船尾多了台柴油機，以及水下的螺旋槳，還是光靠一雙手，一雙眼睛，能頂多大的事呢。

鐘升的心早涼透了。可他不願放棄。

此時海面上，那波濤已經不能用洶湧來形容了，取而代之的是一道道四五米高的水牆，一堵一堵地打過來。船老大眼看大勢不好，調轉船頭向港口開去。突然，他們看見前面波濤間出現一綹頭髮，一個人的半個腦袋在海浪裏起伏。顯然是個女人，鐘升心跳加快，在他印象裏，彭小朵的頭髮似乎就是那麼長。

兩個人都發出興奮的驚呼。舢板切著那人的頭髮開過去。船老大對鐘升喊：「揪住她頭髮把她拽上來！不要讓她的手抓住你！」頭髮很滑，鐘升把頭髮在手上挽了幾圈，才勉強抓住，猛地向上一提，女人的頭露出水面，是一個胖胖的中年女人……

五

漁政救援船直到舢板抵岸一個小時後才趕到，時間已過下午四點。風潮太大，根據上面要求，他們的船不能出去。看看時間，已是下午四點過，舢板在海上搜尋了三個多小時。怪潮到傍晚終於平息下來。這一場長江口多年不遇的怪潮，一共捲走了三輛牛車以及牛車上近二十條性命，三輛牛車都在海灘上種紫菜。

第二天開始打撈。有一具屍體在出事海域打撈到，另兩具在退潮的海灘找到了，偏偏不見彭小朵和魯遠的。到第五天還找不到，人們著慌了，眼看就要到「頭七」，按照當地人的規矩，滿「頭七」之前，一定要讓落水失蹤者入土為安，以免冤魂不散，那個海域以後還會出險。他們請來道人，道人念罷咒，漁民在他們落水的地方撒下漁網，撈上的東西不管是魚是蝦，只要是活物，都當他們投胎去了，即把魚或者蝦當落水失蹤者埋掉，意味著這世界從此再也沒有他們的恩怨和念想，各自安安心心往生去。

道人念著彭小朵的名字和年庚，撒下漁網。鐘升希望打起來的是一條魚，不管是鯧魚還是帶魚，游在水裏，都耐看。連打三網，都只有幾隻空海螺，道人說：「她一定還有話要說。」這鐘升知道，那天早上下海之前，彭小朵特別囑咐過回來要跟他說話的。她會說什麼呢？他永遠不可能聽到了。

道人念著魯遠的名字讓漁民撒漁網。道人不知道魯遠的年庚，因此免了。出事第二天電話打到魯遠家裏，他的爺爺奶奶爸爸媽媽只當是哪個搗蛋鬼在跟他們開玩笑，怎麼也不肯信。後來好歹信了，他爸爸來處理後事。大西南到這裏來太遠啦，這時候多半還在路上。第一網打起一枚銅錢，正面是孫中山的頭像，頭像上的字是繁體的「中華民國九十六年」，下方是「二〇〇七」，背面頂上是「五十圓」，這是枚台幣，相當於人民幣十元錢。誰都不清楚這枚台幣是怎麼跑到這裏來的，那麼粗的網又是如何把這枚薄薄的銅錢打上來的。沒有打上活物是不算的，又打了兩網，什麼也沒有。「算你狠，比小朵還乾脆！」鐘升淚流滿面，他在心頭默念，「你小子還欠我一頓揍呢！」

照老規矩，沒有打上活物，彭小朵和魯遠就不能下葬，官方的標準說法叫「失蹤」。彭老大很傷心。

「他們會不會躲到哪裡去了呢？」鐘升難過極了，「誰知道他們是不是約好了去了遠方，單單不帶上我……」

鐘升老夢到彭小朵和魯遠回來，醒了發現，那是夢。

鐘升和船老大被政府授予「見義勇為英雄」稱號，鐘升還被授予「模範新市民」稱號，他把獎金寄給魯遠的爸爸，把兩個證書折成兩艘紙船，在平靜的晚潮升起來的時候，他把這兩艘紙船放在彭小朵和魯遠出事的海面上。鐘升嚮往有一天自己能擁有一條大輪船，不是漁船，一定要是搜救船。在彭老大和窩窩頭的培養下，他成了彭老大船上最好的輪機手了。他想他一定會有那麼一艘船的。他對未來充滿希望。

像鳥兒那樣飛翔

尤遠靠在破屋門前的一堆柴草上想母親所在的城市。母親所在的城市會是什麼樣子呢？應該比黑水集更大吧，並且不像黑水集要隔三天才趕一次，應該天天趕，集上的貨色一律嶄嶄新，趕集的人衣服也穿得比黑水集的人漂亮。母親做什麼生意呢？要是賣衣服就好了，要是賣衣服母親就有穿不完的新衣服。穿上新衣服的母親一定漂亮，漂亮成什麼樣子尤遠說不上來。母親在尤遠十四歲那年進的城，母親說掙了錢回來給他爹治病，給他上學。可據村裏人說，母親做的不是正當生意，做的是……那個生意。尤遠不信，早些年尤遠還收到母親的匯款呢，幾乎每年都有三張匯款單，兩個學期開學的時候各一張，過年的時候一張，都是讓村裏人羨慕的數字。要是母親做那個生意，母親就是壞人。壞人怎麼會給別人寄錢呢。不過，不要說母親穿新衣服的樣子尤遠想像不出，就是母親不穿新衣服的樣子尤遠也想不起來了。從尤遠十六歲那年秋天告別校園開始，母親就不再寄學費，只在過年的時候給他寄點壓歲錢。從去年開始，壓歲錢也沒有了。

尤遠一直這樣想，母親也許責怪他考上高中居然沒去念。他滿腹委屈。讀高中就得住到三十里地以外的學校。家裏的情況母親不是不知道，他怎麼脫得開身呢。

「遠兒，來。」爹的喊聲攪亂了尤遠的思路。尤遠知道爹大概又拉床上了。還沒揭開被子，尤遠就聞到了惡臭。這惡臭尤遠最近很熟悉。尤遠十三歲那年父親從工地的腳手架上摔下來落得半身不遂。以前雖然也只能躺著，躺著烤太陽，躺著吃飯，躺著拉屎拉尿，但至少還有次有數，不像最近大半年，高興不高興都找你麻煩，沒個收留，沒個節制，像這個季節的雨一樣，想什麼時候來就什麼時候來。

父親乾癟、蠟黃、鬍子拉碴，深陷的眼眶好似誰在冬天的井裏撒了黃沙，混沌無神。在尤遠替父親收拾的時候，父親說：「遠兒，爹不想活了。爹這哪叫活人，爹這是在受罪。你要是還孝順，就讓爹去死。」這話父親最近經常說。要在以前，尤遠會說：「爹，不是還有兒子嗎。兒子會掙錢把你養好的。」可是今天尤遠什麼也沒說。這些年，為了讓他和父親好過點，他白天拼命在四畝農田裏幹活。稍微閑一點，他就編柳條籃子到黑水集賣。可是剛剛攢了一點錢，父親只要有個頭痛腦熱，只要上醫院，就會讓他身無分文。他又只能從頭再來。村裏的建築隊以前每年給他們一千塊錢，去年建築隊散夥以後到現在一分錢也沒給過。按當時的協議，還得給他們五千元錢。尤遠去要過幾次，原來的建築隊工頭、現在的村支書老白對他說：「你放心，不就五千塊錢嗎。老漢我有錢了就給。人不死賬不爛。」尤遠羨慕村裏的年輕人。村裏的年輕人只要不癡不憨，都進城打工去了。去的時候，肩上挎個蛇皮口袋，腋下夾根打狗棍，蓬頭垢面的樣子。回來的時候抽的是五塊錢一包的紅梅，大人娃兒也穿的人五人六，很有富貴相。尤遠也想打工。他雖然瘦，但結實，又捨得花力氣，還是初中畢業的高材生，一定不會比他們差，順便還可以找找母親，她快七年沒有回家了。可……他哪能去得了呢。

尤遠把糊滿稀屎的被子揭了放一邊，再把爹髒得不成樣子的褲子脫下來，打了盆水把爹洗乾淨，然後把爹抱到靠椅上。爹很輕，輕得像一抱乾透的柴，渾身上下皮包骨頭，沒有肉，也沒有活氣。接著他開始收拾被子和爹那條已經有些年歲的褲子。爹在靠椅上冷得抖起來，尤遠把家裏能找出來的破衣服爛褲子都堆在爹身上。亮光從屋外跑進來，他們的房子是村子裏最小的，也是最破舊的，僅靠門上跑進來的亮光足以把屋子照得亮堂堂的。看看那些出去打工的，沒幾年就翻蓋了新房，尤遠真的希望父親說的是真心話。要盼父親重新站起來，是完全沒有可能了；要讓他丟開父親到城裏打工，只要父親還有一口氣，尤遠同樣做不到。這世界他只有兩個親人，一個父親，一個母親。父親活著等於受罪，生不如死，還不如死了好。如果死了，他還有母親。他這樣想。

尤遠是個孝順的孩子。尤遠的孝順在村子裏是出了名的。為了照顧父親他放棄念高中的機會，如今，當年跟他一塊讀書成績比他差的狗腎上了大學；為了改變家境他起五更睡半夜，十九歲的他，臉上過早地佈滿了不該屬於他這個年齡的滄桑和深沉。尤遠大膽地想，他應該幫幫痛苦不堪的父親：讓父親活滋潤一點是一種孝順，讓痛苦的父親結束這種痛苦，也應該算是一種孝順。

起了這個念頭，尤遠有些憂傷，也有些興奮。他想像，當那一天來臨，他會像鳥兒一樣，想飛什麼地方就飛什麼地方，想飛多遠就飛多遠。他要進城找母親。他不會告訴母親他父親是怎麼死的，這會讓母親傷心。母親已經是中年人了，他們母子應該在城市裏租一間房子，母親如果身體還好就做做油鹽醬醋生意，如果不理想，完全可以在家裏料理生活，靠他一個人做工完全夠了。他不會比村裏的人差。人家抽紅梅他抽紅梅，人家翻蓋新房子他翻蓋新房子，只要有力氣，只要身體健康，他甚至不會比考上大學的狗腎差。現在大學生不是不包分配麼，等狗腎大學畢業就失業的那天，他說不定已經是個小工頭了呢。他還應該娶一個漂亮的媳婦……

尤遠在河溝裏洗被子，從河溝邊經過的二舅媽見了問：「又拉啦？」

得到尤遠肯定的回答後，二舅媽歎氣說：「不死不活的，啥時候是個頭！」

尤遠想說快了，可他沒這樣說。他說：「沒啥大不了的，不就多點洗洗涮涮麼。」

今年春上，父親進醫院向二舅媽借了一千塊錢，二舅媽借錢的時候早做好了一輩子收不回來的準備。尤遠決定幫完父親就去打工，掙到錢第一個就還二舅媽。二舅媽搖著頭歎著氣走了。

村支書老白騎著摩托車經過，開過去了，又掉頭開過來。他說：「喂，尤遠，啥時把電費交上呀？老讓你們黑燈瞎火的表叔我不忍心。」

尤遠心想你不欠我們五千元錢，好意思向我要九塊八毛錢。好像欠五千元錢的是別人，不是你村支書。為這九塊八，你都剪了我家電線四個多月了。可尤遠懶得跟他爭論，他說「快了，不就九塊八毛錢嗎？」

村支書見尤遠這麼爽氣，說：「這就對了。大侄子你也知道，這錢也不是我要。我收了也上繳。老讓我墊著也不成個事，對啵？只要交上我立馬通電。」

望著村支書夾著摩托車遠去的背影子，尤遠罵了一句狗日的九塊八。自從他爹癱瘓在床、他媽進城打工，尤遠身邊到處都是債主。像村支書，自己欠錢在先也莫名其妙地成了債主子，弄得他習慣於在債主子的目光中悄悄成熟，悄悄地思考許多問題，直到今天他能夠獨立而大膽地作出令他自己都不敢相信的決定。

尤遠開始設計幫助父親的計畫：用繩子勒肯定不行，勒死的人，大小便失禁，舌頭伸得老長，不嚇死人嚇活人；在飯裏拌藥也不行，好好歹歹就那麼最後一碗半碗飯……尤遠設計了很多種幫助父親的方法都被一一推翻，不是嫌太粗魯就是嫌不徹底，想得腦殼痛，腦子裏亂七八糟的。尤遠把洗好的被子晾到屋後的柴草上。看到柴草，尤遠突然眼睛一亮。

屋子後面是去年秋天堆的稻草，草堆跟屋子連在一起。尤遠回家給父親煮了幾個大土豆，還給父親全身擦洗一遍。家裏就幾個土豆了，要再不拿主意，真的揭不開鍋了。

做完這些事情，尤遠準備出門。臨出門的時候，尤遠對爹說，爹，我到二舅媽家有點事，明天回來。他爹乾癟的嘴唇哆嗦了一下，把拿起來的土豆放下。他不敢吃，因為吃了就得拉，尤遠不在家，他儘量不吃東西。出了門，尤遠在屋後靠近草堆的地方燃起一堆乾牛糞，再在牛糞上蓋了一層青蒿，做出一副薰蚊子的樣子。只需要半夜工夫，糞火旺起來就會把烤乾的青蒿引燃，接著引燃草堆，再引燃……

在去二舅媽家路上，尤遠磨磨蹭蹭。他不是真的要上二舅媽家，他只是不想親眼看著爹被燒死。如果聽見爹在火中喊叫，他不會不上去救。尤遠很晚才到二舅媽家。二舅媽問他有啥事，尤遠說村支書催電費，他來借九塊八毛錢。二舅媽一聽火了，罵道：「這個狗吃了心臟的破貨。你爹要不在他工地上出事，說不定你都讀大學了，你媽也不會出門去做那種事情。他不是還欠你們錢嗎？你去要，要不回來死給他看——做樣子也得做做，龜兒子欠了別人的錢球事沒有，別人欠他幾塊錢就剪電線，雜種！破貨！」二舅媽還罵罵咧咧的，尤遠沒有心思聽，他很不喜歡人家說他媽是做那事的。

二舅媽沒有給他錢，但留他在那裏住一宿。躺在床上，尤遠翻來覆去睡不著，他想像那堆火正熊熊燃燒，燒著了草堆，燒著了屋子，連同他那生不如死的父親。這也許是父親最好的歸宿。跟他一起生活了十九年的父親，在身體健康的時候，總是過年才回家。一回來就給他買這樣買那樣，愛得不得了，親得不得了。就有一點讓他不高興，一回家父親就像母親的跟屁蟲，白天晚上都跟在母親身後，晚上總是莫名其妙地把床搞得吱吱呀呀的，像賽跑一樣，兩個人都喘不過氣來。父親生了病以後，父子倆才真的叫相依為命。可是相依為命不能當飯吃，更不能當衣穿。前些年，尤遠想多掙些錢，盼望著給父親做一次手術父親就能站起來，可到頭來他才明白，他半年的辛苦，只夠他父親在門診部瞎忙乎半天。

尤遠想，明天早上，當一切都化為灰燼的時候，他就能毫無掛礙地走向城市……

尤遠一夜沒有合眼。黎明的曙光剛剛從地平線那面漫過來，他就起床了，他跟二舅媽打了一聲招呼，急急忙忙往家裏趕，他想最後看一眼灰燼中的屋子和父親。此時的父親已經跟屋子融為一體，再也沒有痛苦，再也沒有呻吟，走得輕輕鬆鬆的，乾乾淨淨的。

拐過魚塘，翻過土丘，尤遠不相信自己的眼睛。他家的房子仍然好好地立在原來的位置上。這麼說，他的父親就還沒有死，他像鳥兒那樣飛翔的夢想就不能實現。他有點洩氣。他很快跑到自己家背後，察看那堆乾牛屎。乾牛屎燒完了，青蒿也燒完了，昨夜的風向與草堆反方向，這是他尤遠沒有想到的。

他推門進屋，喊了一聲爹。沒人答應。床上沒有人，地上也沒有人。爹到哪兒去了呢？他打算出去找找。

剛出門，就見村支書的兒媳婦向這邊跑過來，氣喘吁吁地對尤遠喊：「不得了啦，快去看看你爹。要殺人了，你爹要把我們全家炸死了。」

尤遠不相信，可看她驚慌失措，不像撒謊，就跟著她往村支書家裏跑。村支書家的路比較好走，鄉村實施路面白色化的時候，村支書重點把他家門前的路白色了一回。讓尤遠迷惑的是，這路再好走，爹又是怎麼到他家的。據說村支書早上一開門，爹就在他家門口。

爹半躺半靠在村支書家門口的草堆上，懷裏抱了個包。這包尤遠認識，裏面裝的是早些年父親給生產隊開山炸石頭用剩的幾斤炸藥，手上還有幾個雷管。

爹看也不看他一眼，他甚至誰都不看，垂著頭，有氣無力的樣子，嘴裏念叨幾個字：「錢，拿錢！拿欠老子的錢！」

村支書說：「我不早就不是包工頭了嗎，我有啥卵錢？老子大小也是個幹部！」

見尤遠來了，村支書對尤遠說：「你快點勸勸你爹，咱們做事情也得講理是啵？是建築隊欠你爹的錢，又不是我老白欠的……」

村支書這一說，尤遠有點火，他說：「現在建築隊在哪？那時候建築隊不就是你？你不就等於建築隊？」

村支書是見過世面的人，他知道這種尋死覓活、一哭二鬧三上吊的招也就嚇唬嚇唬人而已。只要達到目的，誰會傻乎乎地尋死。他心一橫：老子今天偏不讓你得逞。村支書對尤遠的父親說：「你別在老子門口裝瘟神，老子不怕你，要錢沒有，要命……」

話沒說完，只見尤遠的爹放了一個雷管到嘴巴裏死命咬，嚇得村支書跑出好遠。雷管破了，沒有爆炸，大概放的時間太長，失效了。尤遠的父親又從口袋裏掏出幾個雷管，又要咬。

尤遠喊了聲：「爹！」

尤遠的父親抬起無神的眼睛，輕飄飄地看了他一眼，說：「錢，拿錢！」

村支書這會兒牛不起來了。他看得出來，尤遠爹玩真格了，炸不死他全家，也得炸了他的房子。村支書說：「算我倒血霉好不好，你要多少錢？說！」

尤遠的父親伸出右手，張開五個指頭。

村支書假裝不懂說：「五十？」

五個張開的指頭搖了搖。

村支書又說：「五百？」

五個指頭又緩慢地搖了搖。

這一來二去非常折磨人，非常費神，看得尤遠都累。尤遠索性說：「大小你也算個幹部，欠多少錢你還不知道？」

村支書早就想尤遠說話了，尤遠只要說話，說出具體數目，將來在法庭上他就可以控告尤遠敲詐他。偏在這節骨眼上，尤遠的爹清晰地說：「五千！」村支書說：「狗日的，算你兩爺子狠！」

村支書把錢甩到尤遠爹的身上，一副不屑一顧的樣子。

鈔票嘩啦嘩啦散了一地。

尤遠彎腰準備撿錢，尤遠爹對村支書說：「撿起來！」這聲音不大，也沒多少力氣，卻非常堅定。這是少有的堅定，一輩子也許就這麼一回。

村支書雖然不情願，可終究強不過尤遠爹手裏的雷管，乖乖上前撿錢。尤遠爹把一個雷管含到嘴巴裏，隨時準備咬爆。村支書老實了，不再耍什麼花招。

拿了錢，尤遠把爹背回家。在路上，尤遠想問爹許多問題，比如怎麼走到村支書家的，比如他昨天晚上有沒有吃那幾個土豆。爹卻沒有給他問的機會，爹說：「一群狗雜種，一點良心都沒有，至少也該有點同情心吧，欠了我的債還得讓我跟你下跪。逼急了，老子也不好惹！」

回了家，尤遠爹說：「你去還二舅媽的錢。」

尤遠數了一千塊錢出來，放在貼身包包裏。

尤遠爹說：「剩下的你也帶身上。」

尤遠出門的時候，爹說：「錢不多，也不算少，你要收好，要用在刀刃上。」

二舅媽聽說尤遠爹去炸村支書，又驚又喜，連說兔子急了也咬人呢！見尤遠還錢，連說不要了，你爹治病要緊，你娶媳婦兒要緊。推來推去還是把錢收下了。二舅媽說，先放在我這，等你結婚了，再當彩禮給你。

在回家路上，尤遠腳步沉重，雖然口袋裏有了幾千塊錢，可只要他痛苦的父親還活著，他就輕鬆不起來，他就不可能像鳥兒那樣去飛翔。說不定哪天一上醫院，在門診部逛一圈就全沒了。

拐過魚塘，翻過土丘，他突然看見遠處一片火海，起火的是他家的房子。他沒命地往家裏跑。村裏的年輕人都打工去了，剩下的老人小孩只能遠遠地看，不敢上前救火。這會兒他突然稀罕起自己的父親來……

三天以後，通往城市的鄉村便道上，一個乾瘦的青年肩上扛了個蛇皮口袋，口袋裏裝著二舅媽替他準備的碗筷和一條洗臉毛巾。他生活過十九年的鄉村漸漸退到他的身後，他一路上享受著少有的鳥兒一般自由飛翔的快感。

到了黑水集，尤遠準備給母親打個電話。他想給母親一個驚喜。這世上，送走了痛苦的父親，他不虧心；現在他還有母親，他要跟母親相依為命。憑著他一身力氣，他相信自己能夠給母親帶來幸福。母親曾給她娘家人一個電話號碼。尤遠鑽進集上一家茶館，茶館裏有公用電話。在茶館主人的幫助下，他撥了二舅媽給他的號碼，他把話筒捏得緊緊的，臉上堆積了厚厚一層緊張和激動。他削尖耳朵準備迎接母親的聲音，話筒裏很快有了聲音，非常陌生。連撥幾次，都是那甜甜的女聲：「您所撥打的號碼已停機，請您不要再撥打！您所撥打的號碼已停機，請您不要再撥打！」

看起來什麼也沒發生

黃昏像一個不知羞恥的潑婦，唰一下脫去僅有的遮羞布，一揚手，把那塊非常不潔、混雜著各種莫名其妙怪味的破布，鋪天蓋地地扔下來。天地立即被它籠蓋得嚴嚴實實。籠罩在破布之下的李光，還沒有明白是怎麼回事，西邊山樑上那一坨血痂似的太陽，已經消失得無影無蹤。刻在山樑上的山道坑窪不平，山路兩邊，除了頹敗的冬樹，就只剩寂寞的山風。當然，還有李光輕飄飄的、一前一後的腳步聲。

李光連打了兩個噴嚏。他不能不打噴嚏，他冷。寒風像餓癆鬼的舌頭，貪婪地舔吮著他身上不多的體溫。為表抗議，他身上的某個組織代表他作了一個決定：打兩個噴嚏，跟狗遇到不受歡迎的人吠兩聲那樣，以示警告，以儆效尤。打完了，他發現，他做了一樁虧本買賣，這個動作簡直算得愚蠢。兩個對他來說還算打得有尊嚴有力度的噴嚏，被呼呼刮過的山風一卷就消失得沒影了，彷彿什麼也沒發生過，尤其重要的是，還帶走了他存放在肚子裏的數量極其有限的熱氣。

這時候，他太需要保存一些熱氣了。他已經三天沒有見到過任何可以叫做食物的東西了，比如一塊地瓜、土豆，或者幾片乾菜葉。今天捱到現在，他只在路上發現了一個蘋果和一串刺梨。這些東西以前叫水果。那串刺梨還說得過去，一共四個，其中三個熟透了，吃起來粉嘟嘟的，酸甜可口，最後一個有點澀，但畢竟還能下嚥。那個蘋果讓人一言難盡。它結在一根接近斜坡的樹椏上，外觀粉嘟嘟的，風乾發皺的表皮上閃耀著誘人的光芒。是茅草的隱蔽，使它一次次逃過被採摘的命運。蘋果有李光的拳頭大。李光一米七幾的個頭，李光的拳頭不算小。因此李光有理由興奮。在塞進嘴巴裏去的時候，他興奮得連喊了幾聲某某某萬歲。他靠到一叢枯草上，枯草是那樣綿軟柔和。靠在綿軟柔和的枯草上，他背心立即生出一絲溫暖。就著這一絲溫暖，他把蘋果塞到嘴巴裏去。他大大地啃了一口，蘋果肉有些僵硬，還有點塞牙，沒有多少水分，感覺像棉絮。這並沒有阻擋他心頭的幸福：誰也沒我運氣好。誰說不是呢？有多少人從這條路上經過？從秋天到冬天，甚至可以追溯到蘋果花剛謝這個蘋果剛剛坐上枝頭的時候，其間，經歷了多少風雨？挺過多少劫難？除了人，還有天上飛的鳥，地上爬的蟲，任何一樣東西只要發現它，對它感興趣，都輪不到他今天在這裏高興。為了讓這樣稀有的幸福感覺在他這裏多待一會兒，再咬的時候，他有意識地縮小嘴巴的寬度和高度，儘量小，儘量慢，儘

量慢，儘量小。突然，他感覺有一絲蘋果在嘴巴裏水分十足，甚至還射了一絲水分到嘴巴外面來。他減輕牙齒的力度，立即感覺這絲蘋果還在動。蘋果怎麼會動呢？他低頭看手裏的半個蘋果，蘋果中心已經空了，半截黑褐色的蟲子在空洞裏蠕動，乳白色的漿汁從截口上緩慢地往外流……

「它媽的！」李光把半個蘋果扔到地上。蘋果骨碌碌滾出好遠，停下的時候，蘋果的截面對著李光，已經看不見蟲子。李光把它撿起來，仔細看，果然不見蟲子。大概在滾動過程中，掉出來了。沒有蟲子的半個蘋果，中間雖然是空的，但仍然十分誘人。李光下意識地蠕動了幾下喉頭。剛吞下去的半截蟲子，想起來反胃，事實上好像沒什麼特別的味道，嗯，的確沒有。他皺起眉頭，三下兩下把半個蘋果消滅了。

吃完了，拍拍肚子，仍然餓。又走了一陣，李光開始感覺這蘋果太蹊蹺，有大問題。為什麼？這年頭，不要說蘋果，就是野菜，也早被採摘光了，哪裡可能還有這樣一個外表看起來十分完好的蘋果從初夏長到秋天，又從秋天長到深冬？難道……李光邊走邊思忖，難道這就是報紙上說的「階級敵人的新動向」？你看，漫山遍野就只剩這一隻蘋果，顏色那麼好，塊頭那麼大，這不是階級敵人特意拿來謀害革命群眾的，難道還是他們留來給自己吃的？

他想，要是在自己家鄉，他一定要把這一新情況及時上報上去。可惜這不是自己家鄉，他現在連自己在世界的哪個方位都說不上來。

他從哪裡來，這他說得上來；他要上哪裡，連他自己都不知道。

三年前，村裏負責讀報紙的劉為跋說，報紙上說了，我們大家一定要團結起來，超英趕美。「超英趕美」是個新名詞，大家以前都沒聽過，聽起來耳生，起初連在外面讀過書的劉為跋也說不上來。有人猜，英就是老鷹，美就是美女。有人說這不對，英應該是英雄，美就是煤炭。在李光他們家鄉，「美」和「煤」發音相同。後來，劉為跋又讀報紙，這回鬧明白了，英是英國，美是美國。李光不曉得英國在哪裡，美國又在哪裡，那上面活的是人還是鬼，吃的飯還是樹葉，都幹了哪些見不得人的事情，沖犯了我們，讓我們的報紙一提到他們就咬牙切齒。最終明白的是，那是兩個資本主義壞蛋。有人問：我們跟誰比不好，為什麼要去跟壞蛋比呢？人家是超過壞蛋，我們又算什麼？提這問題的人很誠懇，絕對沒有私心，更沒有雜念。這人是李光的爹。沒有人回答他的問題，或者說沒有人敢回答他的問題。就跟那個時代喜歡動點小腦筋的人那樣，他被大隊書記派來的民兵拉去關了半個月禁閉。出來的時候，大隊書記說，不該你想的你別想，我們應該做的事情就兩個：幹活，喘氣。要不是念在你們家三代赤貧的份上，看老子不再關你半個月！

劉為跋繼續讀報紙。報紙開始放「衛星」了，跟比賽一樣，今天說這裏一畝地打下一萬斤糧，明天報導那裏蘿蔔大得一架馬車拉不動一個……據專家研究，我們這個民族是以和為貴的民族。以和為貴，這本身一點錯誤都沒有，但在核心意志面前，可貴的「和為貴」一旦不可避免地攙雜了「官本位」元素，就成了一呼百應。這還不是普通的一呼百應，這是上邊「一呼」，下邊「百應」，絕對服從，絕對配合。只要上面高興，讓我裝猴也好，耍寶也行。「上有所好，下比甚焉」，就這道理。

上年紀的人都不相信那些萬斤糧、那些大蘿蔔，可都吸取李光他爸的教訓，誰也不開腔。報紙上說，農業生產的速度必須加快。於是，村裏不久就來了農技指導員。這些人來之前是幹什麼的誰也不清楚。反正來了，他們的身份就是農技員，從開大會喊口號的水準看，以前恐怕更擅長喊口號。他們跟隊長說，以前一畝地撒四十斤小麥種是錯誤的，正確的應該是兩百斤。他們給生產隊長算了筆賬。他們說，你看，以前撒四十斤，收兩百斤小麥，現在撒兩百斤，翻五倍，就可收一千斤小麥。以前一個生產隊做來一個生產隊吃，以後一個生產隊做來可以供五個生產隊吃。生產隊長是土包子，自己感覺沒他們科學，再說他說的話有什麼用呢，人家是「上頭派來的」。年輕人興奮得不行，成了事實上的執行者。李光也是積極參與者。他爹在飯桌上說他們這是胡鬧。李光說，老爹，你莫非覺得禁閉關起來舒服？李光的爹老實了，自我檢討說，大隊書記說的，像老子這樣的小老百姓，該做的事情就兩件：幹活，喘氣！於是，麥子長得跟韭菜一樣密實旺盛。到了秋天，一畝地三十斤糧也沒打下。到這時候，李光似乎也覺得他爹在飯桌上的話有道理。

折騰的序幕才剛剛拉開。緊接著，大家開始搞大食堂，家裏都不用開夥了，集中到生產隊去統一開夥。李光想，我們這裏雖然歉收，可報上說全國豐產，咱們就該放開肚皮吃。天塌下來有高個子頂著呢。於是頓頓大魚大肉，還不要錢，三個月就把一年的口糧消滅得差不多。為打發日子，人們發明了「脹飯」——先把穀子煮熟，然後曬乾，再碾米。這種米一斤能煮出四五斤飯，淡而無味。吃的時間長了，要得水腫病，全身腫得發亮，跟要結繭的老蠶差不多。

到來年青黃不接的四五月，食堂連脹飯也煮不出來了，薄粥也沒有了。生產隊長先後二十次到公社求糧，希望而去，失望而歸，不得不把存下來做種的糧食都拿出來。連種子都吃乾淨，生產隊長聲稱食堂遇到暫時困難，各家暫時喊回各家的人，各人回家想辦法對付嘴巴。食堂名存實亡，等於徹底宣佈散夥。起初，野地裏還能挖到野菜。野菜長得沒有找野菜的人多，很快，野菜也挖完了。為了對付嘴巴，人們開始用上了想像力，開始吃一種叫觀音土的泥巴。這泥巴細密、瓷實，煮在鍋裏跟黏稠的粥差不多，沒有香味，能暫時欺騙腸胃。餓久了的人，見到食物就跟見到仇人差不多，非要弄出個所以然不可。稍不留神就吃多了，有進無出。堵到一定程度，只有死路一條。村子裏陸續出現死人。開初幾天一個，後來一天好幾個，個個都腫得發亮。有的腫得太大，裝不進棺材，得請膽子特別大的人用力踩，才裝得進。打墳地經過，李光經常聽到「砰」一聲巨響，空前絕後，嚇人一跳，四下裏望又沒個人影兒。李光給這絕世驚魂的聲音取了個悲壯的名字：屍體爆炸。

李光的爹也腫得跟發糕一樣，臨死前對李光說：兒啊，老子現在也不怕誰關我禁閉了。你過來，我跟你說句實話。我跟你說，看來這方水土養不活我們了。只要還有一口氣，你趕緊跑，能跑到哪裡就到哪裡，跑到一個有吃有穿的地方去。我不想我們李家的香火斷在你身上。

本來是不准跑的。跑出去就等於是逃荒，就是要飯，就是叫花子。逃荒，要飯，叫花子，那都是舊社會特有的社會現象。把舊社會特有的社會現象搬到新社會來，這不分明在抹黑麼？抓回來是要辦學習班的，是要關禁閉的。可是，生產隊長也餓得不剩幾口氣了，誰還顧得上誰呀。

李光就跑了。李光跑那天，會讀報紙的劉為跋準備跟李光一起跑。李光見他全身腫得變形，已經沒幾天了，就哄他：你不能走。你走了，誰來給大家讀報紙呀？劉為跋愣了半天，知道李光不想帶他走。再說在家裏死了，好歹還有床草席。要是死在外面，誰知道李光這雜種會不會把他直接丟給野狗……劉為跋說：你狗日的走吧。報紙上說形勢不是小好，是一片大好。老子馬上就有鍋盔吃了，好香的鍋盔呀，可惜你小子吃不到了！

李光長得帥氣，二十郎當歲，由於長期缺乏食物，面孔棱角越發分明，更增加幾分帥氣。在外漂流浪蕩了一年，頭髮亂、長、髒，臉上早髒得看不出顏色和表情。跑出來，李光才曉得，並不只是李光的家鄉在挨餓，不過有的地方輕一點，有的地方重一點。中途也有人追他，要把他遣送回去。他知道回去只有死路一條。浪蕩在外，不管偷，還是討，總還能混到一點吃的。萬一落到人家手裏，他裝瘋賣傻，一問三不知，答非所問，還得管他幾碗薄粥，總不能眼睜睜看著他餓死。因此不管到哪裡，人家都拿他沒法，是偷是討，悉聽尊便。

此時，李光跟劉為跋一樣，希望找到一個落腳的屋簷，他感覺自己馬上就要餓死了。這一年多，李光無數次在死神的門檻前徘徊，他早已看透了生死。每個人都是要死的，只不過有的人早點，有的人晚點。像這樣餓著，早點也許並不是什麼壞事，要少受好多磨難呢。但他渴望遇到一戶人家，即使那家人什麼吃的也沒有，總比落到野狗嘴裏變成狗屎強。

有幾次，他都快倒下了，但一想到被野狗撕咬的慘狀，他堅持走下去。何況，腳下的路分明提醒他，前方再遠也會有人家的。如果沒有人家，一定不會有這路。路都是人走出來的。有人才有路。

再想打噴嚏的時候，他就用手捂住嘴巴和鼻子，使勁忍。屁好忍，嗝好忍，唯有噴嚏不好忍。慶幸的是，他真的忍住了。寒冷天氣下，打噴嚏還是傷風感冒的兆頭。李光心想，千萬別感冒了。

拐過山樑，黃昏就正式來臨了，天上的星星碎銀子那樣越來越扎眼，越來越冰涼。李光感覺，天黑以前他能看到的景象，也許就是他在人世最後能看到的景象。就在他決定停下來，找個背風的地方，再好好打量一下人世景象的時候，前面遠遠的一個山窩背風處，出現一個小村莊。李光揉揉眼睛，確信那確實是一個村莊，八九戶人家，房屋重疊錯落，雖有些蕭瑟，但至少說明李光先前的猜測是正確的。有人才有路，有路就有人，有人就有家。

這段路，李光走得特別快。李光想，這山高皇帝遠的地方，說不定這是塊世外桃源。他似乎聽見村子裏傳出的雞鳴狗叫聲了。

村子很安靜，薄暮中的大槐樹、大柳樹，都要兩個成年人才能合圍過來。樹杈上有幾個鳥窩，也靜悄悄的，好像很久沒有飛鳥光臨。在一棵歪脖子皂莢樹上，吊著一口鐘。這樣的鐘，李光他們生產隊也有，那是生產隊長敲打上工號令用的。井臺上的軲轆也很安靜，攀牽水桶的繩子在晚風中有節奏地晃蕩著。所有的牆面上，全是石灰刷的口號，時間久的已經泛黃，時間近一些的也近不到哪裡去，已經不太慘白，很多字被風雨沖刷得有些走樣。這標語的陣勢讓李光減了不少陌生感，他的故鄉也是這樣的。不同的是，這地方刷標語的人明顯比劉為跋有水準。那些字比劉為跋刷得工整，不像劉為跋刷的，大一個，小一個，南瓜不像南瓜，土豆不像土豆。

整個村子，沒有跑動的牛羊，也沒有雞鴨，連看門狗也沒遇上一隻。安靜，靜得整個村子，只有李光一雙時停時歇的腳步聲。

李光試著拍了一家人的院門。他只拍了一下，正準備拍第二下的時候，兩扇木門「吱呀」一聲慢慢打開了。從門板上方落下一些塵土，顯然已經關閉不少時日。院子空落而淒清，屋簷下整整齊齊碼放著柴火。正房門也關著。李光「老鄉老鄉」連喊幾聲，不見有人來答應。院子裏除了穿梭的寒風，什麼聲音也沒有。心想，人都哪兒去了呢？該不會像當年躲鬼子一樣躲了吧？我又不是鬼子！

沒有人出來答理他，他只好退出來。這是規矩，討飯的向來應該站在屋簷下，等主人出來施捨。主人不出來，就是天大的理由，也沒有自己蹺腳「登堂入室」的道理。

一連推開幾家院門，情狀大同小異。他就禁不住走上前去，輕輕拍了拍正房門。跟院門一樣，門「吱呀」一聲開了，正房中央是幾口黑漆漆的棺材，一字排開。頓時，陰風慘慘，李光感覺背心一陣冰涼。

天已經完全黑下來了。他從黑咕隆咚的院子裏退了出來。他不是不想留下來，留在院子裏至少背風一點，沒那麼冷。但他分明聞到一股難以遏制的臭氣，這是死人腐爛特有的氣息。在這寒冷的冬天，雖然不張揚，但臭得發苦，具有無窮的穿透力。

懷揣最後一抹希望，李光找遍整個村子。村子很安靜，黑暗很安靜，連寒冷的夜風也無聲無息。他像走進了一個惡夢。

村子裏所有的院門都被他拍遍，全都在黑暗中敞開。這陣勢有點像劉為跋說的「夜不關門」。李光記得很清楚，劉為跋所說的「夜不關門」的前一句是「路不拾遺」，事情發生在唐代，他們李家人當皇帝那會兒。這故事劉為跋以前不止給他們講過十遍，每一次李光都會在劉為跋把故事講完的時候，很得意地說：「看看，還是姓李的厲害！」這故事劉為跋後來不敢講了，因為上面派來的農技員說他思想裏有封建遺毒，隊長要他寫一份五張紙的檢查。寫五張紙的字難不倒劉為跋，要寫五張紙的檢查，而且是深刻檢查，的確為難劉為跋，哪怕他是到外面去讀過書的。到了交差的最後期限，劉為跋認真地寫了個開頭和結尾，中間夾進兩個故事，一個坐井觀天，一個刻舟求劍，反正生產隊長不識字。五頁紙還不夠寫，劉為跋向生產隊長多要了半張紙。生產隊長不高興地說，這個雜種，寫個檢查都不曉得節約，真他媽十足臭老九！

突然，從曾經拍過的一個院門裏露出火光，弱弱的，如果在夏天，完全可以斷定為

「鬼火」。火光是從一間偏房的門裏露出的，看樣子是灶房。湊到門縫往裏看，果然是灶房。閃悠悠的松明下，一個十七八的女孩子，穿著紅對襟衣服，土褐色褲子，白幫紅面的布鞋，頭髮梳理得很好，在頂上偏後的部位綰成個髻，打扮得像要出門赴宴，或者是新過門的媳婦兒。

李光敲門。姑娘把頭稍微偏了一下，表情麻木，沒有任何表示。李光顧不得許多，偌大一個村子，在這樣的暗夜裏，能夠遇上一個人，他沒有理由不進去。開門的時候，屋外的冷風衝到屋子裏去，牆上正燒著的一隻松明閃了幾下。借著微弱的松明火李光看清楚了，坐在灶前的姑娘瘦得無法形容，恍惚是骷髏上蒙了層皮，端坐的姿勢，以及間或一輪的眼睛，告訴別人她還「活著」。她手裏拿著一把火鉗，面對著灶孔，神情莊重嚴肅，冷若冰霜。灶孔裏一點火星也沒有。

「小妹，我是……」李光的開場白是他用過若干次、成功率達百分之九十九的討飯詞，最後說，「小妹行行好，舍我點吃的吧！」

姑娘沒吱聲，用火鉗指了指碗櫃。李光從碗櫃裏拿出一個小布袋子。布袋子很小，裏面的東西也就四五把的樣子。

姑娘說：「煮吧，全在這兒。」聲音雖然有氣無力，卻猶如山泉一般好聽。

李光喜出望外。他打開布袋，是四五把純淨的白米。哦，白米，李光已經有好些年沒有見過了，至少三年。突然見到一袋白米，就像見到了十年未見的兄弟、三十年未見的娘親。李光心想，真是「一山出四季，十里不同天」，這兒說不定真是世外桃源，吃了這點米，做鬼都不冤。

李光在攙水到鍋裏的時候問：「村裏人呢？」姑娘白了他一眼說：「我這不是人？」蒼白的臉上飄下來一股冷風，打在李光身上，李光不由得打了個冷顫。姑娘從灶前的雜物堆裏拿出幾塊松明，要李光把火續上。松明就是松樹上的節疤，油性足，燒起來亮光不大，黑煙子不小，閃悠悠的，鬼火一樣，若有若無。在電燈、馬燈、油燈之前，曾是民間重要的照明工具。這東西燒得快，一袋煙的工夫要燒好幾塊。

水開的時候，李光說：「煮一半還是煮完？」姑娘說：「隨便。」聽她說這兩個字，喘兮兮的，感覺很累。李光十分高興，心想真不愧是世外桃源，「隨便」，看，多慷慨！他提著米袋掂了一下，心裏算計著，是煮完，還是煮一半？姑娘像看出他的心思說：「全給你了。」一聽她這麼說，李光心裏更樂了。既然叫他做主，他就得客氣點，多少給人一點斯文的印象。他取出一半，放到鍋裏熬。

水再次滾開的時候，米粒開始在水中熱情地翻滾，像一群小小的精靈，手牽手地在滾水裏跳舞。李光的心情也開始舞動起來。米的香氣開初很謙遜，只是一絲一絲的，後來就開始張揚了，一股一股地從鍋裏翻騰起來，屋子被米粥的香味填得滿滿。這太好聞了，李光把鼻孔張得老大，貪婪地吮吸著香味，他想把香味全部吃下去，浪費不得啊，他喉嚨都快伸出手來了。

粥熬好，灶下退了火，涼了一會兒。姑娘讓李光替她盛了一點點，喝得很吃力，幾乎每喝一口喘一陣氣。李光這時才發覺姑娘有病。姑娘死活不許李光用碗喝粥，她要李光拿鍋鏟鏟著吃。李光心想這也許是他們這方的規矩，就依了她。

三十五鍋鏟粥下肚，李光的身子開始暖和起來。他想這姑娘真是太好了。如果是正常的年月，他一定要請個媒人來撮合他們，只要她願意，他一定要把她娶回去，跟她生一窩孩子，一起白頭偕老。當然留在這裏做上門女婿他也願意，反正老家也沒人了。熬到現在還能拿得出一袋子白米，而且張口就說這米「全給你了」，這氣魄，這陣勢，在他家鄉是做一千個夢，都難得遇到一回的。

喝完粥，姑娘在灶前攏起一堆火，叫李光也圍過來。畢畢剝剝燃燒的柴火映襯著姑娘的臉，在李光眼裏就有了楚楚動人的感覺。要是在正常年景，這樣孤男寡女同處一屋，能夠坐懷不亂的，除非是關鍵部位有障礙。可惜這樣的年景是給人喘氣的，能夠喘氣就是福分了，人們的思想無法歪斜，或者說沒有力氣歪斜。拿李光來說，他對女孩只有感激。剛才確實想娶了她，那是因為她是他的恩人，他想跟一個善良的女人好好過一輩子。

「這村子馬上沒有人了。」

「人呢？」

「都在棺材裏。」

「餓的？」

「餓的。」

「我的家鄉也餓，我跑出來了。」

「我大概也就今天要上路了。」

「你還生病呢，外面那麼冷，風又大，不好混呢。」李光想起在外漂流浪蕩的艱難，他堅決不希望這女孩也出去流浪。

「不，我不出去。」女孩說，「堂屋裏面還有一口棺材……」

「我今天已經見了很多棺材，都擺在堂屋裏。」李光感覺陰森森的，他說話的聲音開始發抖。他感到莫名其妙，肚子餓的時候，他估計下一刻多半要死了，卻一點不怕；而現在吃飽肚子，卻害怕起來。

「那些都不屬於我。我的在堂屋裏，棺材蓋子敞開那口。」隨著話的增多，他們的交談更加親近，像非常熟悉的鄰居，更像相濡以沫的好友。

李光突然明白了，他對村子裏堂屋裏所有的棺材都懂了。女孩說這話，就是把她的後事託付給他了。他想村子那些棺材，大概有好些是經過這女孩親自打理的，她成了他們後事的料理者。如果不是遇上他，誰來打理她的後事呢？難道她會自己爬進棺材？想到這裏，李光看了一眼那個裝米的小布袋，禁不住悲慟，那可是留給最後一個人的米呀！他難過得流下眼淚。

「我，」女孩平靜地問李光，「好看嗎？」

「好看！」

「你看得上我嗎？」

「看得上。不曉得你看不看得上我？」

「你娶我好不好？」女孩的眼睛像微弱的星光，突然有了一些羞澀。

「我娶！」李光抹了一把眼淚說，「我願意到你家來做上門女婿，反正我家沒人了。」

「那就好。」女孩歎了口氣，「人家說沒有男人的姑娘到那邊去要受折磨，這下好了，你現在就娶了我！」

「現在？」

「對，現在。」女孩說，「你把米袋子拿出來，放到我們面前，我們一起向它磕個頭，我們就算夫妻了。」

「米袋子？」

「這袋子米你該磕頭呢！」女孩眼裏閃動著淚花，「這原本是我爺爺留下的。他捨不得吃，說留給活著的人。他先去了，我奶奶捨不得吃也去了。然後我爹、我哥、我姐……都捨不得吃，都說留給還活著的人。直到你從我眼前冒出來……」

「我磕頭。」李光說著跪下去，重重地磕了三個響頭。女孩仍然坐在灶前，沒有移動。

她說：「你代我再磕三個頭吧，我站不起來。我有病，剛才怕傳染給你，讓你用鍋鏟喝粥。委屈你了！」

李光又抹了把眼淚說：「不委屈，你是我的恩人。再說，我們現在已經成親了，我要治好你。你相信我，你一定能治好的。我們一起重新經營好這個村子。要不了十年，這個村子還會……」

「我也該走了，他們來喊我走了。」不等李光說完，姑娘打斷他的話說。

李光再次感覺後腦勺冷颼颼的。他想打消姑娘的念頭，他們才磕頭成親呢。他一定要打消她的這個念頭，他們應該一起經營這個村莊。多好的村莊啊。從山樑上下來的時候，他注意到村前有一片上好的田地，他一定要鼓舞這姑娘的信心。他說：「什麼時候喊的？」他想他這句話是有分量的，死去的人，怎麼喊得了活人呢？

「你進門之前。」女孩說。

「我怎麼沒聽見？」李光不想放棄努力，這句話他說得非常果斷。

「你是過路人，當然聽不見。」女孩的話同樣讓李光不容置疑。

「我要留下來跟你過日子。」李光說。

「不行的，你來的時候難道沒有注意到，地上沒有雞鴨，天上沒有飛鳥？全都得病了……」姑娘說，「你明天趕快走，離開這裏，遠遠地離開。」

李光還要說什麼，女孩說：「扶我起來，該安歇了。」

姑娘把李光安排在灶門前的柴草堆，隔灶孔近，暖和。姑娘讓李光把她扶進一個偏房裏睡。李光關門離開的時候，姑娘說：「明早你來叫我。如果有什麼情況，你一定要對得起我。你一定要來，啊！」聲音很怪，斷斷續續，陰風慘慘的。

回到灶前的柴草堆，李光想起他還沒問那姑娘叫什麼名字呢？他想去問問姑娘，又覺得不妥。要問剛才就該問，這會兒再去敲人家的門，人家會不會認為他動機不純？反正明天還要見面呢，明天再問。

這時候，李光已經很勞累。今天經歷那麼多事情，讓人感覺不是真的，像在做夢。他掐了一下大腿，痛。肚皮填飽了，他就能安心睡下。很快，柴草堆裏傳出他稀裏糊塗的呼嚕。

醒來的時候，已經日上三竿。李光從柴草堆裏爬出來，支起耳朵聽了一陣，無論屋裏還是屋外，都是那樣安靜。他想起偏房裏安歇的姑娘，就起身要去看她。如果不是夢，他們昨晚就已經成親了。現在天亮了，他要帶她去治病，治好她的病，他們要一起讓這個村子重新發達興旺……李光走到姑娘的住房前，輕輕扣了一下門，裏面沒有動靜。李光喊：「妹子，妹子。」裏面仍然沒有動靜。門掩著，一推就開了。屋子裏的器物光潔，有櫃子、箱子、梳粧檯、椅子、盆架……都是上好的木頭做的，擦得乾乾淨淨，閃耀著木頭高貴的光澤。

姑娘帳幃低垂。隔著帳幃，李光又喊了幾聲，仍不見回應。李光想起昨夜姑娘說的「他們來喊我走了」的話，心中無限淒涼。他掀開帳幃，姑娘平靜地躺在床上，面色鐵青，有些浮腫，明顯走形了，看起來像死了好幾天的樣子。衣服也不是昨晚上的紅對襟，而是荷葉色的薄夾襖。李光在屋子裏找了半天，也沒發現有紅對襟衣服。李光顧不上分辨那麼多不一樣，他嚎啕大哭。他不停地喊著「妹子」，他只能喊「妹子」，他不曉得她的名字，他後悔昨夜為什麼沒有問一問，哪怕被人懷疑為動機不純！他們還是成了親的呢！

出了偏房，李光推開正房門，木門凝重地「吱呀」著打開了。堂屋裏擺放著兩排棺材，裏面一排四口，外面一排三口。外面一排邊上的那口蓋子開著。李光哭著，在棺材裏墊了一床被子，然後把姑娘僵硬的身子放上去，再蓋上被子，並且無師自通地替她整理好頭髮，再在她臉上蓋上一塊黃布。

李光說：「妹兒呢你走好！那邊有你的爺爺，有你的奶奶，有你的爸爸，有你的媽媽，有你的哥哥，有你的姐姐，你們一家人團聚了，你好幸福哦！走好了妹兒呢！妹兒我還不曉得你叫啥呢。你叫啥呢我的妹兒？托個夢來告訴我，將來年成好了，我才把你喊得答應，把你喊得到跟前來，我要用良漿水飯供奉你，我要請法師念《金剛經》超度你……嗚嗚嗚！」

李光輕輕地掩起門。他來到灶房，坐在餘溫依稀尚存的灶孔前回想他的新娘。

他找到那個米袋子。出門之前，他對著正房磕了三個響頭。走出院門，抹著眼淚，一步三回頭地再次開始他沒有目標的漂流之旅。走了一陣，他停下來，坐到路邊的草墩上，想了一陣，終於做了個大膽決定——等歇完這口氣，他要回過頭去，在所有的棺材下面架上柴火，再用柴火把房子跟棺材連接起來。他要放一把大火，把棺材燒掉，把整個村子燒掉，燒得乾乾淨淨、徹徹底底，仿佛啥也不曾發生。

玫瑰炸彈

那天下午，初夏的陽光穿過校園高大的喬木枝椏，潑得一屋子都是。陽光下，梔子花的香味無孔不入，四處亂竄。在這樣一個明媚的下午，她卻一陣一陣地感到冷。

剛剛詛咒她不如死了乾淨的丈夫上課去了。他要跟她離婚，離婚的原因是，他在她的日記裏找到一句讓人由不得要往那方面想的話：面對一個手持公章的色鬼，為了結婚五年分居五年的丈夫，我決定鋌而走險……我不下地獄誰下地獄，蒼天！

她說她做的事情沒有對不起他的地方。

他說，怎麼個沒有法？

於是他們開始爭執，爭執很快上升為吵架，這一吵就持續兩個多月，沒有消停的跡象。

今天中午他們又吵了，說的似乎還是以前說過的話，無論她說什麼，他就是不相信她跟黨委書記什麼也沒發生。

你是不是樂意給自己戴綠帽子？她氣不過，跟你說沒有就是沒有，不信死給你看。他說你死你死，你就死給我看；都在一起喝了酒，跳了舞，還有什麼不能幹的？

她就決定死一次給他看。她知道，現在跟他說什麼，他都是不相信的，男人最怕的就是自己心愛的女人給他戴綠帽子。她還知道，他是愛她的，也許她死一次，他就消氣了，不再那麼咄咄逼人，天天跟她吵。畢竟他已經調動到她們學校，兩人在一起朝夕相處，時間會彌合一切的。

她找來根鞋帶，在高低床上打了個結。她準備上吊。她估計過鞋帶的粗細，她並不真的想死，那麼多苦都熬過來了，還有什麼跨不過的坎。她只想嚇嚇他。她想她要是把脖子套上去，鞋帶很快會斷的，鞋帶是那麼細。

她很想把事情說清楚，可她感到，她越是想說清楚，越是說不清楚。她甚至不願意回想那些天的事情，她希望那天的事情能像書櫥上的某本書，能抽出來，徹底銷毀。可惜不能。這是她一輩子的恥辱。這恥辱不是因為她做了對不起丈夫的事情，因為她壓根兒沒有做對不起丈夫的事情，而是在這件事情上，她幾乎是個騙子，一個實施奸計的騙子。她是大中壩的孩子，大中壩的人是不齒於使用奸計的，可是她用了。於是，這件事情就成了她沒辦法說清楚的事情。

她跟他丈夫是大學的同學，大學一年級他們開始談戀愛，大學讀了四年，他們的戀愛談了四年。他們都是定向生，她來自川南，他來自都江堰，畢業的時候，她無條件地回到離大中壩三十裏地的農業專科學校，做了大學教師；他也無條件地回到都江堰。

為了調到一起，不管是她到都江堰，還是他到川南，他們請客，送禮，送鈔票……什麼招都用了，一點動靜沒有。他灰心了，他說，算了，我們就做牛郎織女吧，現代版的！她也灰心了，可她感覺還有一招好使。從她分配到這所學校，她就感到有一雙眼睛在注視她。那雙眼睛的主人是學校的黨委書記，這是個絕對的實權派，只要他簽字，就沒有什麼成不了的。

這是個好色的傢伙，據說學校好幾個女教師都跟他關係特別。

那天，她剛要關辦公室的門，這位黨委書記來了。她是實實在在的單身漢，一人吃了全家不餓，所以她常常是下班最晚的。

黨委書記說，小楊，還沒下班呀！說完走進辦公室。

她說，快了。

黨委書記說，要是每個教師都能像你一樣敬業，我就高枕無憂了。嘴上動著，眼睛卻不規矩起來。

她已經從他那無遮無攔的眼神裏，看出了別的什麼內容。她心想：別把我當籃中的菜！她應承道，難道書記你還有不順心的事？

他說，人家都看我人前人後風光體面，不曉得我內心也有苦悶呀！別人有了苦悶，還找得到發洩的地方，我有了苦悶，連個傾訴的人都沒有。唉，人吶！

她知道他的意思，可她偏不接他的招。心想：神經病！把我當什麼人了？你苦悶？你以為你手裏有權，我就會讓你向我傾倒？她沒有拆穿他，只是說人活在世上，哪有沒一點苦悶的。

黨委書記見她不中招，感覺她跟以前遇到的幾個女人不一樣，就準備走了。喜歡做那種事情的人都懂得，辦那種事情，關鍵要對方願意，看對方願不願意，就是先下個套，如果對方主動接招，那接下來的事情就好辦了，而且辦了也安全。

走出辦公室的時候，黨委書記說，聽說你上大學就談好男朋友的？

是的。

哦，好像你分到我們學校快五年了吧？家當攢得差不多了，該成家了；男大當婚，女大當嫁嘛。

他還在都江堰。

分居兩地？這不好，儘快想辦法嘛，調到一起。

仿佛不經意地說完這句話，黨委書記出門走了。

就在這一刻，她突然萌生了被她稱為「玫瑰炸彈」的計畫。

後來當黨委書記再說類似的話的時候，她就主動上套。比如黨委書記說「我內心也苦悶呀」，她就會說，領導有領導的苦悶，我們普通員工也有普通員工的苦悶。黨委書記做出非常關切的樣子，說你有啥苦悶？啥時一起喝個咖啡，相互說說，說出來就好受了。就這樣，他們從喝咖啡到喝紅酒，還在一起跳過幾次舞。於是，關於她的男朋友調入她們學校的商調函就開出來了。

黨委書記當然不滿足於喝酒跳舞。有一次他們單獨在一起，黨委書記圖窮匕首見，她說：書記，別這樣，我是相信你、尊重你的人品才跟你往來的。你要這樣，我就會覺得我以前看錯了人，你的人品不過如此，你不值我尊敬！你成全我跟我男朋友，這恩我一輩子都記得。你不是隨便的人，我也不是，我們是朋友，永遠都是。

她的「玫瑰炸彈」成功。

在她這裏撈不到好處的黨委書記，把目標轉向其他女人。

她已經不記得，她當時在日記上寫這句話的情景，但是她知道，安寧河谷的人最不齒的就是利用自身的資源去達到某種目的，尤其是女人利用自己的姿色，這是卑鄙的手段，這是一輩子的恥辱。因此，她向丈夫指天發誓，她只是請黨委書記喝過酒、跳過舞，然後就把丈夫調動的事情搞定了。

現在回想起來，不過就是喝過酒、跳過舞，她千不該萬不該，就是某天感覺孤獨、委屈和對權力的憤怒的時候，寫下這讓人遐想聯翩的句子。

她知道丈夫的脾氣：她只要耍小性子，他就會軟下來的。於是她決定用鞋帶上吊。她算好了時間，她要等丈夫下課回宿舍的路上才把繩子套到脖子上，即使繩子不斷，等他丈夫回來發現她，替她解開繩子，她也無大礙。關鍵的關鍵是，過了這一關，他們之間的不快很快就會結束。

她就是這樣計畫的。她希望他們儘快走出不快，他們應該開始新的生活，畢竟他們分居五年，跟他們一起大學畢業的同學，絕大多數孩子都上幼稚園了。

有那麼一刻她想放棄這個計畫，這是冒險的遊戲，窗臺上有把剪刀，如果她放棄這個計畫，這把剪刀還能派上用場。

可是，她太想儘快結束夫妻間的不快了。

下課鈴聲響了。過了五分鐘，她估計丈夫該走到宿舍樓下了，她把脖子套到套子裏，一收腳，她整個身體的重量都集中到脖子上，鞋帶深深地勒進她的下顎，她聽見喉管破裂的聲音，類似於熟雞蛋殼被敲破時發出的聲音。這一聲響過後，她立即感到空氣來去的通道被堵死了，裏面的氣出不來，外面的氣進不去。平時，誰會覺得呼吸道的重要？

這大大出乎她的想像。

就在她感到呼吸通道被堵死的時候，還有一種湧堵的感覺，來自於血液。相對於呼吸來說，平時人們更加不在意血液的流動，可是這時候，它卻那樣需要流動，頭上的拼命向下墜，身子裏的拼命往上噴，一條細細的鞋帶成了攔截江流的三峽大壩，成了兩處血液不可逾越的鴻溝。

她的意識還清醒。她已經感覺到了死亡，她後悔了，她想伸手把鞋帶從脖子上解開，手臂似有千斤重，舉不起來。

她想起曾經從哪本書上讀到的，說吊頸繩是魯班先師親口敕封的，只要比劃一下，沒有能滑脫的。這是真的。這是她最後的一絲感覺。

就在她的舌頭從喉嚨裏衝出來的時候，她看見窗臺上那把剪刀……而她的丈夫此時正騎車上街買菜。

社日去看趙肉麻

在路邊支起自行車的時候，秋風刮過來幾行大雁，趁我不注意，又從我頭上刮走了。天空碧藍乾淨。行走在如此通透的晴空下，感覺自己像水裏的魚空中的鳥，無比自由，無比舒暢。我看了一下路牌，不錯，綠底白字，趙元村。趙肉麻趙詩人就住在這個村。他是我朋友，是我今天要找的人。找到他，我將看到一場大戲。

好多年前，我還在寫詩，在一個叫「海子」的詩人QQ群中混著，從不缺席各種混戰和惡搞。一天，一個叫內褲三槍的詩人用我的Q名出了一副上聯讓我對：古今文胸豈能聞名今古。我見他的簽名特痞：性別——男，愛好——女，立即像還他一耳光那樣，用更痞的腔調對了下聯過去：內褲三槍業已自褻褲內。本以為會激起咒罵，沒想到他上了兩個圖示，一個翹個不停的大拇哥，一朵旋轉的玫瑰花。我心頭立即冒出一個字：賤！後來交往，印證了這一印象。一次，一個美媚詩人對他說：我老公過兩天從國外回來，一個月以後離開，期間勿擾。這傢伙那段時間正跟那美媚聊得火熱，眼瞅著就要斬獲一段美妙愛情。一看這話，火冒三丈，回了句：是老公還是臨時工？美媚大怒，回覆：恨——偶真想咬你一口，可惜偶是回民。他在QQ視頻上向我轉述的時候，還得意那老公和臨時工的創意，狂笑，像剛吞了條死魚的母鴨，弄得我看不下去。我說就你這樣子走出去，一定能驚天地泣鬼神。他說怎麼個驚天地泣鬼神法？我說千山鳥飛絕，萬徑人蹤滅。他聽了還是不生氣，笑得像母鴨的親媽。我不喊他Q名，更懶得喊他真名，我喚他趙肉麻。開初他反對，但反對無效。後來習慣了，我不喊他趙肉麻他還不答應。

上天註定我們會有一段交葛。對聯之戰後，我又繼續寫了幾年詩，彼此熟絡起來。後來我改寫散文，我們依然在Q群中保持聯繫。他告訴我他窩的那個村子特別適合用散文描述。傳說財神趙公明就出生在那兒，有古橋、古溪、古榕樹、古村落……他特別介紹了他那裏的社日，比過年還熱鬧。描繪得天花亂墜，不由你不動心。他說現在大多數國人不知社日為何物；仍保留此種舊習的，多只有春社，或單有秋社，他們那裏春秋二社都有。祭祀活動放在立春、立秋過後第五個戊日。剛過立夏，他就邀請我去，「再不去，以後恐怕看不到了！那幫搗鼓社日的傢伙，掛的掛掉了，暫時還沒掛掉的，也老得找不到幾顆牙。」他特別強調別開車，騎自行車最好，行駐聽便。

春社是別指望了，秋社我焉能不去？我對秋社有莫名的好感。我生在立秋過後的第五個戊日，我爺爺給我取名李社日。上戶口的時候，鄉文書一看這名字就來氣。那時剛流行完「破四舊」，正秀「紅衛兵」。他嘴巴一歪，嘲笑說，你們不如乾脆給他取名李土地，就是土地爺，供家裏，你們家天天都是社日！搞得我爹好緊張，只得改。村裏叫小兵小勇的已經有一大堆，叫衛兵的，甩個石頭出去，能砸翻四五個。只有新勇沒有。於是就有這普通至極、我還不得不頂它一輩子的新勇。這都不算遺憾，遺憾的是，至今不知道秋社什麼模樣。如今既有現成的，本人時間又充裕，為圓夙願，焉有錯過之理？

我才不會聽從趙肉麻的建議呢。他那地兒在鄰省。騎車當然瀟灑浪漫，可畢竟太遠，只怕沒騎到那裏，咱不掛掉，也早廢了。從立夏到立秋這段時間，依靠搜狗地圖，我規劃好往返路線。社日前一天，我乘了一整天汽車，到達趙肉麻所在縣城。當晚入住賓館後，我向當地縣文聯同志打聽趙肉麻。小夥子說他去年才考進來，沒聽說過這人。第二天一早，從賓館出來，小夥子問我去哪裡。我說上趙元村。小夥子說趙元村就在城郊，出城向東四五里路就到了。他要陪我去，我不讓。文聯雖不是衙門，但畢竟帶有官方色彩，搞得興師動眾的，弄不好被人掛到網上，那小事就變大事了。再說不逢週末，人家得坐班。他要替我打車，我說有輛自行車就夠了，灑脫點。於是，小夥子替我找了輛八成新二八圈自行車。我獨自一人，蹬著一路秋風，趕了過去。

出發前小夥子說，趙元村的春秋二社相當有名，戲目齊全，古韻深厚，有宋元之風，集明清大成，縣裏已作為非物質文化遺產保護項目，向省裏遞交了申報材料，「待省裏批下來，資金到位，就要對它進行全方位包裝打造——從目前全國調查情況看，沒有哪個地方比趙元村的春秋二社更全，更典型。」

看來，趙元村的春秋二社，比趙肉麻趙詩人名氣大。

說這話的時候，一陣秋風從我倆中間竄過去，涼涼的，幾場雨水過後，氣溫就跟崩岩一樣，一路垮了下去，風也跟著涼了。我想要是換了趙肉麻，他一定會毫無創意地觸景生情，套了雪萊的詩句，來上兩行：秋風涼了，冬天還會遠嗎？搞得你不給他兩個窩心腳，感覺自己枉為靈長動物。這些念頭，像行蹤不定的風那樣，轉瞬即逝。看大戲的衝動宰控著我，屁股才叉到自行車上，我就跟魯迅先生《社戲》裏的「我」那樣「似乎聽見歌吹了」。

出賓館朝東，車軲轆轉了四十多分鐘，馬路兩邊逐漸出現一些菜地，每塊都那麼小，拄拐棍的，都種得下來。從雜草中間艱難生長的大蒜小蔥芹菜油菠菜上看得出來，田地的主人種得並不用心。此時，這片秋陽下的菜地上，一個農人也沒有，除了偶爾飛過的一兩隻蝴蝶，就剩看不見的秋風。

按照趙肉麻在QQ上的交代，我找到那塊綠底白字的村牌，並在村牌邊停下來，支起自行車。我摸了下口袋裏的兩條蘇煙，想像趙肉麻見到蘇煙那令人肉麻樣子，我扯開嘴巴笑起來。這煙不全是替他準備的，今天是社日，場面一定熱鬧，交新朋，會舊友，少不了這個。我還整頓了一下情緒，我是來看社日大戲的，又是作家，在進村之前，一定要表現沉穩，不能讓腦子裏的興奮搞亂了分寸。毛手毛腳的，到哪裡都不受人待見。

我深呼吸了幾下，又做了幾下擴胸運動，一抬腿，一弓背，自行車向村裏奔過去。村牌旁邊有一條兩米來寬的水泥路，筆直插進村子。從外面看上去，村裏儘是洋氣的二層樓房，外牆上嵌滿白花花的瓷磚，躲閃在還沒準備落葉的綠樹叢中。這家籬笆纏纏繞繞的牽牛花，那家牆頭伸出來的紅柿子，在風中飄蕩著幾個老絲瓜的絲瓜藤，半牆熾烈的刀豆花，如此等等，將村子裝點得既大氣又不矯情，富貴而又充滿人家煙火。可惜路上碰不到一個人，看不見社日彩隊，也聽不見鑼鼓響器的聲音，更沒有發現一座古橋、半條古溪，至於古榕樹，我連片葉子都沒見著。我懷疑我找錯地兒了。想找個人問問，兜了半天，沒碰上一個人。

就在我快認定這是個空村的時候，水泥路轉了幾個彎，在隔路好幾塊田地的地方，看見五六個農民在一幢平房前面忙碌著。原來這是個「回」字形村莊，剛才所見，位置在外邊一個口子上，屬週邊。現在，我即將觸及核心部位。在進入小口子前，我再次把自行車支起來，我得向那幾個人打聽一些情況。順著田埂走過去，那五六個農民在忙著砌一幢棚頂平房。

在日益樓房化的今天，在城市邊沿砌棚頂平房，若非蓋豬圈，其功效等同於「人咬狗」，不但吸引眼球，還讓人覺得怪。更怪的是，從還沒有抹牆灰的地方看得出來，牆面所用的材料，是城市拆遷中拆下來的磚頭，棱角模糊，斷磚不少。牆灰倒是不錯，可泥水匠故意加進許多敗草爛麻，沒上牆，已感覺是經年舊貨，上了牆，滄桑得手板一翻，回到大清庚子年。屋樑、椽子，以及房頂上的方形扣式紅瓦，也是拆舊的建材。

房屋高大，不像豬圈，完全照人住的樣子砌的。我納悶兒，新砌的房子，為什麼要搞成這副舊歪歪的樣子呢？

村民忙著手頭的活，吐著煙圈交談著，臉上露出悠然自得的神情。兩個提灰桶的青年進進出出，吹著口哨，一個雄渾，一個尖利，吹同一首曲子：兩隻蝴蝶。另一個和灰的青年歪戴著一頂發黑的舊草帽，鏟灰的時候不做聲，歇下來，杵著鐵鏟跟著唱幾句：「我和你纏纏綿綿翩翩飛，飛越這紅塵永相隨，等到秋風起秋葉落成堆，能陪你一起枯萎也無悔……」

我問抹灰的幾個泥師認不認識趙某某——趙某某就是趙肉麻的大名。在這裏，我估計除了趙肉麻本人知道自己叫趙肉麻，沒有第二個人知道這綽號了。

腳手架上三個一手提灰桶一手握瓦刀的中年人放下灰桶，轉過頭來，茫然地看著我。中間一個說：「我們村有叫趙某某的？」另外兩個沉默。兩分鐘，右邊一個不敢肯定地說：「是不是趙石匠的兒子？」左邊一個說：「哎，你一說我想起來了，就是他，就是整天關起門來寫天書的那個。」這一提醒，三個人的記憶就連成片了。你說一句，我說兩句。歸納起來，趙肉麻讀完高中就回了家，整天閉門寫詩，百事無成，三十大好幾了，還沒結婚，經常跟村民神吹什麼朝鮮族姑娘把他看上，八月十五就要結婚了，「到了八月十五，還是光棍一根。結個腦殼昏！」他們問我是他什麼人。我說朋友。他們嘿嘿笑起來，真誠地說，看你那麼正常，怎麼會是他朋友呢？這話跟芥末一樣，如果在網上碰到，少不得爆詞伺候。我問趙某某的家在哪裡。他們說已經好長時間沒見他了。提灰進來的一個小夥子說：「趙某某是我們村的洋人，開口米蘭得勁兒拉（我估計是米蘭．昆德拉），閉口加雨繆（加繆），唱的洋歌沒人聽得懂，洋盤得很，連用方塊字寫的七長八短的『濕』都無人能看懂，搞不懂他為啥不寫點『幹』的——聽說上海有奧地利芭蕾舞團來訪，他看芭蕾舞去了。」

趙肉麻的光輝業績，讓我尷尬，簡直丟臉。我借勢轉移話題：「據說你們這裏的社日名氣大得很。」

腳手架上中間一個師傅說：「那都是早些年前的事情了。」

「最近幾年情況怎麼樣？」

幾個人轉身繼續抹灰，剛才搭腔的師傅說：「你看大家都忙成這樣，哪還有心思喲

——再說村裏打工的出去打工，做生意的出去做生意，沒剩下幾個人了。再好看的戲都不能缺觀眾！」

泥師隨口說的最末一句，聽得讓人心驚。戲是這樣，詩歌散文小說未必不是這樣。這話題不說也罷。見幾個泥師都不閑，我上前幾步，走到幾個年輕人跟前。我想從他們那裏知道趙肉麻到底是哪家。為達到目的，我跟他們套近乎。我準備先問個無關緊要的問題，再迂迴到我要問的事情上：「建新房為什麼不用新材料？」

沒想到此話一出，幾個年輕人像突然給套了魔咒，吃了一嚇，頓時把口哨和歌都歇了，低頭各忙各的事，不睬我，好像要防我什麼。腳手架中間那個泥水匠轉過身來，盯著我看了好幾眼，問我：「你不知道？」我說不知道。他緊張的面部表情稍稍放鬆說：「既然不知道，就用不著知道了！」說完轉身忙他的事情去了，把我當秋風，撂一邊了賬。

我再問他們趙某某家怎麼走。沒人再理我。

我回到水泥路，蹬著車在村裏轉悠，幾乎每家的大門上都掛著鎖。好幾戶人家在平房四周裝了防盜圍欄，不銹鋼的，上頂屋簷，下抵地面，四牆全包圍，只留一道小門，像把平房裝進獅子籠。不曉得是不是這地方的人時興這種裝修。

再往村子裏走，又遇到幾處用舊建材砌房子的。問他們這是為什麼，得到的回答跟前面差不多。大致情節還是先問你「真不知道」，在確定你真不知道後說既然不知道，就用不著知道了。

我感覺自己走進了一個怪村，遇到一幫怪人。好歹根據他們提供的資訊摸到趙肉麻的家。趙肉麻家大門上的鐵將軍生了好厚一層鏽，看來這傢伙出門不止一個月了。全村只有他家沒有「大興土木」。我希望在他家門上或者牆上看見他寫的詩或者留言。找了半天，才在廁所的擋牆上看見一行粉筆字：在良心裏便秘，天，憋亮了。搞不懂要表達啥意思，不曉得是不是他寫的。

我還從村民那裏瞭解到，趙元村的社日幾年前就沒搞了，當年搞社日的倒還有幾個在喘氣。他們說帶我去見見，我擺手稱謝，這事留給民俗專家和縣裏「有關部門」，我是衝大戲本身來的。

村子裏沒有什麼值得欣賞的，砌房子的人那麼稀奇古怪，卻又問不出個所以然，我想要的三大件：古橋古溪古榕樹、社日大戲、趙肉麻，要啥沒啥，心頭無端增加了好幾公斤憋悶。最終決定調轉車頭，竄出小口子，再竄出大口子，最終出了村子。

在離公路約五百米的地方，看見一個老太太在一塊地裏栽種一種通體緋紅色的菜秧。這菜紅得像剪碎的紅旗。從來沒見過，上前請教。她說是雪地紅領巾。這名字以前也沒聽說過。她說這是剛從外國引進來的，洋名字大家都記不住，也不曉得誰想了這名兒，一叫就叫開了。

我說：「價錢好吧？」這半年來，每隔一天上一次菜場，一次一個價，次次都在漲。兩天前黃瓜五元一公斤，兩天后一公斤十元。等於變相搶劫。據報紙分析，如今農村青壯年都外出務工，勞力減少，土地撂荒，加上城市化原因，耕地減少，將來農副產品價格還會上漲，說不定有一天，一根蔥都要吃出半斤豬肉的價錢。

「別說這雪地紅領巾，」老太太指著隔壁田裏的白菜說，「就是這塊地上種的白菜，畝收入也是這個數。」她伸出右手，五個指頭打開，手掌一正一反比劃了兩下，意思是十萬元。又說：「差不多是一年前的兩倍。」

我用羨慕的口氣說：「等我退休，我也來種菜賣！」

老太太說：「別說等你退休。你就是現在來，也沒你種的。」

這出乎我的預料：「竟然那麼搶手？」

「不但你沒得種，」老太太的口氣有點憂傷，「連我也沒得種了。」

這老太的確到了該讓孩子接班的年齡了。老有所養，老有所樂，農村裏上了年紀的老年人，幹農活完全是生存本能，權當鍛煉身體，真當回事情來做，會累出毛病來的。

老太太的話又一次出乎我的預料：「這塊地已經拍給房地產開發商。通知都發了，下個月開始評估——天曉得這點菜等不等得到採收的那天。」

我說：「遲早可能要打水漂的，為什麼還要費心費力地種呢？」

她說：「地裏有沒有莊稼，補償是不一樣的。」她又說，「這當然不單單是為了補償，說實話，像我們這樣幹了一輩子農活的人，以後不曉得該做啥；趁著土地還在手頭，能種一茬算一茬。」

「那裏呢？」我指著不遠處的村子問，意思問那裏拆不拆。

「都要拆，」老太太站起身來，歇了一下，右手在她周圍比劃了一個大圈，把趙元村和周邊的莊稼地全圈進去說，「這個地塊都要開發。」

「他們不是在砌房子麼？」我的意思是，既然知道要開發，還建房子幹什麼。

「砌房子，」老太太重複這三個字說，「不都是為了多搞幾個補償麼！」

老太太介紹說，有的人家房屋面積本來小，所以要趕在評估之前砌，達到基本補償面積；有的人家房屋已經超過補償標準，也砌，為什麼呢，因為他們知道，對非法建築，至少要補償建築材料費。「像那幾家，」她指著遠處正在建的房屋說，「砌的時候用舊料，補則按新料補，反正有賺頭，這季節，閑著也是閑著，能搞到一點算一點。」

「那些獅子籠是怎麼回事呢？」我問。

老太太說：「那也是為了補償。」

「那麼多不銹鋼柵欄是從哪兒弄來的呢？」

老太太說：「多半是從舊貨市場淘來的，也有租來的。」

我說我的父母都是農民，我也當過農民，在我的記憶裏，農民不是這樣子的。

老太太懂我的意思，她臉上倏忽閃過一絲不安說：「你當我們願意呀？我們只想多弄點鈔票打發以後的日子。你知道，沒有土地，年輕人倒是可以出去打工掙錢，像我們這樣大年紀的人，以後幾十年，就靠這點鈔票養老；這裏的房子拆掉了，就得買房子，你知道現在的房價，高得頂破天，我們今天多搞那幾個錢，房產老闆三五個平方，就把我們洗白了。」

「不是有拆遷證麼？」我問。

「按拆遷證買安置房自然是可以的，可你曉得的。」老太太指著靠近城區新砌的一片商品房說，「那地塊上原來住著我妹妹妹夫，位置不賴，去年拆遷後被安置到城市西北角，上個超市騎車也得半個小時，不通公車；像我們這樣上了年紀的人，難免有個頭痛腦熱，不等救護車跑攏，氣兒都沒有了；水電氣還不一定配套，更別提什麼社區綠化、學校了，根本說不上物業管理，安置房差不多都這樣。」

跟她說話的時候，我往天上看了一下，天仍舊藍得水汪汪的，沒有大雁，幾隻紅蜻蜓從頭上飛過。瑟瑟的秋風，把它們吹得有些悽惶。

等我重新推起自行車準備回縣城的時候，我記起我不是來關心拆遷的，我是來看大戲的，我是來會趙肉麻的。我要看的大戲「早幾年就不演了」。既然早幾年就不演了，這孫子怎麼還說得那麼有鼻子有眼的熱鬧？既然知道我要來，怎麼老早卷起褲腿跑到上海去看芭蕾呢？還有，什麼芭蕾演那麼長時間？

我恨得牙癢。我決定到「海子」群中呼籲Q友，誰要遇到這孫子，不推他進黃浦江，也得在手心手背上各吐半泡口水，用沾滿臭口水的手，甩給他幾個不響亮包賠的耳光。

轉念，又覺得自己是不是太過火了，誰能說得準趙肉麻是不是到上海打工去了？會不會是因為不願與村民一道「大興土木」，躲到別的什麼地方去了？比如說，躲到大家看不見的地方，寫詩寫得不可開交，看芭蕾看得不可開交。誰知道？

路上秋風依然吹著我。跟我一塊兒回城的，還有那兩條蘇煙。我決定再也不到這裏來，我警告自己：「屙屎都不朝這方屙！」

回來後，我在「海子」群裏廣播了趙元村之行的遭遇。開始兩天，新朋舊友一片聲對我表示同情，對趙肉麻表示極大憤慨。有人安慰我說：好歹你算是看到了一場現代大戲——說不定那是趙肉麻故意安排的。第三天，一個叫「哥叫人民」的Q友在群裏發言：趙肉麻一個月前就被跨省刑拘了。這話如同在馬蜂窩上戳了截煙頭，Q群立即炸鍋，紛紛人肉搜索，才半天功夫，事情就搞清楚了。趙肉麻根本就沒去上海，他到北方一個產煤的城市下煤礦挖煤，以為在一個只有眼仁和牙齒看得出白色的地方就沒有人認識他，他就可以自由發言，業餘時間在網上連連發帖，抖露老家拆遷和房地產開發亂象；公然宣稱，他有確切證據表明「有關部門」削尖腦袋，爭取成功申請非遺，不過是找個體面的藉口，光明正大圈納稅人的錢。惹得一幫頭頭腦腦——也就是動不動就以父母自居的一幫夥計——認為他破壞了地方形象，阻礙了經濟發展。夏至前後，就給異地追捕掉了。Q群中高手如林，不僅搞清楚誰簽的刑拘通知，連前去執行的人乘的哪趟車、音容笑貌如何，都搞得清清楚楚。Q友還搞清楚趙肉麻的拘押地。

我沉默半晌，類似於哀悼。我想不透這麼個肉麻的傢伙也會罹被舌苔之禍，是借了膽，還是真給逼急了？我決定到拘押地看他，帶上那兩條香煙還有別的啥。我得替古怪的「內褲三槍」打點一下，別讓他去躲貓貓，也別讓他去喝涼水。畢竟，他就是失蹤了，趙元村的人永遠都認為他是「到上海看芭蕾去了」。

趙元村還有人嗎？不用猜，待他出來，連趙元村都在地球上不復存在。

荷爾蒙

策劃會結束，從報社出來，已是淩晨兩點，一身疲憊，我走在回家路上。報社離家不遠，兩千來米的距離。

這時，手機突然響了。從包裹摸出來的時候，我想，要是無關緊要的電話就不接了。

是用座機打來的，010開頭。010，北京的區號，來自祖國心臟的電話呢，這麼晚打來一定很重要，雖然我在北京朋友不多，尤其是「兩辦」那幾位，一年難得通幾次電話，多是禮節性的，或是關於工作上的，而且都限於上班時間。

我摁了通話鍵，懶懶地、公事公辦地問：「您好，請問你是……」

「我的聲音都聽不出來啦？」

是個女子的聲音，糯，柔，富有彈性。

這久違而熟悉的聲音像飽滿的果實，美美地把一隻耳朵裝得滿滿的，使我感到我那腦袋，一邊很充實，另一邊空蕩蕩的，失去平衡，不太穩當。我試著輕輕扭了扭脖子，努力想這是誰的聲音，可一時想不起來。

那頭說：「老同學，當了官就了不得了，居然連高中同桌都想不起來了……」

「你是……誰？」我心跳突然加速，高中同桌？那就應該是她了——怎麼可能是她呢？她怎麼知道我的電話？這些年在北京幹什麼？她找我會有什麼事？

「還是想不起來？」

「不敢確信！」我的確不敢確信。但我這話已經明白告訴她，我已經估摸她是誰了，只是「不敢確信」。

「哈哈，實在，這就讓你確信，我叫，」

「金芳！」我搶在她前面喊出她的名字。我不相信這是真的，空蕩蕩的城市街道上空，回蕩著我因興奮而喊出的這兩個字。

睡意嘩一下，徹底坍塌。

「我還以為你忘了呢！」聲音像從高處落下的瀑布，一個字接一個字地往下落，一個字比一個字更低。這腔調，是那麼入心。

「怎麼會！」

「是麼？我估計你也不會，」電話那頭她顯得很高興，聲音恢復到正常狀態，「就像我也不會一樣。」

我當然不會。我的初戀情人，那麼糯那麼軟那麼富有彈性的聲音，二十五年了，還是那個味兒。

一天一天過著，誰都感覺不到時間的快。可當一個二十五年不見的人突然出現了，你會感覺跟翻一頁紙那樣，嘩啦一下，二十五年就這麼輕飄飄地過去了！

二十五年前，我跟她都是沿海一所後來全國知名的重點中學實驗班的高中學生。這個班從教師到學生，都是全市最優秀的才俊。她那時候是班級的一面旗，她的每一次分數變化都牽動全校師生的神經。不但成績優秀，還是校花，跟影星張曼玉像一個老娘生的。有人曾經作過保守估計：如果男生每週七個春夢，六個半都跟她有關。我最沒出息，天天晚上都是她。那是因為，我有得天獨厚的條件，我跟她同桌。

說來慚愧，剛跟她同桌時，我是班級成績最差的。在這之前，沒誰願意跟我同桌，我個頭不大，卻一個人占一張大課桌。非常空曠，空曠得令人尷尬。我太掉隊了，誰都怕坐到我身邊沾上晦氣。因為老師的眼風是不往我這邊瞟的。老師不瞟我，誰要是跟我同桌誰也連帶不被瞟了。不被瞟就意味著不受關注，不被關注，你愛怎麼著就怎麼著，只要你在課堂上不販賣軍火。班主任恨不得把我踢出這個班，因為我的成績即將嚴重影響學校的聲譽——學校曾經向社會承諾：實驗班學生畢業，最後一名都保證能考本省排第一的師範大學。可我的成績，連師範專科學校都考不上。普通班的師生經常在我背後指指戳戳：「看，這是實驗班的種子選手！」

是她主動要求跟我同桌的，她向老師保證，只要兩個月就可以使我有一定改觀。我心想，你儘管吹吧，我都拿自己沒辦法的。別以為你是「浪波兒萬」你就想啥，啥都靈。

我不清楚她為什麼要冒這個險，是不是聽到了普通班師生對我點評，為了本班的聲譽？還是她的確有「美女救英雄」的豪俠氣概？

我估計老師和同學們也不清楚她這是為什麼。同學們問她，她說：「楊青春那邊光線好。」

我這邊確實光線好。一個人一張大課桌，光線焉能不好？

我不知道老師為什麼會同意她跑來跟我做同桌。多年以後，我想，老師真是天底下最最勞心的人，既要拔尖培強，又要扶弱濟困，魚和熊掌兩樣都想兼得，不容易啊！

她向老師保完證，就把所有的家當搬過來了。我很自覺地坐直身子，不動聲色，客客氣氣地表示歡迎。偶爾也替她整理一下書或者本子。她那些書和本子本來應該有她的安排，我的殷勤打亂了她的安排，幾天後，我替她整理過的書和本子，都被她重新安排了位置，更順手。但她當時沒有阻止我的殷勤，還對我微笑著，連說謝謝。

日思夜念的經典美女落到身邊來，讓我高興得忘乎所以，睡著都笑醒。可高興過後，我是那麼不安，我高興什麼呢？我一點也不出眾，不管是人才，還是學習成績，我根本沒有吸引人的地方——超低空飛行的成績除外——可這更不是吸引人的東西。

很久以前，也就是大半年前，我就發誓要努力一把，可是……我現在也想努力一把，但除了語文和數學兩門還將就，英語物理化學政治歷史樣樣都差，我該從哪門功課開始努力？我感到茫然，感到力不從心，不知道該如何下手。於是，剛剛滋生出來的慚愧，輕煙一般消失了，剛剛鼓起的雄心，像被扎了針的氣球，很快癟成一堆難看的塑膠。我回到原來的狀態。上課不看老師、不聽課，就看她，跟一台超精密的跟蹤儀，一絲不苟地紀錄她的一舉一動。

有一天，趁別人不留神，她悄悄對我說：「我發覺你不但帥，還很聰明！」

說這話的時候，她的表情很誠懇，忽閃的眼眸清澈得如同西藏那地區的高原湖泊，嬌好的臉上，鋪了一層清新的微笑。再說她的牙齒是那樣整齊潔白，嘴唇是那樣秀美豐盈。

我被她表揚得暈頭轉向。

說實在的，初中的時候我楊青春還是很優秀的，要不然也進不了全市重點中學中的重點、牛班中的極品牛班：實驗班。甚至念到高二都還優秀。因為優秀，我跟所有優秀的學生一樣，常常獲得分內和分外的誇獎。

問題出在我自己身上。我是個發育比較晚的人，到高二下學期才喉結突出，鬍鬚猛長，春夢不斷。也許是「後來」，所以必定「居上」，我根本控制不住自己的念想，整天莫名其妙的，腦子被女孩子塞滿。後來其他女孩都不那麼清晰了，只剩下金芳，白天晚上都是，全是稀奇古怪的夢，我整個人生活在半夢半醒之間，晚上睡不著，白天打瞌睡，往日的雄風不再，成績跟中彈的戰鬥機那樣，直線下滑，只差一點點就要栽進萬劫不復的深淵。

她的話，讓我像久旱的禾苗，突然逢上一場溫潤的甘霖。

見我高興了，她又說：「就是有一點，上課有個地方不老實！」

「哪個地方？」

我以為她要說我心不老實。她要是這麼說，我堅決不承認，高中學生，心不老實，像什麼話，傳出去，我還怎麼做人？

「眼珠兒。」

我的臉頓時熱辣辣的，像犯了錯誤的小學生。我知道這句話的輕重，也曉得一個女生在對男生這麼說話的時候，她心中不會不在乎這個男生。我從此知道，我不是一片輕飄飄的羽毛，在她的心中，我一定被放在比較重要的位置。這也許就是當初她申請跟我同桌的原因。如果真是這樣，我如果再整天恍恍惚惚地過，那就太沒心沒肺了。繼續那種狀態的結果是，我會被她從她的心裏擦掉。我那時候就那點出息，為了增加自己的吸引力，鞏固她的好感，之後上課，我的目光再也不敢亂竄——她就坐我身邊，而且心裏還有我，我還有什麼理由讓目光繼續亂竄呢？

不久，我驚奇地發現，我以前不感興趣的《思想政治》，感興趣了，以前聽得似懂非懂的反三角函數，能聽懂了。沒到兩個月，在一次月考中，我的名次竟然上升了十名。在一片驚訝中，有人懷疑我抄襲了她的答案，這讓我非常傷心，傷心得哭了。我一個男子漢，當然不可能嚎啕大哭，我趴在桌子上假裝睡覺，默默地流淚。別人是看不出來的。突然，有一樣東西塞到我懷裏，一封鼓鼓囊囊的信，我打開，從裏面抽出一朵薔薇花，火紅的，還有一張紙條，那上面的文字我永遠記得：假如這個世界有人不相信你，我一定堅決站到他的對立面；我崇拜勇敢、堅強的男孩！

就是這張字條，我們開始了紙條交往，雖然我們寫的都是鼓勁、鼓勵的話，卻讓我們都找到了比兒女情長更加美好的感覺。那些紙條，徹底改變了我一生，從此，我心無旁騖，努力奮鬥，下決心攫取我能攫取的一切。那時候，幾乎所有的學生都讀過舒婷的《致橡樹》，這首詩讓我們過早地明白平等的重要。為了保證自己將來能「以樹的形象」跟她「站在一起」，我跟我父母削尖腦袋，想盡辦法，高考前半年，我父親拿了兩千塊錢（我家十多年的積蓄）給一個走鄉串戶的篾匠，這篾匠把我的戶口落到他那位於西部某省某市的家鄉，在我還不明白這究裏，更沒有意識到我這是做了高考移民，我已以他乾兒子的名義參加完高考。事後我非常惶恐，篾匠告訴我，他舅子是那個市有頭有臉的人。我拿到南京某大學新聞系的錄取通知書。其間我愛上了寫作，並取得不菲的成績，小說連續發表在國家級文學類核心期刊上。我的導師都讚賞我的小說寫作才能，我請他對我的小說提意見，他說：「你的小說，我除了佩服，只有學習。弟子不必不如師嘛，哈哈哈！」

畢業後，定向分配，我回到當年參加高考的地方。照我對自己能力的評估和人生設計，我打算到報社做記者或者到雜誌社做編輯，這樣業餘時間充裕點，又沒有離開文化部門，決心勤奮耕耘，通過努力，爭取成為一名優秀的記者或者優秀的作家。可我沒能進入這些單位。

那時候不像後來每進必考，往往看有沒有關係和後臺。我舉目無親，朝中無人——我找篾匠，篾匠說，我有啥卵的舅子是市有頭有臉的人物，錢就是我舅子——能進入一個小小的鄉政府大門，別人都說我家祖墳冒青煙了。我為夢想跌倒，我為追求摔跤。在充分體會理想與現實殘酷的落差之後，為了從最底層走出來，我以迎合的態度，努力改變自己。在這方面，我的才華不亞於小說寫作。我很快成了一個八面玲瓏的人，我的環境不斷改變，職務也一路上升，直到成為本地報業集團業務總編。

當我意識到必須成家的時候，進入我選擇範圍的人，就只有她。到這時候，我突然發現，為了「平等」，我只顧埋頭跋涉，只顧奮鬥，已經跟她失去聯繫好多年。

準確地說，是在高考結束後，從西部參考地回到母校，離開校園之前，我回眸望了一眼昔日的校園暗暗發誓——「金芳，我發誓，等我有出息了，我一定把你娶回家」——的時候開始的。

我訪遍昔日的老師和同學，碰上誰，都只能說個大概，歸納起來，就只知道她當年考上北京大學，畢業後留在北京。於是，我利用在北京的一切關係，甚至利用到北京開會的機會查找她。結果音訊全無，一點線索都沒有，不知不覺竟把自己給折騰到三十五歲。為使父母不至於對我這延續香火的獨苗太失望，我終於找了對象。我女人不清楚，我之所以最終決定跟她在一起，是因為她從外貌到習慣都有金芳的影子。多年來，我對老婆特別好，我總覺得我這是在對金芳好，甚至跟她做規定動作的時候，我都常在心底喊著金芳的名字。

我是記者出身，提問的時候，總是從最關鍵的地方切入，我說：「那麼多年了，你咋像蒸發了呢？」

那頭說：「我知道你曾經找過我。我這不又現身了麼呵呵！我最近休假……」

她在電話那頭對我這地方的地理位置瞭若指掌，她說她希望能利用短期休假到我這裏來看瓜山日出。我知道，看日出哪裏不是看？她離泰山的距離，也就夠轎車加兩次油。到我這裏吃山珍倒是貨真價實，尤其是花腳蘑菇，燒得不好能送人命，但滋味美得讓人飄飄欲仙，不曉得她怕不怕死。她其實想來看看我。在電話裏，她要我別考慮交通工具、交通路線等等「亂七八糟的事」，約定了在我這個城市的見面時間和地點，她就能準時到達。

換了我，到如今要是猛然知道她的聯繫方式，我敢像她那樣大膽、果斷得近乎瘋狂地跑過去跟她見面麼？值得琢磨。

其實，我也正想放鬆放鬆。我這業務總編，雖然上面有行政總編，但他基本上是名譽上的，實權在我手裏。我給自己的定位是地方新聞大管家，我這管家自己給自己提出的工作原則是，一把手點頭，報紙立即說好；一把手鼓掌，報紙立即吹號；一把手勾畫藍圖，報紙立即描繪美好前景……這幾天我和我的團隊正在搞一個拆遷方面的宣傳策劃，我的報紙大談徵地補償費如何合理、群眾如何擁護、開發前景如何美妙、開發專案如何深得民心、領導的決策何等英明……總之，我認為，我和我的記者們都在用最巧妙的方式、最能讓地方上層人物滿意的文字和最能讓受眾接受的方式，在實現新聞的「影響和勸服」的社會功能。「影響和勸服」是我從事新聞的立業原則，也是我穩穩在總編這個位子上連幹兩任、甚至有可能一直幹下去，獲得提升的秘密法寶。

不要說人家對我評價，我自己都感覺我是個成功男人。我每天主要精力都用在頭版上。碰上重大宣傳，我都要親自出馬，與記者和編輯一道，為近期的報導重點策劃到深夜，辛苦自然辛苦，可我樂此不疲。不少時候，當拖著疲憊的身軀回家的時候，我的嘴角掛著微笑，我在回味那些天才的「策劃」和「方案」。我堅信我的從業導師、美國傳播學者拉斯韋爾說的話，他說：宣傳就是以操縱表達來影響人們行動的技巧。

只有我女人對我不屑一顧，甚至公然跟我抬杠，甚至嗤之以鼻。

她也是個文化人，她是畫家。在她的眼裏，不管採用多少想像的創作手法、固定下多少飛逝的靈感，最終都要落腳到真實：真實的線條，真實的形體，真實的色彩，真實的意境。

她常常對我說，她所看到和聽到的情況，有相當部分跟我主持的報紙第一版所說的話大有出入，甚至大相徑庭。

她經常在我為那些「策劃」和「方案」洋洋得意的時候，潑我冷水。

她勸我重拾文學，她說她崇拜和敬仰的是寫小說的我。這話不假，當年正是我的小說贏得她一片芳心。

後來，她見我一天更比一天沉迷在那些自認為天才的「策劃」和「方案」中，就開始不滿了。

再後來，見我整天圓滑世故、八面玲瓏的樣子，就不僅僅是不滿，而是憤怒。她說：「如果是因為你在那個位子上迫不得已要說你不想說的話，另當別論。沒有想到，當年要個性有個性，要思想有思想的人，如今會淪落到為虎作倀的地步。你敢拍胸脯保證說，你和你的報紙頭版是在替大多數人說話麼？」

她還說：「不要在悖離真實的路上走得太遠，否則，當心找不到返回的路。」

她這些話，在我看來，一句比一句尖酸，一句比一句刻薄，一句比一句更像匕首和投槍，一句比一句更讓人絕望。

我心想：啥叫悖離？就是所處的立場不一樣，各人站在各人的立場上說話，對方的意見都是悖離的。物競天擇，適者生存，山不過來，我就過去。我現在的狀態說好聽點叫順其自然，充其量算得上隨波逐流，絕對算不上為虎作倀，更不能算助紂為虐。假如不去主動適應社會，那我就孤立，就格格不入，我現在只有一種結果：在社會底層聽人擺佈！可我嘴上不能這麼說，這是我得保守一輩子的秘密。

我只能說：「首先，我得對得起我這崗位，這有領導的信任、組織的安排；其次你懂什麼叫宣傳？宣傳就是要把我們的某種觀點和思想傾向，通過我們手裏的媒體傳遞給公眾……」

她說：「還『首先』『其次』，我當是領導在做報告呢！不要把自己拔得那麼高，什麼叫『我們的某種觀點和思想傾向』？頂多是那些肉食者的觀點和思想傾向；你能說你的報紙頭版有你的思想嗎？不能！你口口聲聲說你們的報紙多重要，事實上，你們的報紙誰看啊！」

「沒人看我這張報紙每年還能發行十六萬份？平均十個市民就擁有一份報紙呢！」

她毫不客氣地反擊我：「要不靠攤派，誰訂誰腦子有毛病——買你們一份報紙，等於拿一塊錢買回來個爹！」停頓一下，意猶未盡，又補了一句，「可愛沒人愛！」

又說：「現在是全媒體時代，像我們這樣的小老百姓，打開手機或者電腦，海量資訊看不過來，上面的資訊更接近真實。你真把你們報紙當資訊霸主啊？」

夾槍帶棒，搞得人火冒三丈。

人家說隔壁的教授不算教授，我這是同一張床上的總編不算總編。換了別人對我這麼說話，我一定會大發雷霆，可我從來都對她發不起火來。是不是因為她長得跟金芳相像？我不敢肯定。因為從結婚到現在，那麼多年，我們沒有大吵大鬧過。

沒有第一，也不想產生第一。大吵大鬧確實能洩憤，可大吵大鬧除了傷神之外，不能解決絲毫問題。沒有大吵大鬧，怨氣只能在心中鬱積。因此，我現在更願意在辦公室多待一些時候，更願意半夜三更回去，拖一身疲倦，倒頭就睡。第二天早上醒來，各忙各的，隨便將就著吃一口，出門上班，一周說不上幾句話。我也沒心情做夫妻間那點功課，她有時主動發出信號，我一概置若罔聞，我們的家庭作業已經荒廢了許多時日了。

我無可奈何地感到，我倆遲早要成陌路人。

我們曾經是讓多少人羡慕的一對兒啊！

在這個節骨眼上，金芳居然跟我主動聯繫上了，誰說這不是天賜的良機啊。我需要傾訴，我需要釋放，太需要了！

三天——在等待她到來的三天裏，我無數遍在腦海中描繪我們見面的情景：握手、擁抱、傾訴衷腸、回憶那段同窗歲月……甚至趕一回時髦，共同擁有一個特殊的夜晚。

當然久在官場混，我們的感情表達可能會出現些問題，情商早已被扭曲，多半不會這樣激越，而且我們都是「奔五」的人了。我們應該像真正的老朋友一樣，說說二十五年來的經歷，談談我們各自的事業、家庭、孩子，談談彼此的未來，這樣我們可能會成為換心相助、互攜向前的紅顏知己。

第三天傍晚六點，金芳跟我相約到我所在城市的巴黎之夢咖啡總匯。

我掐著時間去，她已經在包間裏面了。見面場景我現在想起來都還刺激深重，苦大仇深，離我的想像差得太遠，太出乎我預料了。

我拉門進去，右手都還沒從門環上放下來，她竟以迅雷不及掩耳之勢，歡呼著撲到我懷裏，她用又糯又軟又有彈性的聲音說：「親愛的，你終於來了！」

她這架勢把我嚇出一身冷汗，幸好是在包廂裏，她不知道一個領導幹部在公眾面前保持良好形象多麼重要。我把她放到沙發上，她示意我坐到她身邊，我轉到沙發另一面，我們面對面坐下來。她依然是那樣美麗，體型基本沒有變，剛才跳到我懷裏的時候，我感到她腰肢柔軟、健康而且有力，手感好得很，我猜她在練瑜珈，四十多歲的人了，看上去像不到三十歲，又明顯比三十歲的女人多幾成誘人的成熟和直裰的性感。

金芳說：「你的模樣，在我腦海被我擦拭了二十多年。你已不是原來的模樣。」

「我現在的形象一定讓你非常失望。」

「更成熟，更有魅力。你不知道，我『百度』了你的名字，哇靠，九千多條，你成績不小啊，連年搞掂新聞先進、標兵總編！獎金沒少拿吧！」

這是個「百度」「搜狗」「谷歌」的時代，只要稍微弄出點響動、搞出點名堂的人，都能在上面搜索得到。甚至還有專門的「人肉搜索」軟體，能比較精確地找到被搜索對象的照片、聯繫方式、家庭住址等等。

她這話讓我非常舒服非常受用，我立即感覺後腦勺上長出了個太陽形狀的圈圈，成佛啦，就這感覺。

同時我也感到不安：我怎就沒有想到事前「搜」她一下呢？弄得人家現在掌握了話語的主動權。

金芳說：「可是你一定活得很累。」

金芳畢竟是金芳，她最懂我。我現在太需要別人懂了。豈止身體勞累，更重要的是心累。報業集團改企後，我完全可以按照我的思路來辦報。可就像長期依賴拐杖走路的人那樣，我得依靠有關方面的文件保證發行量，說俗點就是攤派，報社上下那麼多人的工資福利都指望這個。何況日報還充當著喉舌的作用。當然我可以不斷弱化某些的功能。但我知道，這樣做的結果會給上頭不思進取的印象，隨便找個由頭就可以讓我成為邊緣人。屁股底下那張凳子，是拿青春和尊嚴好不容易打拼過來的。我明白，在這百萬人的城市，照夫人的說法，除了頭面人物，沒誰對我在乎，沒誰對我滿意，尤其是那些被我天天「影響和勸服」的群眾。夫人的話難聽，但仔細琢磨起來，道理很深刻，發人深省，可她為什麼不藝術點跟我交流呢？她畢竟是搞藝術的，為什麼對別人藝術，對自己老公就不藝術？……金芳這話，讓我眼角一熱，可我嘴上還說：「累是累點，我樂在其中。」

我對這樣的開場白非常滿意，對接下來即將發生的什麼，表現得急不可待，想入非非。我真心希望接下來順理成章，進入我三天來無數次設想過的情節。

我說：「謝謝你理解。」我打開情感的閘門，「其實……其實我之所以這樣努力，就是想有一天咱們見面的時候，我的形象稍微光彩點兒，有跟你平等對話的話語權。你是那樣優秀，做學生的時候就不說了，進入社會仍然優秀。」

「是麼？」金芳顯得很高興，「我也跟你一樣。」

我欣喜若狂，沒想到我們都想一塊去了——我對接下來即將發生的故事信心十足。

我說：「你現在發展也很好?!」因之前對她一點也不瞭解，只好充分發揮本行巧舌如簧的基本功，採用模棱兩可的進攻性語言。

金芳說：「你說對了，我在NGSK基金公司任職，持有百分之二十五股份，去年鋪滿了整個亞洲和北美，目前正進軍歐洲市場。」

百分之二十五！照三億元最低註冊資本算，這女人身價打底七千五百萬。

這意味著什麼？一見面就說到錢上面去。我覺得俗，這不是我預想和需要的。但這個話題激起我的新聞敏感神經。何況早幾年我也在玩基金。只可惜，我屬於虔誠的「基民」，不是趾高氣揚的「基主」。「基民」對「基主」充滿好奇，這是正常現象。

相信很多城市都跟我們這個城市一樣，二〇〇七年曾經一度出現無「基」不言的宏大氣象，見面不談基金股票，跟見面不問好一樣，屬於異類。瘋狂到什麼程度？有錢的投入現金，沒錢的抵押房子，連收廢品的，也換一身體面的行頭，整天坐到證券公司大廳裏，看上下波動的行情線。從二〇〇七年下半年開始，整個行情崩潰式的下滑，我投進去那點家當早虧得三文不值二文。在殘酷的市場面前，它才不管你是不是總編呢，該怎麼縮水就怎麼縮水，一點情面都不講。

我不想在她面前暴露自己的尷尬，我只想從她這「基主」那裏多少獲得些內部資訊或者說操作技巧，使我對我那點家當保留一點盼頭，於是，我做出非常樂意接受教育的樣子。

可說實在話，我希望她很快完成從基金股票到我們這麼多年相思而不及的過度。鈔票的事情，有賺有虧，有來有去，什麼時候談都不會是過去式；而男人和女人則不一樣，過了這村兒，就沒了這店兒……

當然我也在責問：我是不是想得過了點，太急切了點。再一想，也不覺得過，也不覺得急切，畢竟那麼多年我們才擁有這麼一段短暫的時光，此一別不知何時再見。我希望她能很快轉到大家都感興趣的話題。我們有很多話題可談。這樣的交談，不僅可以把斷裂的歷史聯接起來，加深印象，增進瞭解，成為彼此關注的重要方式，說不定還能開創一片友情的芳草地，給彼此的生活投下一抹溫情的陽光。

「你懂基金嗎？」

「懂一點，不是很懂。」

「那就是你的不是了。你是報業集團總編，手頭有日報、晚報、週末報，（我插嘴說還有手機報。）對啦，還有手機報，這些都是喉舌。你不懂基金怎麼行？怎麼搞好宣傳？你應該是內行才對呢。」

「是的是的，可惜一直沒人教育我。」

「看來我這次是來對了的。」

「是是。」我敢說來得不對嗎？即使是面對非常非常一般的朋友。

她見我一副虔誠而洗耳恭聽的模樣，說話的興趣陡增幾分。她不無得意地說：「我現在的身價不是靠清華大學碩士研究生文憑撐起來的，更不是靠曾經做過一個不鹹不淡的處長，我靠的是鈔票。鈔票哪裡來？當然不是搶銀行。不過，當年基金剛剛在我們這塊版圖上問世，別人都還在觀望的時候，我一出手就拿出全部家當。哇靠（我對她這嘆詞感到不適應，這是非常下流的粗話。換一個語境，相當於被女人強姦了一遍——哦，不對，這是第二遍——可人家喜歡，我有什麼辦法。），跟搶銀行差不多，每天的進賬……你當年沒搞，料想當年，基金的春風也吹不到你們這樣的小城市，要不然，包準發得你家裏得擺七八個保險櫃，每個保險櫃都塞滿存摺。」

「真有那麼多錢，我就到西部弄塊地皮，搞個莊園，做個莊主，每天除了看書喝茶，就是吃飯睡覺！」這是實話，我的博客就叫「楊青春的莊園」。

金芳被我逗笑了：「真有了錢，你才不會那樣呢。比如我，剛剛有點錢的時候，我跟你的想法一樣，真正有了錢，你就知道，不當老闆，簡直上對不起天地，下對不起祖宗。」

從政以來，我知道什麼可說，什麼不可說。比如說鈔票和債券，變態才不對這些東西感興趣。但是，嘴巴上決不能輕易交談，否則人家會說你愛財，說你愛財就等於說你比較貪婪，說你比較貪婪，就意味著不能讓你擔任要職，否則，一旦手握重權，哼哼哼！

可我是新聞從業人員，我有責任懂經濟，更有義務懂怎樣賺錢，尤其是在跟一個「經濟專家」面對面的時候。何況，我還有好幾十萬塊錢套牢在那裏呢。為了我三天來美妙的設想和剛才讓人如沐春風的開場白。我把謙裝得更虛，把好提高得更奇，我說：「敬請賜教，在下洗耳恭聽。」

「所謂基金，就是一種投資工具。拿我的公司來說吧，我們的公司主要從事證券投資基金，具體來說，就是把眾多投資人的資金彙集起來，由我們公司的基金託管人託管，統一管理和運用，通過我們科學統籌和科學的運作，比如購買股票，購買債券，產生盈利，公司受益，向我們公司交納基金的投資人同樣受益。」

憑直覺我知道，她跟我講的是基金的定義，相當於背書。儘管我對「把眾多投資人的資金彙集起來」和「基金託管人」等非常陌生，我還是非常願意在她面前賣弄一下新聞工作者「好問」的特點，我說：「能否舉個例子？」

金芳見我如此好學，臉上的笑容更加燦爛，她說：「好的，假如你是個投資者（我心想我當然是投資者，但在面上我從來不會承認我是基金投資者。那是因為，像我這樣級別的幹部，對外公佈的年收入一般在八萬元左右，對外公佈的存款打死也超不過四萬元的。公然宣稱有幾十萬的投資，那就等於主動向紀檢監察部門遞交了「雙規」申請！）倘若你準備拿一萬元出來投資，可你這點錢，數額不足以買入一系列不同類型的股票和債券，或者你根本沒有時間和精力去挑選股票和債券，你就可以選擇購買基金。假如你申請購買我公司的開放式基金，你就成為我公司基金的持有人，你的一萬元扣除申購費後折算成一定份額的基金單位，你跟其他持有人的投資一起，構成我公司基金的資產，我公司有專業團隊運用基金資產購買股票和債券，從而形成基金的投資組合。你只賺不賠。呵呵，就這麼簡單。」

金芳見我不斷點頭，以為我全聽進去了。其實，誰知道我聽進多少呢？因為我壓根就沒興趣聽她說這些。我的興趣在別處。我開始懷疑她此行的目的，她真的想來見我嗎？如果真的想來見我，幹嗎見面就咬著基金不鬆口呢？我已經不再有「一夜情」之類的幻想，我現在只想她早點結束這個話題。我心裏祈禱：我的神啊，能不能說一點讓我更感興趣的話題？我本來想把她引導到另一個話題上去，可是，怕別人說我沒修養，詛咒我急功近利，何況她談興正濃，就把準備拋出的話題，重新吞回肚子裏去。

金芳接著說：「基金有幾種類型，按照組織形式，有公司型基金和契約型基金兩類，按照基金規模是否固定，可分為封閉式基金和開放式基金……」

我開始感到疲勞了，捂起嘴巴來打了個哈欠。這並沒有影響她的談興，她說：「基金不等於股票，這是因為，一方面，你要是購買我公司的基金……另一方面，我們把基金以公司的名義投資於眾多股票，能有效分散風險，公司的收益比較穩定……看看，你該曉得基金的好了吧？一句話，誰都可以放心地向基金公司投資。」

我以為她的話就此結束，打起精神來，叫服務生把喝淡的茶水換掉，替她又要了一壺西湖龍井。這茶我是不大喜歡的，我喜歡普洱茶，茶湯濃，勁道足，可她對西湖龍井情有獨鐘。

我沒有想到，換了一壺茶，她話題依然不改：「基金比債券還好……企業債利息雖然較高，但要交納百分之二十的利息稅，且存在一定的信用風險。相比之下，投資於債券的債券基金可以借助組合投資，提高收益的穩定性，並分散風險……」

她的嘴巴依然不知疲倦地翕張著，勻速地保持著「飛流直下」的工作狀態和摧枯拉朽的氣勢。我感到無比疲倦和厭倦，很想快一些結束這無聊的話題。可她根本不給我插話的機會。

我突然想起我的工作：

報紙，

總編，

策劃，

影響，

受眾，

勸服，

策略……

會不會也像眼前這情景，你說的是一套，人家想的是一套？

會不會我在這裏認為我們的策劃多麼到位，我們的宣傳多麼藝術，多麼技巧，人家壓根就不看，不關心，不相信？

會不會我正得意於天才的構想的時候，人家在背後悄悄壞笑：「傻逼，你當老子跟你一樣喜歡跟豬親嘴啊？」

如果真是這樣，我比她滔滔不絕的機會更多，時間更長，我是不是比她更令人討厭！

我開始懷疑我一直以來深信不疑的「影響和勸服」的高妙策略，懷疑拉斯韋爾的偉大理論。

抬頭看看牆上的時鐘，時針已經越過了十二點，我終於忍無可忍又不得不假裝恭維說：「你一定是成功的管理者。」

金芳喜形於色說：「你怎麼知道？」

我奉承說：「憑你剛才的口才，憑你理性的分析。」

金芳感動了，她說：「哇靠（我又被強姦了一遍！），你真是我的知音啊！可惜，這麼些年，我老公，應該說是我前老公……他從來沒有完整聽過我談論這話題，加上其他亂七八糟的因素，三年前我們分手了。他永遠只配做大學教授。現在，我決定重新尋覓我的另一半。」

說著，她深深地、溫柔地撞了我一眼。要是在五個小時以前，我也許會油腔滑調地說：「聽憑你召喚！」

可現在，我已經失去說這句話的激情，哪怕就做做樣子，說出來哄她高興。我覺得要是我那樣說，剛才是被強姦，現在就等於自己主動爭取被強姦。我說：「目前一個人，也許是你的最佳狀態。」

金芳說：「怎麼講？」

我說：「有利於事業發展！」

我說得很懶散，卻點到了要害。我把她伸過來的橄欖枝，巧妙而不失涵養地擋到一邊去了。

我們又說了一陣。說了些什麼已經沒有必要盡述。淩晨兩點，咖啡總匯打烊了，金芳意猶未盡。出門打車，送她回賓館。到了賓館樓下，她溫柔地說：「不到我房間去坐坐？」

她的眼光今晚第Z次多情而溫柔地撞到我身上。可我這時候特別想回家。

我說：「要是重新回到高中時代，那該多好。」

金芳沒有聽懂我的意思，她說：「那有什麼好，大家都沒錢，一天到晚光曉得讀書。」

我沒理她的茬，我說：「可惜，回不去了。」

我的聲音像悶熱的夏天掠過香樟樹的一股涼風，讓我感到一陣舒服，解脫後的舒服。

走在回家的路上，我在腦子裏把妻子和金芳的位置徹底互換了過來。妻子的形象越來越堅定清晰，金芳的形象越來越抽象模糊。

走到半路上，我在人行道邊的一張休閒條凳上坐下來，我有抱頭痛哭一場的衝動，為他媽的策劃、官位、影響、受眾以及他媽的基金、股票、初戀情人……最終我沒有哭出來，只是流淚，為身後曾經多麼美好的二十五年的思念，為永遠回不去的日子。

「每一刻都是最後啊！」我像個哲學家，說出這句話。又過了一陣，收住淚水，我站起來，兩手反卷過去拍屁股上的灰，反復拍了幾下，感覺乾淨了，才往家裏走去。剛才金芳說，她明天一早要離開。你離開就離開吧，我已經拿定主意，「輕輕的你走了，正如你輕輕地來；老夫輕輕地拍拍屁股，不帶走灰塵半點！」

回到家，我女人已經熟睡了。我留了張字條在妻子枕頭邊的床頭櫃上，悄悄鑽進被窩。妻子輕細的鼾聲讓我感到陌生而又熟悉。我已經好長時間沒有在意她的鼾聲了。我在她輕細的鼾聲中沉沉睡去。

明天早上，她會看到我的字條：「我將慎重考慮你對我的批評意見，也許，我的確應該相信你這畫家的觀察和判斷。」

當她看見的時候，我一定睡得正香呢。多年來，我的早晨都是從半晌午開始的。也許，她會為這句話犯迷糊，想問個究竟。可我料定，見我熟睡的憨態，她定會等我自然醒來。

你的寓言我的紙傘

趁前面紅燈，上官大澤瞄了一下左手腕，淩晨一點半。電臺正直播一檔談話節目，主持人讓聽友說出最不喜歡的食物名字，簡要談談為什麼不喜歡。話音剛落，一女士搶打進電話。女士說我不喜歡吃茄子。女主持人說您不喜歡生茄子還是煮熟的茄子。女士說，都不喜歡。男主持人問，為什麼？女士說，我一看到茄子，就想到男人身上某個部位。倆主持人不約而同停頓一下，太出乎預料了，換一般人接不上來，好在主持人久經沙場，乾燥地呵呵兩聲說：「姐姐，你想得太遠了！」立即換切成下一個聽友的電話。

「牛姐！」上官大澤笑出聲來。漫上眉毛的疲倦，褪到褲腰以下。他把車停到九月寓言咖啡館前。他每晚下班後都習慣到這裏喝一杯巴西咖啡，再回家躺下，如果沒有特殊情況，明天早上八點半準時出現在辦公室。

進門，不用吩咐，服務生即刻開始為他研磨咖啡。上官大澤習慣性地坐到七號位。七這數字常不被人看好，上官大澤卻偏愛這數。坐下來上官大澤注意到，隔著一方小桌面，八號位上坐著一個女孩，埋頭耕耘於掌上的手機，披散的頭髮遮住了臉，看不清五官和表情。

「噓——」上官大澤長籲一口氣，以緩疲勞。

今天算不得最累，跟線領導上午帶了十幾個部門的主要領導上北京招商去了。只要所跟的領導不在家，其他科室的跟線秘書即自動放羊：哄孩子、買菜、睡覺、開車出去兜風……只要不違法亂紀，想咋著就咋著。可他不會，多年來，只要睜開眼睛，前來找他解決問題的，你唱罷，我登場，沒個停歇的時候。他喜歡幫忙，一方面，源於他刻骨銘心的記憶：少年時代，一家十口擠一間二十平米的小房子，父親籌備好錢物，跑了近十年，也沒拿到批建手續。一個小小的生產隊長，成了無法翻越的懸崖峭壁。二是，給人家把事情幫成了他有成就感。做人不就需要一點成就感麼。因此，自他進入政府大院那天開始，他發誓，只要不違反原則，能幫則幫。於是，他成了大院裏最忙碌、最累的人。一幫同為「四辦」的秘書哥們兒據他名字裏的「大澤」二字，借名人陳勝名言，集體送給他一個綽號：苟富貴。「誰都認識苟富貴！」他們在調侃上官大澤的時候這樣說。

上午剛把跟線領導送走，揭開茶杯蓋子，不及喝一口，大呂打來電話，說財政局在對下年度各單位預算進行審核，希望上官大澤替他呼籲呼籲，爭取多批一點。大呂所在的文聯只兩人駐會，經費八萬，表面上看起來夠可以了。事實上，文聯所屬十六七個協會，集中全市文學、書畫、舞蹈、攝影、影視、曲藝等藝術門類的文化精英，卻都沒固定辦公場所，也沒經費。每年就搞那麼幾次活動，文聯除給予業務指導，都得給予經費支持。錢就成了非常現實的問題，多少支持一點還說得過去，要是一點不支持，保不定吹鬍子瞪眼，一通牢騷，堪比魯迅跟梁實秋罵仗的雜文。這些情況財政局預算部門並不清楚。這點小忙對他上官大澤，也就一個電話的事。

打完電話喝了兩口茶，一個老上訪戶堵到門上來。這是個六十多歲的老媽媽，頭髮花白，五官還算清秀。進了門反手替上官大澤把門關上，坐到大澤對面的椅子上。屁股還沒坐穩，嘴巴就開始工作了：「我這輩子太冤枉了！」上官大澤替她沏了杯熱茶，熱情地說：「老媽媽，請喝茶，慢慢說。」老太太開始重複她說過好幾十遍的話題：當年，在她生了兩個孩子以後，為響應號召，讓丈夫做了結紮手術，限於醫療條件，手術失敗了，她丈夫從此性功能障礙。「從做了手術到現在，我就當姑娘當到至今！」老太太越說越激動，眼淚上來了。大澤把抽紙盒放到老太太面前。老太太擦著淚說：「我要討回我的性福權！」老太太說她年輕的時候不好意思說，如今看看電視讀讀報紙，腦子醒豁了，她再不討個說法，眼看就要掛到牆上去了。早在一年前上官大澤第一次接待老太太就瞭解到，有關部門根據她的反應，經核查，已給予經濟補償。可老太太覺得心裏過不去，這哪是賠錢就完的事呢？誰來還這幾十年欠下的性福？於是就成了上訪戶。有關部門開初接待她還蠻認真的，把老太太勸回去就以為沒事了，誰知道沒過幾天她又來了，陳述的還是那一成不變的內容，就扛不住了。有關部門無可奈何，對她說：該賠償的賠償了，還對你丈夫進行了傷殘鑒定，按照傷殘鑒定級別給予經濟補償，該做的我們都做了，您要我們怎樣？您要重返青春，把失去的性福找回來，咱們想辦，可全世界沒誰辦得到！這可惹惱了老太太，她乾脆進政府大院上訪，恰好摸到上官大澤辦公室。大澤一聽，知道老太太並無惡意，只是心裏難受，就想找個地方訴苦。這一次也是這樣，接近中午十二點，老太太的苦訴得差不多了，眼淚也不流了，對上官大澤說，補償還算公道，老頭子跟她的身體不錯，再活二十幾年沒問題。然後，起身向上官大澤告辭。出門的時候，老太太說：「耽擱你了，我回去了。」上官大澤剛舒了一口氣，走到門邊的老太太說，「過幾天再來！」上官大澤險些癱到椅子上。

下午組織部找他談話。這是組織部門的慣常程式，種種跡象表明他即將被提拔，或到鄉鎮，或到市級機關某部門。上官大澤早有思想準備，誰都不可能給領導做一輩子秘書。不管啥崗位，上官大澤相信這些年練就的本領正可派上用場。他相信自己是有能

力和實力的。消息跑得比他的腿還快，他前腳跨進辦公室，後腳各科室秘書已來向他道賀，要他請客慶祝。搞得他進也不是退也不是

他一向謹慎，這慶賀宴絕不能搞——八字那一撇才剛要落下去呢，萬一讓人覺得這人輕狂浮躁，才給了點陽光，就燦爛得姓什麼都忘了，搞一鍋夾生飯給你，那才真叫冤哉枉矣。為逃一頓慶賀酒，他以領導馬上要個報告為由閉門不出，躲到深夜，感覺差不多了，才走出辦公室。

九月寓言咖啡館給人的感覺很好，牆上掛的是二十世紀二三十年代上海灘的老照片，音樂也多是那時候的曲子，很輕，似有若無，店老闆不時邀請大呂麾下那幫文藝名流到這裏來搞講座，弄得全市人民一說起這家店子就想起作家、詩人、畫家，特有情調，特有范兒。這是上官大澤最沉湎的。

「有藍牙嗎？」

女孩聲音猶如深山滴露，溫潤清脆。問話的時候，臉從頭髮深處露出來，上官大澤看清楚，女孩二十多歲，秀氣得像《山楂樹之戀》裏的周冬雨，只是眼神裏多一些憔悴。

上官大澤點頭：「嗯。」

「開一下，」女孩自然熟，說話像兩個交往多年的朋友，「給你一個東西。」

上官大澤摸出手機，打開藍牙，一條彩信鑽進他手機，他下載打開，彩信照片是本市街景，音樂是鳳凰衛視背景音樂《和蘭花在一起》，圖片配文相當不錯：

我背著陽光走過有水或沒水的
橋，看了那麼多有葉或沒葉的樹走向
一個又一個春天
在蒲公英用小傘撐開的三月
畫眉在我前面尖叫著敲打一串串春天的
散板，哦，上帝，我愛這煙火人間

「你寫的？」上官大澤認為，除了最後一句來得太突兀之外，真是一首讚美春天的好詩。

女孩點點頭，說：「沒事胡亂塗鴉。」

「達到發表水準了。」上官大澤說，「還有麼？」

「這是一首詩的一部分，」女孩說，「這是一首……」

「春天的讚美詩！」兩人異口同聲地說，說完相對嘻嘻淺笑。倆人真像老朋友了。

陌生男女見面，只要女孩主動些，友誼升級起來，迅雷不及掩耳。

「我把整首詩發給你。」女孩說。

「隔一張桌子發來發去多麻煩！」上官大澤從女孩手中要了手機，蘋果超大顯示幕，詩歌真是好詩。讀著女孩的詩，上官大澤感覺一陣陣慚愧：想當年讀大學的時候，本人好歹也是文學社社長，寫散文，寫詩歌，號稱中文系頭牌。後來進了政府大院，每天伺候雖然也是文字，每年產量還不低，二十萬字左右，可都是領導發言、總結彙報、工作報告、請示批復等等，沒一篇稱得上文學作品，才氣和靈氣一天天被消耗，到現在，讓我讀還可以，讓我寫……跟這女孩比較起來，那真叫才疏學淺，望塵莫及。

上官大澤一邊讀一邊談自己的閱讀感受。談到得意處，女孩歡呼雀躍，大呼找到知音，那架勢，好在隔著一方桌子，要不然少不得撞上來跟他來兩個熊抱。

上官大澤說，我給你一個雜誌編輯的號碼，你把你的詩歌給他，讓他發表。

女孩說：「別光告訴人家的號碼，請把你號碼也告訴我。」

相互報了號碼，女孩說：「你記我的網名吧，北京一夜。你呢？」

上官大澤驚呼，原來自己任版主的寅風文學版版塊上不時發表驚人之作的作者，竟是眼前這女孩！既然這樣，我也報我在論壇上的網名：「我，華山論劍。」

「寅風文學版版主？」

上官大澤點頭。女孩感慨：「世界好大，世界又好小，論壇何其大，可相逢不需要預約！」

倆人話題從張愛玲到其他民國人物，從當下詩歌到當下的小說。談張愛玲和民國人物，上官大澤如魚得水，因為剛進政府大院那幾年，沒事就研究這個。談到當下的小說，女孩對《小說月報》《小說選刊》《收穫》上的小說如數家珍，讓上官大澤汗顏，好歹也算文學青年，自大學畢業就不曾讀過這些雜誌，連個插話的機會都撈不上，尷尬至極。幸好家裏老婆訂了《上海文學》多年，上官大澤決定今晚回去惡補一回。女孩意識到這點，迅速轉移話題。這回談的是余華的小說《活著》與電影《活著》和電視劇《福貴》的藝術落差。

相聊甚歡。到凌晨三點咖啡館打烊的時候，上官大澤說：「以後遇到什麼困難，請打我電話。」

女孩說：「你難不成是市委書記？就不怕管人閒事受人折磨？」

「我還觀音菩薩呢！」上官大澤嬉笑著說。

女孩也笑了。上官大澤要送女孩，女孩高興地擺擺手說：「多謝哥哥有這份心！不必啦，誰叫你是我的知音呢，不能把你帶壞了。」又說，「像哥哥這麼有才學的人，咱還第一次見著。希望下次再跟你好好討教。」說完，向他擺手轉身，留給上官大澤一副漸行漸遠的美好身影。

上官大澤決心回去今晚就補《上海文學》，趕這個星期上郵局，把《小說月報》《小說選刊》《收穫》都訂齊了，免得下次聊天還處劣勢。

回到家，老婆孩子早睡熟了，他鑽進書房。自做領導的跟線秘書以後，老婆要見他半夜前回家，一定會以為他給領導炒了。一年到頭，跟老婆躺一張床上的次數不超過二十次。秘書這活兒，外人看起來體面，領導身邊的人，只有自己才知道個中酸甜。好在跟在領導身邊能學到一些從政的本事，加上這些年寫了那麼多材料，參加那麼多工作協調，關起門來做領導多年，有朝一日放出去，即可獨當一面。前輩秘書早有語錄在那兒：「咱們做秘書的目的，是為了將來不做秘書。」現在，眼看真要脫離這體面的苦差，他真想把老婆搖醒，提前讓她振奮一把。

躺到書房裏的小床上，剛翻開《上海文學》，一個電話打過來。點擊觸摸屏接聽的時候他看了一下時間，差一刻鐘四點。打他電話的人，網名寒塘冷月，上官大澤在一次論壇聚會上見過，二十六七歲，貌比舒淇，氣質直逼周迅，眼風往男人堆裏一掃，立馬撂倒一片。不知道她從哪裡搞到他的電話號碼。寒塘冷月說，她跟男朋友公園裏談戀愛，夜巡的聯防隊員要他們出示證明，他們拿得出什麼證明呢，身份證沒帶，結婚證不存在，於是那幾個聯防隊員就把他們「請」到公安分局，要罰他們款，一人五千。寒塘冷月想來想去，一切證件都靠不住，只有靠人了，這人還得有點社會地位，跟這幫聯防隊的領導說得上話才行，就把電話打到他這兒來了。上官大澤以為對方跟他開玩笑，他說：「你們就甭裝了，半夜三更的，該幹啥幹啥。」電話那頭傳來寒塘冷月委屈的聲音：「不騙你，不信你跟員警說。」他聽到電話裏有個男人的聲音在不遠地方說：「你叫我接我就接啊？」電話被掛了。寒塘冷月說的那珠珠公園，樹木茂密，環境清幽，前一段時間公安組織檢查，一次濾出靠十對打野戰的。

「亂彈琴！」上官大澤認為寒塘冷月跟聯防隊員都在亂彈琴。談戀愛在什麼地方談不好，非得上那個以製造桃色新聞為能事的珠珠公園？半夜兩三點鐘不回去，你不讓聯防隊員產生豐富聯想都難。那幾個聯防隊員也是吃飽了撐的，人家又沒打洞入室、坑蒙拐騙，你要人家證件做什麼。還不接我電話，一副公事公辦牛逼哄哄的樣子！

上官大澤把電話回撥過去，電話關機。看來聯防隊員動真格兒了，把寒塘冷月的手機都關了。上官大澤把電話打到公安分局值班室，值班室稱沒接到相關報告，啥也不知道。他把電話打給公安上認識的幾個哥們兒，關機。他本想把電話打給公安局領導，想想領導也是人，到這會兒早休息了，何況就這麼點事。

半個小時過後，寒塘冷月的電話打過來。跟他說話的卻是個男的。那男的說：「富貴兄別來無恙？」操，上官大澤馬上想起他是誰了，綽號李白不白，中學同班同學，舌頭大，因把孔子一名言讀成「君子坦蛋蛋，小人藏雞雞」而聞名坊間。參加工作後，倆人常在一起小酌，是綠豆一樣放到一塊兒分不出你我的朋友。如今是城東公安分局副分局長。寒塘冷月堅持說上官大澤可為他倆的關係作證明，李白不白心想，這小子能耐啊，這樣的女子都跟他有一腿，名人啊——誰都認識苟富貴！李白不白不再為難這對男女，用寒塘冷月的手機給上官大澤打電話，他要看看這小子什麼反應。

「嬉皮笑臉，沒個正形，小子你不是在執法麼？有事說事。」上官大澤打了個哈欠，疲倦已從褲腰以下漫上了眉毛。

李白不白說：「聽說你跟你的好友半夜三更在公園裏談戀愛？動作幅度過大。」

「扯淡！」上官大澤，「他們人在哪兒？人家那是在談朋友。」

李白不白說：「啥？那男的四十多歲，都可做那女子的爹了。你也相信他們在談戀愛？」又說，「你要不要鑒定一下？是你過來還是我把他們送上門去？」說罷嘻嘻哈哈。

說明人在他那兒。上官大澤想起來了，上次論壇聚會，寒塘冷月帶了個小老頭去，當時大家以為那是她叔，真想不到……上官大澤不得不佩服這女子，境界真高啊，扶貧工作做到骨髓裏去了。

輪到上官大澤嚴肅了。他說：「怎麼，人家沒證件就不允許談戀愛啊？」

李白不白：「誰知道他們是不是……嫖娼？」

「嫖你的頭，你小子找抽啊！」上官大澤真火了，「公安部明確規定，聯防隊員不允許執法。得，我證明他們確實在談朋友行麼？你是看在我的面子上把人放了還是看在公安部的規定上放人？」

李白不白：「這不是打電話來向你彙報麼？」

上官大澤不冷不熱說：「那是不是還要我給市局的局長也彙報一下？」事兒就這麼過了。寒塘冷月出了公安分局打來電話，哭著連說感謝。上官大澤說：「不多說了，手機快沒電了。趕快回家洗洗睡吧。」

上官大澤一直睡到中午兩點才醒。手機上有跟線領導的短消息：「有反映說你昨夜在珠珠公園與一女子撞上了聯防隊？」上官大澤心下一驚。他打電話給領導，說他人倒是「救」了兩個，可這兩人跟他無關。領導說他正在開會，有話回頭再說。幹部調動前後，當事人處在風口浪尖，即將坐下去那位子如果另外還有一個人在惦記，那才真叫無風三尺浪，有風浪千尺。看看，謠言都造到跟線領導那裏去了。

上官大澤穿上衣服直奔辦公室。在樓道裏遇到幾個哥們，都用奇怪的眼神看他。一哥們說：「日怪，第一次看見大澤的早晨從中午開始——是不是這幾天地球在繞月亮轉？」上官大澤懶得理會，心想完了。三步並作兩步進了辦公室，他的部下、新來兩個多月的秘書小寸對他說：「大澤副主任，剛才組織部來電話，說你要是到了辦公室，請你到組織部去一下。」

下午五點走出組織部副部長辦公室。上官大澤注意看了一下西邊天空，晚霞波濤洶湧，無邊無涯，一輪紅日卡在亂糟糟的雲塊中間，想要暢快落下去，但又似乎心有不甘。能不能被提拔已不那麼重要，重要的是副部長說，組織部門已跟公安上核對過，沒他的事，屬於空穴來風，無中生有。副部長語重心長對上官大澤說，這謠言猶如暗流，你要是公開闢謠，公眾就會這樣理解：此地無銀三百兩，欲蓋彌彰；如果聽之任之，公眾又會認為我們是在強姦民意，帶病提拔，難吶！

夜晚如約而來，燈光把城市裝扮出隔世的輝煌。上官大澤把車開到九月寓言咖啡館。坐到七號位，對面的位子空著，他想起昨晚那詩書滿腹的女孩，北京一夜，嗯，多有詩意的網名啊。人在苦悶的時候，若還有一件真心喜歡的事情，一個非常樂意見的朋友，也算不幸中的萬幸。上官大澤希望能再次遇上那女孩；即使遇不上，也容他安安靜靜在這兒坐一會兒，喝杯咖啡再走。

巴西咖啡味道好得像個寓言，由不得讓人在喝之前用鼻子好好嗅嗅。南半球的太陽，不染塵埃的月光，樸素無拘的風，都濃縮到一個小小的陶瓷杯子裏。小勺輕輕攪動，又濃又糯的香味直抵肺腑，充盈全身每個細胞。

杯子剛挨上下嘴唇，手機響了。食指在觸摸屏上向右劃了一下，裏面傳來山泉般的聲音：「華山論劍，」這四個字讓上官大澤判斷出她是誰。上官大澤心頭一喜，像餓餓的狗熊遇到一壇打翻的蜂蜜，想什麼有什麼，人生還有比這更快哉的事情麼？可女孩的聲音帶著哭腔：「快救我！」上官大澤有些意外，有一些吃驚：多半碰到麻煩了。他心頭更有暗喜：在這座城市，有多少事情是我搞不定的？他問：「啥事？在哪兒？」女孩：「治安大隊。」上官大澤詫異，我啥時候跟公安攀上親家了，不是聯防隊就是治安大隊？他問：「啥事？」女孩沉默了幾秒，再說話時，哭腔沒有了，她說：「罰五千塊那種。點兒背，撞到個窮鬼，他連自己那五千都拿不出來。出去還你！」上官大澤覺得這世界真他媽會開玩笑：「你是做……」女孩搶了他的話說：「判斷正確。到這會兒這不重要，重要的是這會兒我別無選擇。」上官大澤像給人兜頭潑了盆冷水，喃喃自嘲：「誰都認識苟富貴！」他覺得這七個字太有哲學意味了，若把這句話交給柏拉圖，立馬就是個了不得的命題，寫五本書還不一定說得夠。他啪一下關了手機：天塌下來也得容老子把這杯咖啡喝完。

Do小說01　PG1070

某年某月某一天

──李新勇小說集

作　　者／李新勇
責任編輯／廖妘甄
圖文排版／楊家齊
封面設計／陳怡捷

出版策劃／獨立作家
發 行 人／宋政坤
法律顧問／毛國樑　律師
製作發行／秀威資訊科技股份有限公司
地址：114 台北市內湖區瑞光路76巷65號1樓
電話：+886-2-2796-3638　傳真：+886-2-2796-1377
服務信箱：service@showwe.com.tw
展售門市／國家書店【松江門市】
地址：104 台北市中山區松江路209號1樓
電話：+886-2-2518-0207　傳真：+886-2-2518-0778
網路訂購／秀威網路書店：https://store.showwe.tw
國家網路書店：https://www.govbooks.com.tw

出版日期／2014年3月　BOD一版　**定價**／420元

|獨立|作家|
Independent Author

寫自己的故事，唱自己的歌

某年某月某一天：李新勇小說集 / 李新勇著. -- 一版. --
臺北市：獨立作家, 2014.03
面； 公分. -- (Do小說；PG1070)
BOD版
ISBN 978-986-5729-02-8(平裝)

857.63 103000121

國家圖書館出版品預行編目

讀者回函卡

感謝您購買本書，為提升服務品質，請填妥以下資料，將讀者回函卡直接寄回或傳真本公司，收到您的寶貴意見後，我們會收藏記錄及檢討，謝謝！
如您需要了解本公司最新出版書目、購書優惠或企劃活動，歡迎您上網查詢或下載相關資料：http:// www.showwe.com.tw

您購買的書名：________________________________

出生日期：________年________月________日

學歷：□高中（含）以下　□大專　□研究所（含）以上

職業：□製造業　□金融業　□資訊業　□軍警　□傳播業　□自由業
□服務業　□公務員　□教職　□學生　□家管　□其它____

購書地點：□網路書店　□實體書店　□書展　□郵購　□贈閱　□其他

您從何得知本書的消息？
□網路書店　□實體書店　□網路搜尋　□電子報　□書訊　□雜誌
□傳播媒體　□親友推薦　□網站推薦　□部落格　□其他________

您對本書的評價：（請填代號　1.非常滿意　2.滿意　3.尚可　4.再改進）
封面設計____　版面編排____　內容____　文／譯筆____　價格____

讀完書後您覺得：
□很有收穫　□有收穫　□收穫不多　□沒收穫

對我們的建議：________________________________

____

____

____

請貼
郵票

11466
台北市內湖區瑞光路 76 巷 65 號 1 樓
獨立作家讀者服務部 收

（請沿線對折寄回，謝謝！）

姓　名：＿＿＿＿＿＿　年齡：＿＿＿＿　性別：□女　□男

郵遞區號：□□□□□

地　址：＿＿＿＿＿＿＿＿＿＿＿＿＿＿＿＿

聯絡電話：(日)＿＿＿＿＿＿＿＿（夜）＿＿＿＿＿＿＿＿

E-mail：＿＿＿＿＿＿＿＿＿＿＿＿＿＿＿＿